神武衣冠

卷二 千劫眉

藤萍 著

目錄
CONTENTS

第十章　中原劍會

「咳咳……」

西薔客棧之中，天字一號房內，有人低聲咳嗽，氣堵於胸，十分疲弱。

一人倚在門口，望天不語。另一人提著一壺熱水，正待進門，見狀淡淡地道：「你在幹什麼？」

倚門之人涼涼地道：「發愁！」

另一人道：「嘿嘿，中原劍會使者即將前來，就待接他去主持大局，對抗風流店燎原而起的毒災，如此情形你發愁也無用。」

倚門之人冷冷地道：「江湖上下人人都指望他去主持大局，結果他既被火燒又中毒，現在鬧得武功全失，神智不清，叫天下人如何指望他主持大局？我看那中原劍會的使者一來，吊死他也不信裡面那人真是唐儷辭。」

話說到唐儷辭，這倚門而立的人自是「天上雲」池雲，而另一人自是被唐儷辭重金所買的沈郎魂了。

話正說到這裡，客棧掌櫃引著一人匆匆上樓，對池雲陪笑，「池大爺，有一位客官非要上來，說是您的朋友。」

池雲揮了揮手，掌櫃退下，他所帶的那人站在當地，對池雲和沈郎魂拱了拱手。池雲上下打量來人，只見這人青衣佩劍，衣裳並不華麗，卻是挺拔，面目俊秀、氣質沉穩，稱得上一位風度翩翩的劍客公子，「閣下如何稱呼？」

青衣人微微一笑，「在下姓余，『青冠文劍』余負人。」

池雲皺起眉頭，這什麼「青冠文劍」從來沒有聽說過，是新出江湖的人物？

「你是中原劍會的使者，要來接姓唐的去好雲山？」

青衣人點頭，目光在兩人臉上流轉，「恕在下唐突，不知唐公子人在何處？」

這位青冠文劍余負人眼力不弱，一眼看出他們兩人不是唐儷辭，沈郎魂提起水壺，淡淡地道：「跟我來吧。」

池雲截口道：「且慢！」他出手攔住余負人，冷冷地道：「單憑你一句話，信口胡吹的名號，就能說明你是中原劍會的人？你的證明何在？」

余負人衣袖輕拂，「不知池大俠需要什麼樣的證明？」

池雲聽他口稱「池大俠」，微微一怔，「使出中原劍會第九流的傳統劍招，一鳳九霄，我就信你是劍會使者。」

「兩位如此謹慎，莫非是唐公子出了什麼意外，不便見客或是身上負傷，所以不能輕易讓陌生人接近？」余負人含笑道。

池雲又是一怔，「你……」

沈郎魂淡淡地道：「不必了，來人背上之劍，是中原劍會第十一劍『青珞』，再說一鳳九霄江湖上會使的人沒有八百也有一千，毫無意義。」他推開房門，「余負人，進來吧。」

西薔客棧的天字第一號房內雕飾精美，桌椅俱是紅木，茶几橫琴，床榻垂縵，裝飾華麗。余負人踏入一步，心中微微嘆息，富貴之人不論走到何處都如此富貴、貧賤之人不論走到何處都一樣貧賤，貧賤之人永遠也無法想像富貴之人究竟是如何度日，更無法想像許多坐擁金山銀山、不愁吃穿的人，為何總是活得不滿足、活得愁雲慘霧。

紫色垂縵的床榻上倚坐著一人，銀髮垂肩，閉目不動。

床榻上尚有一個不足周歲的孩子，正努力的在榻上爬，有時摔了一下，滾了滾，又賣力地爬著。

銀髮人的面頰柔潤，並不蒼白，只是隱約有一層暈黃之意，彷彿原本臉色應當更好，如今血色有些不足，此外眉目如畫，乃正如傳說中一般文雅秀麗的貴公子。

「在下余負人，來自中原劍會，前些日子唐公子以碧落宮碧漣漪為代，身外化身潛入風流店故地探察情況，不知結果如何？」余負人拱手為禮，「在下是否打擾唐公子清淨？」

池雲跟在他身後，見狀唇齒一動，剛要開口說唐儷辭受到強烈刺激，武功全失神智不清，哪裡還會說話……他尚未說出口，卻見唐儷辭雙目一睜，「余少俠遠來辛苦，不知近來江湖形勢如何？」

此言一出，池雲和沈郎魂面面相覷，自從唐儷辭從菩提谷中出來，不是恍恍忽忽就是胡言亂語，要不然就是不肯說話絕食絕水，渾然不可理喻，卻不知余負人帶著中原劍會的邀請而來，他竟突然變正常了？

「風流店再度夜襲兩個派門，六十八人身亡、一百四十四人傷，」余負人道：「昨日和中原劍會短兵相接，雙方各有死傷，劍會擒下風流店面具人三人，揭開面具，都是各大門派門下弟子，非常頭痛。九心丸之毒不解，江湖永無寧日，但看他們毒發的慘狀，劍會均是於心不忍，思其罪惡，卻都是難以饒恕。」他再度一禮，「唐公子智計絕倫武功高強，又擅音殺之術，正是風流店大敵，劍會眾長老商議，欲請唐公子主持大局，與劍會、碧落宮聯手，為江湖除此大患。」

唐儷辭眼眸微動，臉上並沒有什麼表情，「那麼……池雲準備車馬，我們即刻上路了。」

「你——」上路？池雲瞪眼看他，就憑他眼下這種模樣，還能上路？

「備車。」唐儷辭閉上眼睛，不再說話。

余負人目光一掠沈郎魂，「敢問唐公子……」

沈郎魂淡淡地道：「他有傷在身，尚未痊癒。」

「原來如此。」余負人雖然口稱原來如此，但顯然心裡並不釋然，唐儷辭武功高強，能在貓芽峰上戰敗風流店之主的人，怎會短短數日身負重傷？並未聽聞他遭逢什麼強敵，並且以他說話聲音聽之，中氣疲弱，傷得很重。

「不妨事。」唐儷辭緩緩從床上坐了起來，「近來可有聽聞風流店之主……柳眼的行蹤？」

「柳眼？」余負人道：「江湖中人尚不知風流店之主名叫柳眼，唐公子此去風流店故所，看來所得不少。」

唐儷辭再度睜開眼睛，「風流店中隱藏甚多祕辛，不是一時三刻能夠明白，情況未明之前，暫且不提。碧落宮動向如何？」他閉目片刻，目中已略微有了些神采，不似方才蕭然無神。

「宛郁宮主忙於遷宮之事，一時三刻只怕無法分心應對風流店。」余負人道：「如今江湖之中人人自危，各大門派嚴令門下弟子回山，各持緊縮自保之計。風流店倚仗毒藥之威，已成當今江湖一煞，誰也不知何時何地，他們要進攻何門何派。」

「普珠上師可是中原劍……會……咳咳，劍會之一？」唐儷辭低聲道：「近來可有普珠上師的消息？」

「普珠上師？」余負人頗為意外，「普珠上師確是劍會之一，近來普珠上師為平潭山火災一事，前往救人，聽聞剛剛返回少林寺。」

「等我前往好雲山之後，劍會先向少林寺借用普珠上師一時，這位大師武功很高，疾惡如仇，對付風流店必是一大助力。」唐儷辭微微一笑，因為重傷在身，笑得有些乏力，頗現柔和溫弱之色。

特地要普珠上師，理由真是如此簡單？池雲看了唐儷辭一眼，這頭白毛狐狸前幾天瘋瘋癲癲，難道都是裝的？看了這一眼，他卻瞧見唐儷辭右手握拳，在被下微微發抖，顯是握得極用力，微微一怔，他——

「池雲這就去備車吧，」沈郎魂淡淡地道：「余公子，待我打點行囊，這就出發。」

余負人微笑道：「馬車我已備下，車夫乃是本會中人，比外邊雇的隱祕得多，幾位收拾衣囊，這就走吧。」他當先出門，下樓召喚馬車。

「此人氣度不凡，只怕在劍會中不是尋常人物，邵延屏讓他來請客，可見對他的器重。」沈郎魂淡淡地道：「但為何名不見於江湖，其中緣故，真是啟人疑竇。」他目光一轉，轉到唐儷辭身上，「你……」

唐儷辭長長的吸了口氣，剎那渾身都顫抖起來，身子前傾，幾乎倒在被褥之上。池雲和沈郎魂雙雙出手相扶，觸手冰冷，他渾身都是冷汗，雙手握拳按在額角兩側，渾身顫抖，竟一時止不住。

「果然……神智昏亂，勉持鎮定只會讓你心智更加紊亂，」沈郎魂冷冷地道：「何必在外人面前強作無事？此時此刻你分明對風流店之事無能為力，就算你不承認，也不得不說你那好友對你所下的毒計，的確是步步得逞，沒有一處你不落在他彀中。既然一敗塗地，就該認輸，大丈夫輸得起放得下，何必硬要逞強，在此時此刻擔起重擔？」他瞪了唐儷辭一眼，

「你當真做得到？」

「我為何做不到？」唐儷辭低聲道：「我若做不到，一定會發瘋……哈哈哈……」他低聲笑，「我若發瘋，一定要害死比他更多的人……反正全天下都是死人，死了誰我都不在乎，到處都是死人在跳舞，死人會跳舞，哈哈哈……」

池雲和沈郎魂面面相覷，「啪」的一記輕響，沈郎魂一掌拍上唐儷辭頭頂，渡入少數真力，唐儷辭微微一震，突然安靜下來。池雲冷冷地道：「冷靜！」

「我……我……」唐儷辭再度長長吸了口氣，壓在額角的雙手終於緩緩放了下來，右手按在胸口，「我……」

「你若穩不住心智，便誰也救不了，」沈郎魂道：「更不能讓任何人回頭。」

唐儷辭的手緩緩落到被褥上，一邊的鳳鳳用力爬過來，小手按到他的手掌上，他目不轉睛地看著鳳鳳的手，過了好一會兒，他輕輕一笑，「我剛才說了些什麼？」

「白毛狐狸，就憑你現在瘋瘋癲癲的樣子，前往好雲山當真沒有問題？」池雲皺眉皺得很深，「你不要在劍會那些老王八面前發瘋，那些人本就信不過你，要是你有了什麼過失，吞也活吞了你。」

「我……」唐儷辭輕輕地笑，「我想我比剛才要好一些，至少想一件事的時候思緒尚能連貫……若我不知不覺做錯了什麼，你們要記得提醒……我會打圓場。」

「你——」池雲本來怒氣上湧，罵到嘴邊卻嘆了口氣，「你就是非去不可，就算半瘋不瘋裝模作樣勉強逞強也要去就是了？」

「嗯。」唐儷辭閉上眼睛，唇邊淺笑微現，然而神色頗為疲憊，「咳咳……我頭痛得很，暫時……莫和我說話。」他緩緩自床榻上起身，自椅上拾起一件衣裳，披在肩頭，抱起鳳鳳，慢慢往外走去。

池雲匆匆將行囊自櫃中取出，追了出去。沈郎魂微微一嘆，也跟了上去。

客棧門外停了兩輛馬車，余負人已在馬車之旁，唐儷辭逕自上車，池雲匆匆跟上，沈郎魂與余負人登上另一輛馬車，白馬揚蹄，往東而去。

「恕我直言，唐公子之傷看起來非同尋常。」余負人坐上馬車，將背上青珞持在手中，其人動作穩健，神色自若，雖然和沈郎魂同車，渾身不露絲毫破綻。

沈郎魂靜靜坐在一旁，聽余負人之言，他沉默了一陣，突然道：「你可曾是殺手？」

余負人微微一笑，「沈郎魂的眼力，果然也是非同尋常。」他這麼說，是自承其言，微微一頓，他道：「殺手的眼裡，一向容不下半點沙子。」

「唐儷辭的確傷得很重，不過尚不致命。」沈郎魂淡淡地道：「這世上只要不是要命的傷，就不是傷。」

余負人道：「同意。不過我很好奇，究竟是誰能傷得了天下無雙的唐公子？」

沈郎魂淡淡地道：「哈哈，你這句話難道不是諷刺麼？」

余負人微笑，「豈敢……我是由衷之言，今日你若不說，我必是睡不著的。」

「嘿嘿，風流店的據點，飄零眉苑之中遍布機關，他是被那些機關所傷。」沈郎魂閉目道：「但也查探了其中所有地點，風流店的內幕，可謂深不可測，人才濟濟，大出人意料之外。」

余負人目光流動，「是什麼樣的機關竟能傷到他？」

沈郎魂道：「鐵甲百萬兵、火焰橋、火焰蛇、留人閘，以及……朋友。」

余負人道：「朋友？那是什麼樣的暗器？」

沈郎魂淡淡地道：「最傷人的暗器，不是麼？」

余負人微微嘆了口氣，「原來唐儷辭是一個顧惜朋友的人……」他道：「實不相瞞，根據之前江湖上對唐公子的傳言，唐公子不該如此心軟。」

沈郎魂道：「江湖傳聞，唐儷辭是如何一個人？」

「自然是天下除皇宮大內之外最有錢的男人，並且，是年輕俊俏、溫文儒雅的男人。」余負人微微一笑，「其人武功高強、眼光犀利、心計超絕，能在江湖大眾未看穿余泣鳳的真面目之前動手將他誅滅，又能聯合碧落宮在青山崖大敗風流店，更將風流店之主擊下懸崖，行動效率極高，武功超凡脫俗，雖然手段略嫌稍過，卻也是江湖百年少有的俊傑。」

「既然是俊傑，為何你以為他不會顧惜朋友？」沈郎魂淡淡地問。

余負人嘆道：「不知為何，在我內心之中始終覺得唐儷辭該是一名心計更勝傳聞的高手，顧惜朋友、禍及己身，拖累行動的效率，打亂預定的算計，不是智者所為。」

沈郎魂低笑，「哈哈，我也曾經這樣認為，可惜……他卻不是這種人。」

「他怎能不是這種人，不是這種人，在如今江湖局勢之中，他要如何自處？」余負人淡淡地道，目光緩緩落在手中青珞之上，青珞劍精鋼為質，劍芒發青，而握在手中之時只是一支花紋簡陋的三尺長劍，不見任何特別。

沈郎魂也淡淡地道：「若他真是那樣的人，說不定你我只會更失望，不是麼？」

余負人笑了，「哈哈，也許——但一旦身為中原白道之主持，便不能有弱點，中原劍會之所以選擇唐儷辭，也正是看中他身無負累，不像宛郁月旦畢竟身負滿宮上下數百人的性命。」

「哈哈，我不能說劍會的選擇是對是錯，但也許……宛郁月旦會更像劍會期待之人。」

沈郎魂淡淡地笑，「又或者……唐儷辭會超出劍會的期待，也未可知。」

馬車以碎步有條不紊的前行，車夫揚鞭趕馬，很快沒入青山翠影之中。

好雲山。

濃霧迷茫，令天下習劍之人為之敬仰的中原劍會便在此處，山不在高，有仙則名，好雲山中一處青磚暗瓦的院落，便是天下馳名的劍會「善鋒堂」。

善鋒堂上的暗色瓦片，均是已斷長劍劍鞘，每一柄斷劍，均有一段可歌可泣的故事。兩輛馬車緩緩上行至善鋒堂門前，門前兩人相迎，一人紫衣背劍，一人灰衣空手。余負人自馬車當先下來，雙雙抱拳，「邵先生，孟大俠。」

紫衣背劍的是邵延屏，灰衣的是「孟君子」孟輕雷。

邵延屏饒有興致地看著馬車，上次在青山崖碧落宮，被宛郁月旦和唐儷辭無聲無息的擺了一道，將碧漣漪當作唐儷辭，這一次他必要好好看清這位傳說紛紜的唐公子究竟生得何等模樣。

馬車微晃，邵延屏心中微微一動，上等高手行動，落葉尚且不驚，怎會馬車搖晃？一念疑慮尚未釋然，只見車上下來一人，一身淡灰衣裳，灰色布鞋，其上細針淺繡雲痕，雲鞋雅致絕倫，衣裳卻甚是簡單樸素，其人滿頭銀髮光澤盎然，回過頭來，眉目如畫，誠然一位翩翩濁世佳公子。邵延屏打量了來人一眼，心裡嘖嘖稱奇，銀色頭髮前所未見，這就罷了……這人左眉上的斷痕——絕非天然所斷，而是刀傷，並且那柄刀他雖然從未見過，卻大大有名，這刀痕略帶兩道弧度，猶如梅花雙瓣，乃是「御梅主」那柄「御梅」。

「御梅主」此人已是三十年前的傳說，傳聞此人清冷若冰雪，刀下斬奸邪皆是一刀斃命，出現江湖寥寥數次，救下數位德高望重的江湖前輩，在三十年前一次中原劍會之中一刀敗盡英雄，名聲超然天下，為當時武林第一人。不過時過境遷，此人已經許久不見江湖，當今的武林中人知曉「御梅主」的人只怕不多，「御梅」刀痕出現在唐儷辭左眉之上，邵延屏心中頓時高興至極——這說明此人真是奇中之奇，實是萬世罕見的寶貝，世上再也沒有人比唐儷辭更為古怪的了。隨著唐儷辭下車，馬車上其餘三人也隨即下車，緩步前來，其中一人懷抱嬰兒，形狀古怪，引人注目。

「唐公子。」孟輕雷欣然道：「許久不見，別來無恙？」他曾在京城國丈府見過唐儷辭一面，對其人印象頗好，也知懷抱嬰兒的是池雲。

唐儷辭眼波微動，看了孟輕雷一眼，微微一笑，「別來無恙。」他走得很平靜，不動真氣，邵延屏和孟輕雷便看不出他功力如何，對邵延屏微微頷首，「邵大俠久仰了。」

「哪裡哪裡，唐公子才是讓邵某久仰，」邵延屏打了個哈哈，隨即嘆了口氣，「劍會上下都在期待唐公子大駕光臨，昨日風流店帥眾滅了長風門，我等晚到一步，雖然救下數十位傷患，卻未能挽救長風門滅門之禍，也不知它究竟何處得罪了風流店。唐公子才智絕倫，正好為我等一解疑難。」

「那麼……不請我喝茶？」唐儷辭一伸衣袖，淺然而笑，「順道讓我看看名傳天下的善鋒堂究竟是什麼模樣。」

「哈哈，唐公子雅意，這邊請。」邵延屏當先領路，往門內走去。善鋒堂地處濃霧之地，門窗外不住有白霧飄入，猶如仙境，然而水汽濃重，呼吸之間也感窒悶沉重。堂內裝飾堪稱華麗，種植的奇門花草在濃霧之中輕緩滴水，顏色鮮豔，廳堂整潔。踏入客堂，便看見十數位形容衣貌都不相同的人散坐堂中，眼見幾人進來，有些人冷眼相看，有些人站起相迎，其中神情古怪的一人黑衣黑劍，便是「霜劍淒寒」成縕袍。

唐儷辭對眾人一一看去，眾人的目光多數不在他身上，而是略帶詫異或鄙夷地看著沈郎魂，對江湖白道而言，朱露樓的殺手畢竟是渾身血腥的惡客。沈郎魂面無表情，淡淡地站在唐儷辭身後，只見唐儷辭衣袖一振，往客堂中踏入一步，略略負手側身，姿態甚是倨傲，言語卻很溫和，「唐儷辭見過各位前輩高人，各位高風亮節、劍術武功，唐儷辭都是久仰了，今日得見，不勝榮幸。」

他的姿態很微妙，以居高臨下之姿，說謙和平靜之詞，竟不顯得有半分作偽。各人聽入耳中，都感詫異，卻並不惱怒，隱隱然有一種被抬了身價的感覺，畢竟受唐儷辭恭維與受其他人恭維大大不同。成縕袍緩緩地問：「來到劍會，你將有何作為？」

「查找風流店背後真正的主使、其進攻的規律、現在新建的據點，以及……柳眼的下落。」唐儷辭唇角微揚，「柳眼是風流店表面上的主人，但我以為真正的主使另有其人，並且風流店中另一路紅衣役使尚未出現，種種疑惑必待來日方解，要除風流店之禍，定要借重劍會之力。」

「哈哈，劍會也必定要借重唐公子之力，我給唐公子介紹，這位是……」邵延屏目光不離唐儷辭左眉的刀痕，一邊指著成縕袍身邊一人道：「『雲海東凌』……」

「『雲海東凌』蔣先生。」唐儷辭微笑道，目光轉到另一人身上，「這位是『九轉神箭』上官飛。」

蔣文博與上官飛微微一怔，兩人均已隱退多年，唐儷辭何以能認出？只見他目光流轉，將座下眾人一一敬稱，偶爾一二讚譽，便讓眾人感覺他對自己生平事蹟深有瞭解，並非隨口奉承。

邵延屏哈哈大笑，「堂裡已經開席，各位遠道而來，一見如故，請先填飽了肚子再相談，這邊請、這邊請。」

唐儷辭微微一笑，舉手相邀，各位欣然而起，一同赴宴。

池雲一邊涼涼地看著，孟輕雷哈哈一笑，將他拉住，請善鋒堂中女婢代為照看鳳鳳，一同往流芳堂而去。沈郎魂身形微晃，正在邵延屏開口招呼之前，失去蹤跡。余負人未料沈郎魂倏然而去，臉現訝異之色，跟在孟輕雷身後，進入宴席。

席中，池雲持筷大嚼，傲然自居，旁若無人，邵延屏熱情勸酒，他來者不拒，在座皆是前輩，年紀最小的成縕袍也比他大了十來歲，他卻誰也不放在眼裡。「天上雲」名聲響亮，人人皆知他是這般德性，倒無人怪罪，眾人關心所在，多是唐儷辭。

唐儷辭左手持筷，夾取菜肴動作徐緩優雅，與尋常武林中人大不相同。邵延屏眼光何等犀利，他就坐在唐儷辭身邊，瞧出他左手上十來個極細微的傷口，乃是蛇牙之傷，心中又是大奇，他怎會被毒蛇咬到？

「敢問唐公子手上傷痕，可是銀環之傷？」對座一位黑髯老者突問，「並且銀環之數為十三，乃是銀環之中最毒一種？」

池雲聞言哼了一聲，唐儷辭微微一笑，右手舉起，捋開衣袖，眾人只見他雙手之上斑斑點點，盡是傷痕，右手比左手更為嚴重，不禁駭然變色，蔣文博失聲道：「這是？」

「唐公子被如此多銀環十三所傷，傷口卻並未發黑，可見體內早有抗毒之力。」黑髯老者道：「只是銀環並非喜歡群居的蛇，此事看來不是意外。」

唐儷辭細細看雙手的傷痕，過了一會，他道：「風流店老巢之中，有機關共計一百三十三處……」他侃侃而談，將飄零眉苑的結構、布局、機關、方位說得清清楚楚，各人凝神細聽，心下各有所得。池雲冷眼相看，唐儷辭言辭流利，神態從容，此時已半點看不出這個人昨日還在發瘋，只是那日菩提谷中發生之事歷歷在目，他真的能這麼快擺脫陰影，恢復正常？

以他對唐儷辭的瞭解，姓唐的白毛狐狸絕不可能就此超脫的，他根本不是超脫的人。

那日在菩提谷中……

第十七個墳墓，方周之墓。

封墓的白色泥土果然如傳說般堅固，唐儷辭遍身火傷，雙手鮮血淋漓，散功之身，以他雙手去挖，根本挖不開堅硬如鐵的墓土。沈郎魂出手相助，池雲拔刀砍擊，在三人聯手之下，仍是整整挖了一個半時辰，才在方周之墓上挖出一個洞來。

那個洞裡，有一具棺材，但不是冰棺。

那是一具木板破裂，材質惡劣的薄木棺材。

日光投入墓中，一股奇異的味道飄了出來，唐儷辭目不轉睛地看著墓裡的薄木棺材——那棺材上有個爆裂的口子，像是什麼人出手一抓透棺而入，正是因為那是個很大的破口，所以日光也透了進去。

誰都看得很清楚，那棺材裡的確有個人。

一個頭髮凌亂的人……胸口有個傷口，的確無心，這個人就是方周了吧……

唐儷辭踉踉站起，「啪」的一聲撲在了那破開的墓口上，沈郎魂和池雲看著墓中那具屍體，只覺一陣寒意自背後竄起，「啊——」的一聲厲若泣血的慘叫，唐儷辭雙手緊抓墓前的石碑，猛力搖晃，以頭相撞，砰然一聲、兩聲……墓碑上血跡斑斑，池雲一把將他拉了回來，倒抽一口涼氣，那墓中的屍體……

那墓中的方周，是一具斷首斷腳斷臂，被人亂劍斬為十數塊的屍體。

墓中古怪的蟲子在屍身上爬行，腐爛的屍身散發著一股極端難聞的氣味，這就是唐儷辭千里赴險，甘受毒刀、蛇咬、火焚、散功之苦，而想要尋到的結果？就是他三年前以摯友性命為賭，而篤信人力可以挽回一切的初衷？就是他在腹中埋下方周之心，忍受雙心之痛的本意？無論如何都要救他、以為自己必定能救他——毫不猶豫毫不懷疑——以為自己必定能挽回過去，以為自己從不失敗，相信人生從來沒有「絕望」兩個字！但——其實一切只是他在三年前做的一場夢？其實一切在三年前方周死去的時候就已註定，其實一切根本沒有任何改變，其實一切都只是他一廂情願的幻想……只是他盲目做下了各種各樣的荒唐，只是他以為挽回了些什麼而實際上什麼都早已失去……

被碎屍的腐爛的方周，還能復活麼？

這個問題，只是一個笑話。

而唐儷辭為這個笑話，付出了幾乎他能付出的一切。

「哈……哈哈……」唐儷辭坐倒在地，一手支身，銀髮垂地，不知是哭是笑，過了好一會兒，他說出一句話來讓池雲至今記憶猶新——他說——

「我相信這絕不是阿眼砍的……他、他一定不知道……」

池雲說話一向很難聽，但他覺得那時他說的那句他媽的糟透了，他記得他說：「不是他砍的是誰砍的？他明知道你會找來，故意把人砍成肉醬，就是為了看你現在的模樣。」

沈郎魂那時說的話也他媽的難聽到了極點，他說：「放手吧，對這樣的敵人心存幻想，就是要你自己的命，我相信你唐儷辭的命，遠比柳眼值錢。」

但唐儷辭喃喃地道：「我相信他不會這樣對我。」

這就是發生在菩提谷中的事，或許在他的記憶中，已失去許多細節，反正他從來也不是在乎細節的人，但唐儷辭那天的模樣他這一輩子都不會忘記。

一個人的感情究竟能有多狂熱……有些人一輩子古井無波，不會為多少事感動；有些人多愁善感，能為許多事掉眼淚；還有些人的感情像冰山烈火，涼薄的時候比誰都涼薄，無情的時候比誰都無情，而狂熱的時候，比什麼都狂熱，狂熱得可以輕易燒死自己。

狂熱，是因為他沒有、他缺乏，所以僅有的……一定要抓住、所以絕不放手。

記得他曾經說過，「我很少有朋友。」

而他說：「難道姓沈的和老子不算你的朋友？」

他說：「不算。你們……都不知道我在想些什麼，不是麼？」

對唐儷辭而言，究竟什麼才叫做「朋友」？池雲在宴席上埋頭大吃，他承認他從來不知道唐儷辭心裡在想些什麼，但對池雲來說，這從不妨礙他覺得姓唐的白毛狐狸是朋友。一同喝酒吃肉、殺人越貨的人，就是朋友了。

酒席上，唐儷辭堪堪說完風流店中種種布置，對鐘春髻那要命一針和方周屍體一事他自是絕口不提。

蔣文博道：「風流店中必定有人得了破城怪客的機關之法，要麼，破城怪客就是風流店其中之一。但二十年前我曾與其人有過三面之緣，其人並非奸邪之輩，這許多年不見於江湖，只怕不是淪為階下之囚，就是已經亡故。」

黑鬚老者乃是蛇尊蒲馗聖，介面道：「能在銀環腹中埋下火藥，馭使毒物之法也很了得，當今武林或許『黑玉王』、『明月金醫』、『黃粱婆』這等醫術和毒術超凡之人，才有如此能耐。」

唐儷辭舉杯一敬，淺然微笑，「各位見多識廣，令唐某大開眼界。」

輕輕一句奉承，蔣文博和蒲馗聖都覺顏面生光，見他飲酒，雙雙勸阻，「唐公子有傷在身，還是少飲為上。」

蒲馗聖出手阻攔，一縷指風斜襲唐儷辭手腕，唐儷辭手指輕轉，蒲馗聖一指點出，竟似空點，心中一怔。唐儷辭舉杯一飲而盡，緩緩放下，微微一笑。

邵延屏心中暗贊好手法，五指一轉一張之間輕輕讓開蒲馗聖那一道指風，不落絲毫痕跡，只可惜依然不使真氣，看不出他修為高下。

「好功夫！」席上同時有幾人承贊，這一杯酒下肚，人人對唐儷辭心生好感，席間談論越發坦蕩豪邁。

池雲冷冷地喝酒，白毛狐狸籠絡人心的手法一向高端，不論是誰，只要他想籠絡，沒有誰能逃出他五指山外，眼角一飄，只見余負人持筷靜聽，默默喝酒，滿宴席讚譽和歡笑，卻似並未入他耳中，一個人不知在想些什麼。

這個人不笑的時候，看起來有些眼熟，池雲心裡微略浮起一絲詫異，但他的記性一向不好，到底像誰，他卻說不上來。

一個女婢輕輕走上前，在邵延屏耳邊悄悄說了幾句，邵延屏揮手示意她退下，轉頭對唐儷辭道：「劍會有一位貴客，今夜想與唐公子一談，不知唐公子可願見她一面？」

唐儷辭微微一笑，「既然是劍會的貴客，怎能不見？」

邵延屏哈哈一笑，對眾人道：「這位貴客身分特殊，恕我不能說明，還請各位見諒。」

席間眾人紛紛頷首，宴席歡笑依舊，對消滅風流店一事信心大增，諸多謀劃，各自一一細談。

第十一章　靜夜之事

酒席過後。

邵延屏請唐儷辭偏房見客，池雲本要跟去看熱鬧，卻被客客氣氣地請了回來，一怒之下回房倒下便睡。各位江湖元老寒暄過後各自散去，有些乘月色西風往後山垂釣，有些回房練功調息，人不同，行事作風也大不相同。

偏房之中，點著一盞明燈，燈色不明不暗，亮得恰到好處。

唐儷辭推門而入的時候，只見一位青衣女子坐在燈旁，手持針線，揚起一針，正自細細繡她如意肚兜上的娃娃，見他進門，抬頭微微一笑。

他本以為不論見到誰都不會訝異的，但他的確訝異了，「阿誰姑娘……」

邵延屏笑道：「看來兩位確是故識，阿誰姑娘來此不易，兩位慢談，在下先告辭了。」他關上房門，臉上的笑意，不外乎是以為唐儷辭年少秀美，今夜又要平添一段鴛鴦情事。

阿誰將如意繡囊收回懷中，站了起來，「唐公子。」

唐儷辭手扶身邊的檀木椅子，卻是坐了下去，「咳咳……」他低聲咳嗽，緩緩呼吸，平穩了幾口氣，才道：「妳怎會來此……」

阿誰伸手相扶，在他身前蹲了下來，「你受了傷？」

唐儷辭微微一笑，「不妨事，妳冒險來此，必有要事。」他的臉色並不好，宴席之後，酒意上臉，眉宇間微現疲憊痛楚之色，那紅暈的臉色泛出些許病態，然而紅暈的豔，在燈下就顯出一種勾魂攝魄的滋味。

「風流店的現在的地點，就在好雲山不遠的避風林。」阿誰自懷裡取出一方巾帕，遞在唐儷辭手中，「今夜他帶我出門到晚風堂喝酒，然後他喝醉了，不知去向。」她凝視唐儷辭的臉色，「所以我就來了。」

「妳來……是想看鳳鳳，還是想看我？」唐儷辭柔聲問，所問之事，和阿誰所言全不相干，他的吐息之中尚帶微些酒氣，燈光之下，薰人欲醉。

她輕輕嘆了口氣，「我……很想看鳳鳳，但也想來看你。」她並沒有看唐儷辭的臉，她看她自己的手指，那手指在燈下白皙柔潤，煞是好看。「我聽說你……」她微微頓了一下，「近來不大好。」

「我……從來都不好。」唐儷辭柔聲道：「從出生到現在，從來沒有好過，那又如何？」

她不防他說出這句話來，微微一怔，「你……心情不好？」

唐儷辭眼波流動，眼神略略上抬，眼睫上揚，悄然看著她，隨後輕輕一笑，笑得很放浪，「我的心情從來都不好，妳不知道？」

她凝視著他的眼睛，並沒有接話，溫柔的燈盞之下，她以安靜的神韻，等待他說下去，或者不說下去。她並沒有驚詫或者畏懼的神色，只有一種專心在她眸中熠熠生輝，有一顆平靜聰慧的心，或許便是這個女子持以踏遍荊棘的寶物。

但他並沒有說下去，而是慢慢伸出手，輕輕的觸到她的額頭，捂住她的眼睛，緩緩往下抹，「再這樣看我，我就挖了妳的眼睛……別睜眼。」

她閉上眼睛，仍舊沒有說話。

唐儷辭溫熱的手指緩緩離開了她的臉頰，就如一張天羅地網輕輕收走，雖然網已不在，她卻仍然覺得自己尚在網中。正在這個時候，唐儷辭柔聲道：「我的心情從來都不好……小的時候我想要自由，卻沒有半點自由……後來我拋棄父母得到了極度的自由，那種自由卻幾乎毀了我。我想要朋友……但沒有人願意、也沒有人敢和我做朋友……等我明白沒有人敢和我做朋友是因為我自由得讓他們恐懼——我覺得很可笑——我拋棄了那種可笑的自由，得回了我的父母和朋友，但失去後再獲得的東西……妳是不是總會感覺它依然不屬於自己？就像一場夢……我常常懷疑再獲得的感情是假的，但如果我所擁有的僅有的東西是假的，那還有什麼是真的？我所得到的東西從來不多，我不想失去任何一點……」他極低沉的柔聲道：「我也相信我不會失去任何一點，但我已經失去了，該怎麼辦？」

她沉默了很久，唇齒輕輕一張，他溫熱的手又覆了上來，捂住她的嘴唇。

「不要說了。」他說。

已經失去的東西，就是失去了，永遠也要不回來。要麼，你學會忍耐、接受，然後尋覓新的代替，以一生緬懷失去的；要麼，你逃避、否認，然後說服自己從來沒有失去；要麼——你就此瘋狂，失去不失去的事，就可以永遠不必再想；此外……還能如何呢？她的唇被他捂住，她緩緩睜開了眼睛，看著他的眼睛。

他閉著眼睛，眼睫之間有物閃閃發光，微微顫抖。

對了……失去了……還可以哭……

房中安靜了很久，過了好一會兒，唐儷辭緩緩收回了手，「對不起，我有些……」他以手背支額，「我有些心亂……」

她微微一笑，「我也沒有聽懂方才唐公子所言，不妨事的。」她拍了拍他另一隻手的手背，「唐公子身居要位，對江湖局勢影響重大，消滅風流店是何等艱難之事，勢必要公子竭盡心血。公子應當明瞭自身所負之重，江湖中多少如阿誰這般卑微女子的性命前程，就在公子一人肩上……」她輕輕嘆了口氣，「阿誰心事亦有千百，所擔憂煩惱之事無數，但……此時此刻，都應當以消滅風流店九心丸為要。」

「嗯……」唐儷辭閉目片刻，微微一笑，睜開了眼睛，「妳的心事，可以告訴我麼？」他方才心緒紊亂，此時神智略清，一笑之間隱隱有穩健之相。

「我……」她低聲道：「我……」她終是沒有說出，站了起來，微微一笑，「我該走了。」

唐儷辭站起相送，他何等眼光，從她剛才一繡肚兜他就知道……她，恐怕有了柳眼的孩子。一個不會武功的年輕女子，屢屢遭人擄掠，遭人強暴，生下兩個不同父親的孩子，一個托孤他人，另一個不知將會有什麼命運……而她自己人在邪教之中，為奴為婢，遭受眾人懷疑猜忌，性命岌岌可危，在這種遭遇之下，她卻並沒有選擇去死。

她走了出去，走得遠了。邵延屏安排得很妥帖，一名劍手將她送至左近一個熱鬧的城鎮，讓她進茶樓喝茶聽戲，便自離去。風流店自會找到她，找到她也只當柳眼將她棄在途中，她迷路到此。

唐儷辭倚門而立，手按心口。

她是一個身具內媚之相，風華內斂，秀在骨中，沒有任何男人能抵抗的女人。

但她最動人的地方，卻不是她的內媚。

正在此時，門板之後驟然「嗡」的一聲響，一支劍刃透門而過，直刺唐儷辭背心。

「噹」的一聲，一物自暗中疾彈而出，撞正劍刃，那一劍準心略偏，光芒一晃，沒入黑暗之中，就此消失不見。

「好劍。」長廊之外有人淡淡地道：「可惜。」

唐儷辭依舊倚門而立，眉目絲毫未變，「可惜不如你。」

長廊外有人飄然躍過欄杆，「他若不是不敢露了身分，再下十劍八劍，說不定就有一兩劍我攔不下來。」這人貌不驚人，正是沈郎魂，方才宴席之前他突然離去，此刻卻在這裡出現，彷彿已潛伏暗處許久了。

唐儷辭唇角略勾，似笑非笑，「他若是鐵了心要殺我，這一次不成功，還有下一次、下下次……咳咳……總有機會。」他咳了兩聲，緩緩離開門框，「哈哈，你救我一命，我請你喝酒。」

沈郎魂也湧上一層淡淡的笑意，「救你一命如此容易？方才我若不出手，你可會殺了他？」

唐儷辭眉頭微揚，笑得頗具狂態，「哈哈哈……一個武功全失、真氣散盡的廢人，難道還能殺人不成？」

沈郎魂並不笑，淡淡地道：「我卻以為在你武功全失的時候，只怕比真氣未散之時更為心狠手辣。」

唐儷辭一個轉身，背袖淺笑，「哈哈、哈哈哈哈……這邊喝酒。」

池雲叫這人「白毛狐狸」，沈郎魂望著他的背影，一人身兼妖氣與狂態、溫雅與狠毒，他嘴角微微一勾，的確是隻白毛狐狸。唐儷辭當先而行，穿過幾重門戶，進了屋子。沈郎魂微微一怔，眼前之處煙囪水缸、柴房在旁，豈非是廚房？唐儷辭進了廚房，那廚房剛剛收拾乾淨，夜色已起，傭人們都下去了，寂靜無人。他徑直走到案板之旁，伸手握住那柄尤帶水珠的菜刀，雪白的手指輕撫刀脊，突地一笑，「你想吃什麼？」

「苦瓜炒雞蛋。」沈郎魂淡淡地道。

「奪」的一聲，唐儷辭拔起菜刀，重重剁在案板上，「苦瓜炒雞蛋，紅辣椒炒綠辣椒。」

一柱香時間之後，善鋒堂廚房桌上擺了兩疊小菜，一碟苦瓜炒雞蛋，一碟紅辣椒炒綠辣椒，顏色鮮亮，熱氣騰騰。沈郎魂看著桌上兩只大碗，「我從不知道你喝酒是用碗的。」

「用碗還是用小杯子，難道不都是喝酒？」唐儷辭喝了一口，眼波流轉，「就像不管你是用品的還是灌的，這酒難道不是偷的？」

沈郎魂聞言大笑，「這是就是你請的酒？」

唐儷辭一仰頭一碗酒下肚，淡淡地道：「酒是我偷的，又不是你偷的。」

沈郎魂夾起苦瓜吃了一口，嚼了幾下，頗為意外，「好雞蛋好苦瓜。」

唐儷辭夾起一條辣椒絲，撲鼻嗅到辣椒的氣味，「咳……」

沈郎魂詫然，「你不會吃辣？」

唐儷辭點了點頭，細細地笑，「我會喝酒，卻不會吃辣。」

沈郎魂道：「那你為什麼要炒辣椒？」

唐儷辭微微一笑，「我高興。」

沈郎魂吃了一口辣椒，「滋味絕佳，好手藝！」放下筷子，他喝了口酒，話題一變，「那人換了劍，你如何認出他的身分？」

「他姓余。」唐儷辭道：「是一個面生的劍術高手，在劍會地位很高，特地帶了一把名劍在身上……」他淺淺地笑，「我雖然不知道余泣鳳有沒有兒子，但是至少不會傻得以為余泣鳳死後真的沒有人找上門來。」

沈郎魂大口嚼辣，「你說他手持青珞，就是想證明行刺你的人不是他？」

唐儷辭微笑道：「這至少是他手持青珞的理由之一，不過余負人其人骨骼清明，見識不俗，並不是盲從之流，也非平庸之輩，我很欣賞。」

沈郎魂喝下一碗酒，「一擊不中，隨即退走，他殺你之決心很足，信心也很足。」

唐儷辭以筷輕撥酒杯，慢慢地道：「一個好殺手。」

沈郎魂淡淡一笑，「喝酒！」

唐儷辭舉碗以對，「喝酒。」

之後兩個人將善鋒堂廚房裡那一壇酒喝了一半，天已微亮，做早飯的廚子搖搖晃晃走進廚房，兩人相視一笑，沈郎魂托住唐儷辭手肘，一晃而去。那廚子定睛一看滿桌狼藉，酒少了大半，呆了半晌，「這……這……邵先生、邵先生……」他轉身往外奔去，沿路大叫，「有人偷酒！有人偷酒！」中原劍會中人從來循規蹈矩，自然從來不會有人踏進廚房，更不會有人半夜去偷酒。

沈郎魂和唐儷辭大笑回房，池雲早已起了，鳳鳳趴在桌上正在大哭，見唐儷辭回來，破涕為笑，雙手揮舞，「嗚……嗚嗚……」唐儷辭將他抱起，他渾身酒味，鳳鳳卻不怕，雙手將他牢牢抱住，剛長了兩個牙的小嘴在他衣襟上啃啊啃的。

「怎麼了？」唐儷辭微笑，「他又怎麼惹了你了？」

池雲冷冷地看著他，「傷還沒好，你倒是敢喝酒。」

唐儷辭柔聲道：「若不能喝酒，活著有什麼意思？」

池雲怒道：「你活著就為了喝酒麼？」

唐儷辭微笑道：「喝酒吃肉、水果蔬菜，人生大事也。」

池雲被他氣得臉色青白，「邵延屏找你，昨夜霍家三十六路拳被滅，又是風流店的白衣女子幹的。」

唐儷辭往後走去，「待我洗漱過後，換件衣裳就去。」

前廳之中，邵延屏、蔣文博、蒲馗聖、上官飛等人都在，地上放著一具鮮血淋漓的屍首，幾人臉上都有怒色。

「霍家三十六路拳在拳宗之中，也算上乘，只可惜近來傳人才智並不出色，風流店殺人滿門，渾然不知是為了什麼。」上官飛大聲道：「我等要速速查出風流店老巢所在，一舉將它搗毀，這才是解決之法。」

「就算你查到風流店老巢所在，就憑你那九支射鼠不成，射貓不到的破箭，就能將它搗毀？」眾人之中一位個頭瘦小的老者涼涼地道：「不知對方底細，貿然出手必被捉。」

上官飛勃然大怒，但對方卻是中原劍會中資格最老、在位時間最長的一位長老，「劍鄙」董狐筆，乃是不能得罪的前輩，只得含怒不語。邵延屏陪笑打圓場，「哈哈，搗毀風流店之事，自當從長計議，兩位說得都十分在理。」

「要知道風流店的據點，並不很難。」溫和的聲音自門外傳入，眾人紛紛轉頭，只見唐儷辭藕色長衫，緩步而來，比之昨日卻是氣色好了許多。邵延屏眼光好極，一眼瞧見他腳上新鞋，心裡越發稀罕——這人穿的衣裳都是尋常衣裳，腳上的鞋子卻比身上的衣裳貴上十倍，那是什麼道理？

「唐公子有何妙法？」

「妙法……晚輩自是沒有。」唐儷辭微微一笑，「我有一個笨法。」

蔣文博道：「願聞其詳。」

唐儷辭緩步走到廳中桌旁，手指一動，一件事物滑入掌中，饒是眾多高手環視，竟無人看清他的動作，只見他以那事物在桌上畫了一個圓點，「這是好雲山。」

他畫了一點之後，蔣文博方才認出那是一截短短的墨塊，質地卻是綿軟細膩，故而能在光滑的桌面上隨意書寫，暗道一聲慚愧，唐儷辭出手快極，世所罕見，果然是曾經擊敗風流店主人的高手。只聽他繼續道：「近期被滅的派門，一為昨夜的霍家、一為慶家寨、一為雙橋山莊，被害的武林高手共計兩人，一者『青洪神劍』商雲棋、一者『聞風狂鹿』西門奔。」他在好雲山東方點了一個點，「霍家在這裡，」在好雲山南方再點了一個點，「慶家寨在這裡，雙橋山莊在這裡……而商雲棋住在雲淵嶺，距離好雲山不過五十里，西門奔住得雖然不近，但是他自北而來，死在好雲山十里之外，按照他的腳程，如果晚死半個時辰，便已到了好雲山。」

「你是說——風流店滅人滿門，並非濫殺無辜，而是針對好雲山而來？」成縕袍冷冷地道：「根據何在？」

唐儷辭溫言道：「根據……這些派門或者俠客，都在好雲山方圓百里之內，而一百里的距離，對武林中人而言，一個晝夜便可到達。」

成縕袍冷冷地問：「一個晝夜又如何？」

唐儷辭道：「一個晝夜……便是風流店預下滅好雲山善鋒堂的時間，」他緩緩地道：「要滅好雲山，自當先剪除善鋒堂的羽翼，先滅援兵，當風流店出兵來攻之時，好雲山在一個晝夜時間內孤立無援，如果風流店實力當真渾厚，善鋒堂戰敗，江湖形勢定矣。」

眾人面面相覷，各人皆覺一股寒意自背脊竄了上來，蔣文博道：「原來如此，風流店處心積慮，便是針對我劍會。」

上官飛冷笑道：「我就不信風流店有如何實力，能將我劍會如何！」

邵延屏卻道：「風流店若只針對我劍會，將有第三者從中得利。」

唐儷辭溫顏微笑，「風流店如果沒有把握將碧落宮逼出局外，必定不敢貿然侵犯好雲山，如果它當真殺上門來，必定對碧落宮有應對之策。否則風流店戰後元氣大傷，碧落宮勢必先發制人，它豈有作繭自縛之理？」

成縕袍冷冷地道：「要把碧落宮逼出局外，談何容易？」

唐儷辭將桌面上眾多圓點緩緩畫入一個圈中，「那就要看宛郁月旦在這一局上……究竟如何計算，他到底是避、還是不避。」

「避、還是不避？」成縕袍淡淡地問：「怎講？」

唐儷辭眼角略飄，伸手端起了桌上一杯茶，那是邵延屏的茶，他卻端得很自在，「避……就是說碧落宮有獨立稱王之心，宛郁月旦先要中原劍會亡，再滅風流店……他就會和風流店合作，默許風流店殺上好雲山，靜待雙方一戰的結果。」

邵延屏點了點頭，「但是如果宛郁月旦這樣計算，那是有風險的。」

唐儷辭微微一笑，「任何賭注都有風險，做這樣的選擇，宛郁月旦要確定兩點：其一、風流店與中原劍會一戰，風流店必勝；其二、碧落宮有一舉擊敗風流店的實力。」眾人心中思索，均是頷首，如果這一戰中原劍會戰勝，碧落宮選擇默許，便是成為劍會之敵，那對宛郁月旦稱王之路十分不利。

「他如果不避呢？」邵延屏細聽唐儷辭之言，心中對此人越來越感興趣，「他若不避，豈非要先和風流店對上？宛郁月旦一向功求全功，只怕不肯做如此犧牲。」

唐儷辭端起了他的茶，此時輕輕放下，「他若不避，必須相信劍會與他之間存有默契……就目前來說，沒有。」

他的目光自邵延屏臉上輕輕掠過，邵延屏心中不免有幾分慚愧，他身為劍會智囊，居然沒有看破此局的關鍵所在，「唐公子的意思是說……如果劍會能讓宛郁月旦知曉劍會已經切中此局關鍵之處，有合戰之心，也許……」

唐儷辭對他淺淺一笑，「也許？如何？」

邵延屏道：「也許他會牽制風流店一段時間。」

唐儷辭一舉手，將桌上所畫一筆塗去，「如果我是宛郁月旦，絕對不肯因為『也許』做如此犧牲。」

邵延屏有些口乾舌燥，「那——」

唐儷辭塗去圖畫，一個轉身，眼眺窗外，「除非中原劍會在風流店有所行動之前，就已先發制人，讓風流店遠交近攻之計破局，否則我絕不肯做出犧牲，牽制風流店的實力。」

眾人默然沉思，成縕袍緩緩吐出一口長氣，「如何破局？」

唐儷辭卻先不答他這一問，目凝遠方，微微一笑，「要碧落宮牽制風流店，拖延風流店發難的時間，劍會搶奪先機之戰必須要勝，毫無退路啊……」微微一頓，他並不看成縕袍，「破局……未必要劍會大費周章的去破，當所備後招被識破之後，下棋之人自然要變局，這並不難。」

蒲馗聖一直凝神細聽，此時突道：「只需劍會截住了他們下一次突襲，風流店就該知道它的詭計已被識破，它要麼立刻發難，要麼變局。」

唐儷辭頷首，「好雲山周遭武林派門尚有兩派，劍會可派出探子試探形勢。」

「嘿嘿，小子你卻是不錯。」上官飛上下看了唐儷辭幾眼，「雖然有些古裡古怪，人卻不笨。不過我若沒有記錯，剛才你進門的時候，說的是要知道風流店的據點不難，如果小子你單憑猜就能猜到風流店的老巢，老子就服你。」

唐儷辭緩緩端起了上官飛的茶，略揭茶蓋，往杯中瞧了一眼，「風流店既然要在一晝夜時間內滅好雲山善鋒堂，它的據點，自然離好雲山很近……」

眾人微微一凜，蔣文博失聲道：「它就在附近？」

唐儷辭放下茶杯，「好雲山左近，何處有湖泊溪流，可供淡水之飲？」

邵延屏道：「共有九處，雲閒谷、雁歸山、雙騎河畔、未龍井、點星臺、菩山、淵山、避風林和仙棋瀑布。」

唐儷辭微微一笑，「那就是避風林了。」

眾人面面相覷，上官飛失聲道：「你如何確定是避風林？」

唐儷辭對他微笑，「如前輩所言，一猜而已。」

邵延屏卻道：「近來避風林中確有不少神祕人物進出，人數雖少，武功奇高，一次余負人余賢姪跟蹤一人至樹林外，被其脫走，我也正著手調查之中。」

蒲馗聖重重哼了一聲，「老夫願意一訪避風林。」

「此事我看還需調查清楚，」邵延屏沉吟道：「今夜……」他的目光看向唐儷辭，本來就待分配人手，暗想還是一問比較妥當，「今夜不知唐公子有何打算？」

唐儷辭將手中那截濃墨往桌上一擱，微微一笑，「邵先生調兵遣將遠勝於我，今夜查探之舉，如先生有令，唐儷辭當仁不讓。」

邵延屏微微一驚，好大一頂帽子扣到自己頭上，「這個……今夜讓余賢姪與蔣先生走一趟即可，不必勞動眾人大駕了。」

唐儷辭頷首，「余公子身手不凡，為人機警，確是再好不過的人選。」微微一頓，他道：「我傷勢未愈，待回房休息，各位如若有事，請到我房中詳談。」

成縕袍冷冷地看著他，口齒一動，似乎想說什麼，終是沒說。邵延屏心中念頭轉動，只對著唐儷辭露齒一笑。眾人紛紛道請他好生養息，唐儷辭緩步而去，步態安然。

「這塊凝脂墨，恐怕也值得不少錢。」邵延屏看了他棄在桌上的濃墨一眼，嘆了口氣，「這位爺真是闊氣。」

蒲馗聖道：「有多少錢也是他自己的事，越是有錢之人，只怕越是難伺候。」

上官飛卻道：「我看這娃兒順眼得很，比起那『白髮』、『天眼』，這娃兒機靈滑頭多了，尚懂得敬老尊賢。」

邵延屏忍不住大笑，「哈哈，他敬老尊賢，尊得讓你面子上舒服得很，卻又讓你明明知道他打心眼裡根本看你不起，當真不知是什麼滋味。」

成縕袍一貫冷漠，在此時嘴角略勾，似是笑了一笑，邵延屏心中大奇：這人竟也會笑，真是烏鴉在螞蟻窩裡下蛋了。

「今夜之事，我要找余賢姪略為商量。」蔣文博拱手而去，「先走一步。」

其餘各人留在廳中，繼續詳談諸多雜事。

樹木青翠，流水潺潺。

密林深處，有一處小木屋，一位青衣女子披髮在肩，就著溪水靜靜浣洗衣裳。

水珠微濺，淡淡的陽光下有些微虹光，水中游魚遠遠跳起，又竄入水中，一隻黑白相間的鳥兒在她身邊稍做停留，撲翅而去，甚是恬靜安詳。

簫聲幽幽，有人林中吹簫，曲調幽怨淒涼，充滿複雜婉轉的心情，吹至一半，吹簫人放下竹簫，低柔地嘆了一聲，「妳……妳倒是好心情。」

洗衣的女子停了動作，「小紅，把心事想得太重，日子會很難過。求不到、望不盡的事……它該是妳的就是妳的，不該是妳的，再傷心也無濟於事。」

林中吹簫的紅姑娘緩緩站起，「妳盡得寵幸，又怎知別人的心情，只有一日妳也被他拋棄，妳才知是什麼滋味。」

洗衣的女子自是阿誰，聞言淡淡一笑，「眾人只當他千般萬般好，我卻……」她微微一頓，搖了搖頭，「我心裡……」

紅姑娘眼神微動，「妳心裡另有他人？」

阿誰眼望溪水，微微一嘆，「那是很久之前的事了，此時此刻，再提無用。」

紅姑娘問道：「妳心裡的人是誰？難道尊主竟比不上他？」

阿誰將衣裳浸入水中，雪白的手指在水中粼粼如玉，右手無名指上隱隱有一道極細的刀痕，在水中突而明顯起來，「他……不是唐儷辭。」

紅姑娘微微一震，她確是一語道破了她心中懷疑，「我並未說是唐儷辭，他是誰？」

阿誰慢慢將衣裳提起，擰乾，「他不過是個廚子。」

紅姑娘目光閃動，「廚子？哪裡的廚子？」

阿誰微微一笑，「一個手藝差勁的廚子，不過雖然我常常去他那看他，他卻並不識得我。」

紅姑娘柳眉微蹙，「他不識得妳？」

阿誰頷首，將衣裳擰乾放入竹籃，站了起來，「他當然不識得我，他……他眼裡只有他養的那隻烏龜。」

紅姑娘奇道：「烏龜？」

阿誰淺淺一笑，紅姑娘與她相識近年，第一次見到她笑得如此歡暢，只聽她道：「他養了一隻很大的烏龜，沒事的時候，他就看烏龜，烏龜爬到哪裡，他就跟到哪裡，他只和烏龜說話，有時候他坐在烏龜上面，烏龜到處爬，把他駝進水裡他也不在乎，好玩得很。」

紅姑娘心中詫然，頓時興起三分鄙夷之意，「妳……妳就喜歡這樣的人？」在她想來，阿誰其骨內媚，風華內斂，實為百年罕見的美人，冰猭侯為她拋妻棄子，終為她而亡，柳眼輕狂放浪，手握風流店生殺之權，仍為她所苦，而唐儷辭在牡丹樓挾持阿誰，邀她一夜共飲，自也是有三分曖昧，這樣的女子，心中牽掛的男人竟然是個養烏龜的廚子？實是匪夷所思。

「嗯……有些人，妳看著他的時候，只會為他擔憂操煩，擔心自己就算為他做盡一切，仍舊不能保他平安、周全，尊主……和唐公子，都是這種人。」阿誰溫言道：「他們武功都很高強，人也很聰明，手握權勢，人中之龍，不過……他們只會讓人擔心、擔心……擔心之後更擔心……一直到惶惶不可終日，因為妳不知道像他們這樣的人，今天、明天、後天會做出什麼事來，會遭到什麼危險，又會導致多少人的危險……」她悠悠嘆了口氣，「愛這樣的人很累，並且永遠不會快樂，不是麼？」

紅姑娘輕輕一笑，「若不是這樣的人，豈會值得人愛？」

阿誰提起籃子，「但他不會，我看著他的時候，覺得一切都很簡單，心情很平靜，令人很愉快。」

她提著籃子緩緩進入樹林之中，紅姑娘拾起一塊小石子擲進水中，她一向自恨不如阿誰天生內媚，但此時此刻卻有些看不起她，養烏龜的廚子，那有什麼好？又髒又蠢。

「聽說明天要出門了？」阿誰人在林中，忽而發問。

「嗯，」紅姑娘淡淡地道：「碧落宮宛郁月旦，也是一個令人期待的男人，值得一會。」

阿誰輕輕嘆了口氣，「我覺得……」她並沒有說下去，頓了一頓，「妳要小心些。」

紅姑娘盈盈一笑，「妳想說撫翠把我遣去對付宛郁月旦是不懷好意麼？我知道，不過，正是因為他賭定我會死在宛郁月旦手中，我便偏偏要去，偏偏不死，我……豈是讓人玩弄於股掌之中的人？」

「妳要為尊主保重，他雖然不善表達，心裡卻是極倚重妳的。」阿誰溫言道，之後緩步離去。

紅姑娘獨坐溪水邊，未過多時，亦姍姍走回林中，進入小木屋。

一人倚在樹後，見狀悄然踏出一步，身形晃動，跟在紅姑娘身後，踏著她落足之地，無聲無息跟到屋後，往窗內一張，只見紅姑娘進入屋中，身形一晃便失去蹤跡，眼見木屋之內桌椅宛然，好似一間尋常人家的房子，其中空空如也，彷彿所有進入其中的人都悄然消失於無形了。

這屋裡必定有通道，當然亦必定有陷阱。在屋外查探之人悄悄退出，沒入樹林之中，往回急奔數十丈，突見不遠處有人拄劍攔路，霎時一頓。

「你是余泣鳳的兒子？」那拄劍攔路之人沙啞地道，背影既高而長，肩骨寬闊，握劍之手上條條傷疤，望之觸目驚心，十分可怖。

那查探之人渾身一震，「你……你……」

那攔路之人轉過身來，只見滿面是傷，左目已瞎，容貌全毀，在頸項之處有個黑黝黝的傷口，其人嘴巴緊閉，說話之聲竟是從頸部的傷口發出，聲音沙啞含混。「余泣鳳平生從未娶妻，怎會有你這樣的兒子？」

那暗中查探之人青衣背劍，正是余負人，眼見這傷痕累累的劍客，竟是顫抖得不能自已，「你——沒有死？」

「嘿嘿，」那人道：「余泣鳳縱橫江湖幾十年，豈會死於區區火藥？你究竟是誰？」

余負人目不轉睛地看著那疤痕劍客，「我……我……你究竟是誰？你究竟是誰？」

那人低沉地道：「若不是看你生得有些似年少之時的我，昨夜又在好雲山偷襲唐儷辭，余某斷不會見你。我是誰——嘿嘿——」他提劍一揮，只聽一聲震天動地的巨響，樹木搖晃草葉紛飛，余負人身前地上竟裂開四道交錯的劍痕，劍劍深達兩寸三分，一分不多、一分不少。待他收劍片刻，只聽「咯啦」一聲脆響，余負人身前土地再陷三分，塌下一塊碗口大小的深坑——這一劍若是斬在人身上，這第二重暗勁雖只是再入三分，已足以震碎人五臟六腑。

「天行日月……」余負人喃喃地道：「你……你真是余……余……」說到一半，他驀地一驚，「你們在好雲山有暗樁？」否則余泣鳳怎會知道他昨夜偷襲唐儷辭？那事隱祕至極，除卻當事三人之外，能得知的人少之又少，是誰洩密？

「你是誰的孩子？」一劍施「天行日月」的疤痕劍客沙啞地問，「你可認識姜司綺？」

余負人踉蹌退了兩步，「姜司綺……你居然還記得她，她是我娘。」這疤痕劍客真是余泣鳳麼？余負人如此精明冷靜的人心中也是一陣混亂，「你真的是余泣鳳。」

「她是你娘……」余泣鳳頸上的傷口突然爆發出一陣劇烈的咳嗽，「咳咳……咳咳咳……

那你是我的兒子，司綺如今可好？」他一邊嗆咳一邊說話，帶血的唾沫自咽喉的孔洞不斷噴出，左眼不斷抽搐，模樣慘烈可怖，和威風凜凜一呼百應的「劍王」相去何其之遠。

「她……她曾去劍莊找你，被你的奴僕掃地出門。」余負人一字一字地道：「你必要說你不知情，是麼？」

「咳咳咳……我確是不知情，司綺她現在如何？」余泣鳳道：「我後悔當年未能娶她為妻，所以立誓終生不娶，她現在何處？」

「她死了。」余負人道：「幸好她早早死了，以免她一生一世都為你所騙，日日夜夜都還想……都還想你是個好人。」說到最後，他的聲音也不禁顫抖起來，「你為何要服用禁藥？為何要作風流店下走狗？你……你身為中原劍會劍王，風光榮耀，誰不欽佩敬仰，為何要自毀名聲……你可知你雖然負心薄幸，卻也一直是我心中的英雄……」

「嘿嘿，江湖中事，豈有你等小輩所想那麼簡單，」余泣鳳厲聲長笑，「要做英雄，自然就要付出代價！小子！唐儷辭施放炸藥炸我劍堂，害我如此之慘，你也看見了！你也看見了是不是？」他雖然形容淒慘，但持劍在手，仍有一股威勢凜凜，與他人不同。

「英雄自當是仗三尺劍掃不平事，歷盡血汗而來，就算是第九流的武功，堂堂正正做人，懲奸除惡，如何不是英雄？」余負人咬牙道：「你何必與風流店勾結，做那下作之事？」

「天下人皆知我敗在施庭鶴那小子手下，卻不知他根本是個陰險狡詐的騙子！我豈可因為這種人落下戰敗之名？人人都以為我不如那小子，天大的笑話！不將他碎屍萬段，不能消我心頭之恨！」余泣鳳冷冷地道：「若不是池雲小子下手得早，豈有他死得如此容易？」

「你就是執意要和風流店為伍，執意妄想能有稱霸江湖的一天？」余負人聽他一番言語，心寒失望至極，「戰勝、戰敗，當真有如此重要？你根本……根本不把我娘放在心上。」

「小子！不管你信與不信，余泣鳳一生之中，只有姜司綺一個女人。」余泣鳳厲聲道：「縱然她相貌奇醜，縱然她四肢不全滿身膿瘡，她仍是我心中最美好的女子。」他頓了一頓，「現在司綺死了，我被唐儷辭害得變成如此模樣，瞎去左目，渾身是傷，風流店姓柳的沒有嫌棄我，費心為我療傷，才有如今的你爹！余泣鳳風光蓋世的時候，你沒有來認爹，現在落魄傷殘，聲名掃地，想必你是更加不認了？」

余負人緩緩吐出一口長氣，「哈哈，旁人嫌貧愛富，我卻是嫌富愛貧，你揚名天下的時候我不認你，但你潦倒落魄、踏入歧途之時我若不認……豈非棄你於不顧？」他放手按劍，拔出青珞，「我學劍十八年，就是為了此時此刻，敗你——敗你是為了你好，是因為我認你是爹——」

余泣鳳目光閃動，「就憑你？就憑你？」他心中念頭疾轉，一時想將這位意外得來的兒子打死，一時又想將他留在身邊，一時又知這傻兒子是他稱霸路上的障礙，突道：「風流店柳眼對我有救命之恩，唐儷辭是柳眼的死敵，你若當真殺了唐儷辭，一則為我報仇、二則替我還了柳眼的人情……說不定到那時，余泣鳳心灰意冷，就會隨你歸隱。」他輕蔑地瞟了余負人的劍一眼，「此時此刻，小子你根本不是我的對手，劍收起來，等你殺了唐儷辭，自會再見到我。」

余負人急喝道：「站住！跟我回去！」他一聲大喝，震動樹梢，樹葉簌簌而下，余泣鳳哈哈大笑，長劍一擲，一記「天行日月」往余負人當胸劈去，余負人青珞急擋，只聽一陣金鐵交鳴之聲，四道劍氣掠身而過，在地上交錯出四道兩寸三分的劍痕，這一劍竟是虛晃，只聽余泣鳳狂笑之聲，揚長而去。余負人手握青珞，掌心冷汗淋淋而下，他竟擋不下余泣鳳一劍虛招！余泣鳳功力本強，服用禁藥之後更是悍勇絕倫，若不是他如此功力，焉能在火藥之下倖存？正當他錯愕之際，身側白影翻飛，十來道人影將他團團圍住，白衣微揚，俱是白紗蒙面的妙齡女子，余負人只嗅到一陣淡淡幽香，遙遙有人喝了一聲「讓他走！」十數道白影揚手灑出一片灰色粉末，飄然隱去。余負人閉氣急退，心中方寸大亂，殺唐儷辭，余泣鳳當真會隨他歸隱麼？唐儷辭若死，有誰能殲滅風流店？但唐儷辭將余泣鳳害得渾身是傷左目失明，更將他進一步逼上不歸之路，此仇……焉能不報？

淡淡幽香不住侵入鼻中，余負人惘然若失，緩緩返回好雲山，並未察覺衣裳上沾的細微的灰色粉末，正隨風悄悄落上他的肌膚、飄入他的鼻中。

那是「忘塵花」的粉末，攝魂迷神之花。

「余賢姪，老夫正在找你。」一腳踏進善鋒堂，蔣文博迎面而來，欣然笑道：「今夜你我共探避風林。」

「嗯。」余負人應了一聲，手握青珞，與他錯身而過，踏入院中。

嗯？蔣文博心中大奇——余負人劍未歸鞘，難道方才和人動手了？他究竟和誰動手變得如此失魂落魄？

第十二章　先發制人

「蔣文博和余負人去探避風林，若余負人是風流店的臥底，蔣文博此去豈非危險？」黃昏時分，唐儷辭屋裡看書，沈郎魂緩步而入，「他昨夜偷襲一劍，立場顯然並非與劍會相同。」

唐儷辭仍然握的他那一本《三字經》，看的依舊不知是第三頁還是第四頁，「劍會是不是有臥底，今夜便知。」

沈郎魂走到他身邊，「你的意思是臥底絕對不是余負人？」

唐儷辭微微一笑，「要在中原劍會臥底，必須有相當的身分地位，否則參與不了最重要的會談，得不到有用的情報。余負人雖然武功不弱、前途遠大，畢竟資質尚淺，我若是紅姑娘，萬萬不會選擇他……何況余負人雖然是殺手出身，卻不是心機深沉老奸巨猾的人……」他的目光落回書本上，「我猜他只是個孝子，純粹為了余泣鳳的事恨我。」

「哈哈，天下皆以為是你殺了余泣鳳，毀了余家劍莊，」沈郎魂淡淡地道：「你為何從不解釋？發出毒針殺余泣鳳的人不是你，施放火藥將他炸得屍骨無存的人更不是你，認真說來，余泣鳳之死和你半點干係也沒有。」

唐儷辭唇角微勾，似笑非笑，轉了話題，「池雲呢？」

「不知道。」沈郎魂緩緩地道：「我已在院子裡找了一圈，孩子也不在。」

唐儷辭眼眸微動，往善鋒堂內最高的那棵樹上瞟去，「嗯？」

沈郎魂隨他視線看去，只見池雲雙臂枕頭躺在樹梢上，高高的枝椏上掛著個竹籃子，鳳鳳自籃框邊露出頭來，手舞足蹈，顯然對這等高高掛在空中的把戲十分愛好，不斷發出猶如小鴨子般「咯咯」的叫聲。

「他倒是過得逍遙。」

「他也不逍遙，」唐儷辭的目光自樹上回到書卷，「他心裡苦悶，自己卻不明白自己的心事。」

沈郎魂微微一怔，「心事？」

唐儷辭道：「對上次失手被擒的不服氣，對挫敗念念不忘，池雲的武功勝在氣勢，勇猛迅捷、一擊無回的氣勢是他克敵制勝的法門，失了這股氣勢，對他影響甚大，何況……他心裡苦悶不單單是為了失手被擒那件事……」

沈郎魂淡淡地道：「與白素車有關？」

唐儷辭微笑，「嗯。」

沈郎魂沉默片刻，緩緩地道：「下次和人動手，我會多照看他。」

唐儷辭頷首，沈郎魂突道：「如果劍會真有臥底，他們必然知道晚上蔣文博和余負人夜探避風林，若是你，你會如何變局？」

唐儷辭翻過一頁書卷，「不論蔣文博和余負人兩人之中究竟有沒有人是奸細，甚至不論劍會之中有沒有奸細，今夜夜探避風林之行的結果皆不會變。其一，蔣文博和余負人的實力遠不足以突破避風林周邊守衛；其二，避風林能隱藏多時不被發現，必定有陣法、暗道、機關，這兩人都不擅陣法機關，就算闖入其中，也必定無功而返；其三，余負人追蹤過避風林的高手，避風林必定早已加強防衛和布置。」他微微一笑，「其四，既然實力懸殊，風流店豈有不順手擒人之理？今夜夜探之事，結果必定是蔣文博和余負人被生擒。」

沈郎魂皺眉，「如此說法，也就是說——你特地說出避風林的地點，誘使邵延屏調動人手夜探避風林，根本是送人上門給風流店生擒？」

唐儷辭微微一笑，「然也。」

沈郎魂眉頭深蹙，「我想不出給對手送上人質對自己能有什麼好處？」

唐儷辭捲起書本，輕敲床沿，「假如中原劍會之中有風流店的臥底，必定知道夜探之事，如果將這兩人生擒，風流店據點之事自是昭然若揭；如果放任這兩人回來，據點之事自然也是暴露無遺，既然結果都是一樣的，生擒兩人作為籌碼，總比放兩人回來的要好。」他唇角微勾，勾得猶如夏日初荷那尖尖窈窕的角兒，「若我是紅姑娘，從臥底得知孤立好雲山之計已破，我方有先發制人之意，如此時刻，最宜行一記險棋……」

「險棋？」沈郎魂似有所悟，沉吟道：「難道——」

唐儷辭將書本輕輕擱在桌上，微笑道：「既然早有決戰之意，好雲山又減少兩員大將，而我們以為他們下一步即將針對兩個小派門，如此絕佳機會，若不立刻發難，難道要等到我方聯合『小刀會』和『銀七盟』對避風林『先發制人』麼？」

沈郎魂大吃一驚，駭然道：「你……你……對風流店送出兩個人質，逼使他們立刻發難，今夜決戰好雲山？」如此大計，他竟一人獨斷獨行，不與任何人商量，這怎麼可以？

「如果——劍會有內奸，今夜就是決戰之夜。」唐儷辭淺淺地笑，「如果——劍會沒有內奸，說不定余負人和蔣文博就會安然回來，不過……機會不大。」他笑眼微彎，有些似狐眸微睞，「我不信中原劍會沒有半點問題，成縕袍遇見武當派滿口謊言的小道，被騙北上貓芽峰，而後遭受伏擊身受重傷——這事豈只是巧合那麼簡單，不是劍會中人，不能知道成縕袍的行蹤，不是麼？」

沈郎魂緩緩吐出一口氣，「你不確定誰是內奸，所以你便專斷獨行，對於決戰之事絕口不提，劍會毫無防備……你不怕死傷慘重？若是今夜戰敗……」

「劍會毫無防備？」唐儷辭輕輕笑了一聲，似嘲笑、似玩笑，也似挑釁，「邵延屏是真正的老狐狸，我要他送人去給風流店去當人質，他便把蔣文博和余負人派了出去，那意味著什麼？」他眼角慢慢揚起，極狡黠地看了沈郎魂一眼，「余負人昨夜偷襲了我一劍，而蔣文博……他和成縕袍站在一起，想必兩人交情不淺，要得知他的行蹤想必不難——邵延屏把這兩人派了出去，意味著他不信任這兩個人。」

沈郎魂目光微閃，「表示他聽懂了你的弦外之計？」

唐儷辭柔聲道：「嗯……」微微一頓，「普珠上師今日可會到達好雲山？」

沈郎魂淡淡地道：「不錯。」

唐儷辭眼眸微闔，「果然如此，今夜會是一場苦戰。」

沈郎魂皺眉，今夜本是一場苦戰，這和普珠上師來不來好雲山有何關係？

「難道你以為普珠也是對方的臥底？」

唐儷辭輕笑，「那自然不會，普珠上師端正自持，大義救生，那是決計不會錯的。咳……咳咳……」

沈郎魂突地又問，「你的傷怎麼樣了？」

唐儷辭以手指輕輕點住額角，答非所問，「時近日落，邵延屏為何還不敲鐘？」

沈郎魂詫異，「敲鐘？」

唐儷辭睜開眼睛，「今日的晚餐應當比平日早一個時辰，不是麼？」正在他微笑之間，只聽噹噹清脆，果然吃飯的鐘聲大作，邵延屏鳴鐘開飯了。

晚上將有大戰，提早開飯，吃飽了肚子晚上才有力氣動手，邵延屏果然安排周到，而此時此刻，白日漸落，余負人和蔣文博已經出發，風流店若要夜襲必已上路，大局已定，也可告訴眾人片刻後的安排和布置了。

「這就是那座山。」星辰初起，一人圓腰翠衣，指著濃霧瀰漫的好雲山吃吃地笑，拍拍手贊道：「真是——不好下手的好地點啊——」

另一人冷峻地問，「不好下手？」

翠衣人「嗯」了一聲，「水霧太重，毒粉、毒火都不好用了。」

那人道：「難道毒水也不能用？」

另有一人淡淡插了一句，「效用會被水霧淡化，倒是有些毒粉遇水化毒，可以一試。」

翠衣人哈哈大笑，「不必了，面對善鋒堂各位江湖大俠，你我豈能如此小氣？素兒，把那兩個人押上來，咱們堂堂正正的從大門口進去。」她一揮手，方才說話的白衣人手一提，余負人與蔣文博兩人穴道被點，嘴裡塞了一塊偌大的破布，手別在背後被綁成一串，便被她這一提一道拎了過來。蔣文博滿臉慚慚之色，余負人卻眼色茫然，有些恍恍忽忽。兩人被白衣女子一推，一道往好雲山上行去。

在這幾人之後，數十位白衣女子列陣以待，在這數十位蒙面白衣女子背後，尚有數十位紅衣鮮豔，戴著半邊面具的女子，這些女子紅衣裹身，曲線畢露，露出的半邊臉頰均可見嬌豔無雙的容貌，和那些白衣女子渾然不同。而在白衣、紅衣女子之後又有數輛馬車緩緩跟隨，簾幕低垂，不知其中坐的是什麼人物。

浩浩蕩蕩一群人在林間行動，居然只聽聞馬車車輪轆轤之聲，偶爾夜鴉驚飛，旋刻即被人暗器射下，一路之上幾組人馬伏入山坳之中，並不隨眾人上山，一切俱在悄然之中進行。

善鋒堂夜間燈火寥寥，大門緊閉，黑黝黝一大片屋宇不知其中住的幾人。白衣人走上前，低聲道：「東公主。」

翠衣人嘻嘻一笑，一揮手，「放蛇！」

這翠衣人自然是風流店「東公主」撫翠，白衣人便是白素車，聽聞撫翠一聲「放蛇」，白素車衣袖一拂，拂出一層淡淡白色煙霧。煙霧既出，最後兩輛馬車中突然響起陣陣「嘶嘶」之聲，隨即數百上千條毒蛇自馬車中緩緩爬出，有些尖頭褐斑，有些黑身銀環，還有些花色特異、五色斑斕，其中尚夾雜一些翠綠得十分可怖的小細蛇。眾蛇湧出，一位紅衣女子走上前，手握一支細細的蘆管，一揮手，擲出許多黑色藥丸，大批毒蛇逕自往藥丸落下之處聚集，她隨行隨擲，低吹蘆管，漸漸大量毒蛇將善鋒堂團團圍住，萬信閃爍，九結盤身，點點蛇眸在深夜之中映顫，景象一時駭人。

撫翠一抖衣袖，「素兒！」

白素車拎著綁住蔣文博和余負人的繩索，大步往善鋒堂門口行去，大門在即，她素鞋伸出，一腳踏在門上，只聽「咯啦」一聲門閂斷裂，兩扇大門轟然而開。撫翠隨她踏入門中，眾人凝目望去，只見善鋒堂內衝出兩人，眼見門口突然出現大批敵人，那兩人一怔，腰間長劍齊出，其中一人一聲長嘯示警，退後兩步，持劍以待。

「果然是名門弟子，臨危不懼，尚還鎮定自若。」撫翠嘖嘖贊道：「不知你家邵先生是不是正在洗澡？奴家若是此時闖了進去，豈非失禮？」

她扭著肥腰踮著小碎步，往前走了兩步，那兩位劍會弟子看得作嘔，忍不住道：「老妖婆！休得倡狂！我中原劍會豈是妳胡言亂語的地方？」

撫翠一聲冷笑，「哦——非我無禮，是你們兩個口出惡言——那就怪不得我生氣了。」她衣袖一振，袖風如刀直掠兩人頸項，兩名弟子橫劍抵擋，只聽「啪」的一聲雙劍俱斷，兩人連退八步，都是口中狂噴鮮血，委頓倒地。這兩人受她一擊竟然不死，撫翠頗為意外，「好功夫！」

白素車提人前進，對撫翠揮袖傷人一眼也不瞧，前行數步，只聽善鋒堂內一片混亂之聲，邵延屏領著數人衝了出來，但見他衣冠不整，頭髮凌亂，想必剛從他那床上爬起。在他身後的是蒲馗聖、上官飛、成縕袍和董狐筆四人。撫翠心下盤算，除去唐儷辭主僕，這四人可算中原劍會絕對主力，當下哈哈一笑，「素兒，妳那小池雲冤家怎麼不在？」

白素車斷戒刀出，夾在蔣文博頸上，淡淡地道：「他若想伏在一旁伺機作亂，我便一刀將蔣先生的頭砍下來。」

撫翠拍手大笑，「蒙面老兒，咱兩人對挑中原劍會五大高手，待將他們一一誅盡，明日江湖便道中原劍會欺世盜名，人人自吹自擂自命名列江湖幾大高手，根本是坐井觀天又自娛自樂，笑死人了。」隨她一聲狂笑，一人自馬車中疾掠而出，黑布蒙面，那塊蓋頭黑帽與柳眼一模一樣，人高肩闊，處處疤痕，手中握著一柄黑黝黝刃緣鋒利的長劍，一落地便覺一陣陰森森的殺氣撲面而來。

邵延屏眼睛一跳，這人雖然布帽蓋頭，看不清面目，但他和這人熟悉至極，豈會不認得？

「余泣鳳？你竟然未死……」

那人一言不發，但如成縕袍這等與他相交日久之人自是一眼認出，這人確是余泣鳳。隨余泣鳳之後，又有一人自馬車掠出，靜靜站在余泣鳳身旁，這人亦是黑帽蓋頭黑布蒙面，但眾人卻認不出究竟是誰。余泣鳳不待那人站定，一劍往前疾刺，風聲所向，正是成縕袍！撫翠袖中落下一條長鞭，握在手中，咯咯而笑，一鞭往邵延屏頭上抽去，邵延屏拔劍抵擋，長劍舞起一團白光。黑衣人拔出一柄彎刀，不聲不響往上官飛腰間砍去，一時間雙方戰作一團，打得難分難解。

白素車掌扣兩人，靜靜站在一旁。紅衣女子中有一人姍姍上前，站在她身邊，低聲而笑，「呵呵，我去尋妳夫君了，妳可嫉妒？」

白素車淡淡地道：「我為何要嫉妒？」

那人卻又不答，掩面輕笑而去。

白素車眼觀戰局，那黑衣人在上官飛和董狐筆聯手夾擊之下連連敗退，頓時揚聲道：

「我命你等快快束手就擒，否則我一刀一個，立刻將這兩人殺了！」

邵延屏尚未回答，白素車眉頭揚起，一刀落下，只聽一聲悶哼，蔣文博人頭落地，血濺三尺，撲通一聲身軀倒地。成緼袍微微一震，雪山遭伏之事，他也懷疑蔣文博，畢竟除了蔣文博無人知曉他那日的行蹤，但眼見他乍然被殺，也是心頭一震——弱質女流，殺人不眨眼，風流店真是可惡殘暴之至！

一時間喊殺聲不絕，風流店那些紅白衣的女子卻不參戰，列隊分組，將善鋒堂團團包圍了起來。水霧漂移，地上蛇眸時隱時現，馬車中有人輕挑簾幕，一支黑色箭頭在簾後靜靜等待。

善鋒堂內，客房之中。

唐儷辭仍倚在床上，肩頭披著藕色外裳，手持那卷《三字經》在燈下細看，數重院落外高呼酣戰，宛若與他沒有半點干係。鳳鳳抱著他左手臂睡去，嘴裡尚含著唐儷辭的左手小指，口水流了他一衣袖。屋裡氣氛恬靜安詳，恍如另一世界。

一個人影一晃，屋內燈火微飄，唐儷辭翻過一頁書卷，那人淡淡地道：「井水果然有毒。」

唐儷辭並不看他，微微一笑，「可有查出是誰下毒？」

進房的人是沈郎魂，「撫翠攻入前門，後院之中就有人投毒，而且手腳乾淨俐落，居然未留下任何痕跡。」

唐儷辭道：「他施展圍困之計，若不投毒，一晝夜時間豈能起到什麼效果……不過你我事先防範，以你如此謹慎都未查出是誰下毒，有些出人意料。」

沈郎魂道：「沒有人接近井口，下毒應當另有其法。」

唐儷辭放下書本，「既然將善鋒堂圍住，又斷我水源，風流店的算盤是將劍會一網打盡，不留半個活口。」他紅潤的嘴唇微微一勾，「此種計策不似武林中人手筆，倒像是兵家善用，風流店難道網羅了什麼兵法將才？」

沈郎魂眉頭一皺，「兵法？」

唐儷辭勾起的唇角慢慢上揚，「若是兵法，門口的陣仗便是佯攻，很快就要撤了。」隨他如此說，門口戰鬥之聲倏停，接著邵延屏一聲大喝「哪裡逃！」兵刃交鳴之聲漸遠，顯是眾人越戰越遠，脫出了善鋒堂的範圍。

沈郎魂露齒一笑，「邵延屏這老狐狸，做戲做得倒是賣力。」

唐儷辭微笑，「難道做戲不是他的愛好？這一場倉促迎戰的戲碼，他忒是做足了準備，怎能不賣力？」

兩人談笑之間，只聽外邊走廊腳步聲輕盈，有人穿庭入院，姍姍而來，處處柔聲喚道：「小池雲兒？小池雲兒親親，你在哪裡呀？」

那聲音柔媚動聽，沈郎魂只覺聲音入耳之後，胸口一陣熱血沸騰，當下運氣凝神，變色道：「好厲害的媚功！」

唐儷辭不以為忤，只聽那高樹之上有人霹靂般怒喝一聲，「哪裡來的老妖婆裝神弄鬼？」隨即白影一閃，一記飛刀掠空而下。

那聲音咯咯嬌笑，「你躲在大樹上做什麼？姐姐想念你得緊，白姑娘不要你，我可是喜歡你，人家會疼你愛你憐惜你，你做什麼對人家這麼凶啊？」

那飛刀擊出，似乎竟是擊到空處，被她化於無形。

沈郎魂凝神之後，大步走出房間，只見門外一位半邊面具的紅衣女子手舞紅紗，輕輕收走了池雲一柄飛刀。好功夫！沈郎魂平生征戰無數，眼前這位身具媚功的紅衣女子卻是他見過的功力最深的女人。

樹上池雲冷冷地道：「一大把年紀還在那裝年輕美貌，妳當老子看不出妳滿臉皺紋？想找小白臉外邊大街上去找，少來找妳池老大噁心！」紅衣女子輕紗一抖，池雲一環渡月墜地，沈郎魂和池雲都是一震：那柄鍍銀鋼刀剎那扭曲變形，如遭受烈火炙烤，不知是這女子內力剛陽，或是紅色輕紗上餵有劇毒！

善鋒堂門外，撫翠眼見敗勢突然撤走，邵延屏和董狐筆揮劍便追。成縕袍和余泣鳳越戰越遠，雖然成縕袍略遜一籌，一時三刻余泣鳳也收拾他不下，上官飛和黑衣人戰距越拉越長，長箭出手之後，兩人幾乎已奔得不見人影。蒲馗聖撮唇做嘯，地上蛇陣蠢蠢欲動，那持蘆管的紅衣女子迎上前來，兩人亦是往樹林中戰去。

善鋒堂內漸漸無人守衛，面對門外上百位紅白衣裳的女子，委頓在地的兩位劍會弟子皆盡失色，風流店調虎離山，此時要是攻進門來，劍會恍若空城，豈非一敗塗地？正在他倆心驚膽戰之際，馬車之中一人慢慢撩開門簾，緩步下車。

這人的腳步很隨意，不似武林中人步步為營，唯恐露出絲毫破綻，這人走了十步，至少已露出十七八個破綻。但這人在走路，門外百來人靜悄悄的一點聲音沒有，星月寥淡之下，其人膚如白玉，眉線曲長掠入髮線，眉眼之形便如一片柳葉，容貌絕美卻含一股陰沉妖魅之氣，攝人、奪目、森然可怖。地上動彈不得的兩人心下駭然，雖然不知此人是誰？兩人卻都情不自禁的忖道：莫非這人便是柳眼？

這人自然便是柳眼，他今日未戴蒙面黑紗，也不戴罩頭黑帽，那似雅似邪的容貌暴露在外，第一眼看去覺得此人俊美絕倫、第二眼看去便覺從此人眼中看來，這世上一切都是死的一樣，分明是人間，他卻是在看地獄。

柳眼什麼也未拿，一人空手，慢慢走進善鋒堂去，他雖什麼也未說，人人皆知他這一腳踏進門內，門內便是滅門血禍。

除了殺，沒有其他目的。

誰擋得住他？

沒有人擋得住他。

風流店留下柳眼一人便已足夠，何況門外那幾輛詭異的馬車之中，不知還有怎樣的高手。

「啪啪」的兩聲脆響，地上兩人腦漿迸裂，死在當地，柳眼往門內走去，只聽房內「喵嗚」一聲輕呼，一隻白毛貓兒竄了出來，柳眼回過身來，一腳踏上那白貓的頭，一聲慘叫，他足下血肉模糊，一步一個血印，慢慢往內走去。

善鋒堂外樹林之中。

撫翠引著邵延屏往事先設好的埋伏處奔去，然而奔出五六十丈，撫翠心生警覺，「嗯？」回頭一看，邵延屏和董狐筆不知何時竟悄然隱去，並未跟在她身後。撫翠停步凝神，只覺四周靜悄悄的，非但邵延屏和董狐筆不知去向，連余泣鳳和那黑衣人都不見了蹤影，心中一震：不好！引蛇出洞反被調虎離山，引人入伏不成，只怕邵延屏別有什麼詭計！念頭再轉，縱然邵延屏看穿引蛇出洞之計，待我將他尋到，乾脆放棄計畫三下兩下將他砍了，豈非乾淨俐落？當下哈哈一笑，回身尋找邵延屏的蹤跡。

余泣鳳與成縕袍越戰越遠，本來余泣鳳服用九心丸之後，實力自是大大超出成縕袍，然而重傷之後尚未痊癒，成縕袍臨敵經驗豐富至極，出劍極盡小心，千招之內余泣鳳勝他不得。堪堪打到五百來招，余泣鳳驀地醒悟，咽喉發出嗞嗞聲響，沙啞道：「你——」

成縕袍冷冷地道：「我什麼？」

劍隨風出，一劍刺向余泣鳳的咽喉，這一劍「含沙射影」是極尋常的劍招。余泣鳳被他劍風逼住，半個字說不出來，心頭大怒，劍刃一顫，劍光爆射真氣勃然而出，正是那招「西風斬荒火」往成緼袍胸口重穴劈去。

利箭颼颼不絕，上官飛支支長箭往黑衣人身上射去，黑衣人在林中左躲右閃，待到射到第十二支箭，那黑衣人陡然失去行跡。上官飛停箭不發，心裡詫異，這方位和邵延屏事先說的不合，怎會這樣？難道邵延屏的預料有錯？

正在他遲疑之際，只見樹林中有人影晃動，正是黑衣。「嗒」的一聲他長箭搭在弦上，一箭射了出去，樹林中黑袖一飄，來人將他的長箭一袖捲住。上官飛心中大奇：這是少林破衲功，來者是誰？但見樹林中兩人鑽出，一人黑衣長髮，一人粉色衣裙，白紗蒙面，上官飛心中一喜，「普珠小和尚……」隨後目光一轉，普珠上師身邊跟著一位身穿粉色衣裙，衣裙上繡有桃花圖案的年輕女子，「這小姑娘是誰？」

普珠手中握著上官飛的長箭，對前輩施了一禮，將長箭還給上官飛，「這位是在風流店臥底三年的桃施主。」

上官飛越發詫異，「這嬌滴滴的小丫頭能在風流店中臥底？」

普珠合十道：「阿彌陀佛，上官前輩，我等要趕往善鋒堂，今夜風流店在井水中下毒，風流店網羅了一位十分厲害的施毒高手，『千形化影』紅蟬娘子，這人本在秉燭寺內，已脫離江湖數十年了，此番重出，必當引起腥風血雨。」

上官飛嚇了一跳，「紅蟬那老妖婆還沒死？」

普珠頷首，「桃施主認得此人面目，我等要快快前去救人。」

上官飛連連揮手，「你等儘管去，我將風流店伏在半山的小兵掃平了，即刻回去。」

普珠二人匆匆告辭，往善鋒堂奔去。

上官飛轉身往邵延屏事先畫下的幾個易於設伏的地點趕去，按照推斷，這裡並非風流店伏兵的主力，主力應在撫翠那邊。正當他提氣躍起的時候，驟聽「奪」的一聲悶響，眼前突然噴起一道血線，上官飛駭然看著胸前多處來的一截樹枝，懷著千萬種疑惑和不敢置信，緩緩倒地。

樹枝……是從普珠離去的方向射來的。

雖是一截樹枝，卻勝似千萬支利箭，遙遙射來無聲無息，甚至在殺人的時候也並未發出多少聲音。

「好箭……」上官飛倒在地上，鮮血流成了血泊，在唇間硬生生迸出這兩個字的時候，他方才感覺到胸口要命的劇痛……

善鋒堂內。

柳眼一人一間一間房間搜索，房間裡皆盡無人，房內偶爾留有雀鳥，也被柳眼生生掐死。如此濃重的怨氣所聚，他自然是在尋找唐儷辭。

後院有動手的聲音，夾以女子輕柔的嬌笑，柳眼越走越近，那打鬥之地就在隔壁，三人正在動手，而聽風聲起見，似乎那女子還占盡優勢。在那三人動手的隔壁屋內，他聽到細微的呼吸之聲，那呼吸聲非常耳熟，正是唐儷辭的呼吸。

轟然一聲驚天巨響，客房窗櫺破裂，牆壁崩塌，磚石土木滾落一地，「哇」的一聲嬰兒啼哭，唐儷辭肩披外裳倚在床上，懷抱鳳鳳，鳳鳳被剛才驚天一響嚇得哇哇大哭，緊緊抱著唐儷辭的肩，用淚汪汪和惡狠狠的眼神瞪著穿牆而入的不速之客。

柳眼打穿了牆壁，一臉淡淡的沒什麼表情，走到了唐儷辭床邊，揚起手掌，就待一掌把兩人一起劈成肉醬。

「貓芽山上，第八百六十八招的滋味，你可還記得？」唐儷辭輕輕撫摸鳳鳳的頭，慢慢仰頭看著柳眼，這一仰頭，他挽髮的簪子突然滑落，滿頭銀髮舒展而下。柳眼掌勢微微一頓，旋即加重拍下，唐儷辭左腕一揚，只聽洗骨銀鐲「叮」的一聲微響，正撞柳眼指間一枚黑色玉戒，柳眼這必殺一掌竟被唐儷辭輕輕擋開，兩人衣袖皆飄，半斤八兩。

「你——」柳眼目中驚怒交加，厲聲道：「你自來到善鋒堂就在裝瘋賣傻，身上的傷早就好了，卻還在裝病！你好、你好……你很好！」

唐儷辭右手懷抱鳳鳳，人在床上右足輕輕踢向柳眼腰間要穴，一個轉身自他打破的牆洞中掠出。柳眼被他逼退一步，眼見唐儷辭竟不回頭，往前急奔，他隨後追去，兩人的武功是一個路子，專走輕捷狠毒，轉眼之間已奔得不知去向。

門外動手的三人一起回頭，那紅衣女子是詫異柳眼竟然未能一舉格殺唐儷辭，而池雲是奇怪唐儷辭抱著鳳鳳，到底是想要逃到哪裡去？沈郎魂眼見兩人走遠，突地一個倒退，抽身而出，一把抓住池雲後心，往牆外掠去。紅衣女子出其不意，嬌喝一聲「哪裡走！」紅紗拂出，直擊沈郎魂後心，池雲雖然吃了一驚，畢竟是老江湖了，刀飛紅紗，兩人脫身而去。紅衣女子遲了一步，跺足道不好，眼見時候將至，遙遙有煙火信號亮起，正是事先約好的進攻信號。門外萬蛇蠢動，紛紛沿著牆壁、窗縫爬了進來，紅白衣裳的女子紛紛拔出兵器，攻進門來，除卻門口兩具屍體，善鋒堂內空空如也，什麼劍會弟子、廚子奴僕，竟沒有半個留下，偌大一處庭院竟是空城。非但門內無人，連柳眼也不知去向，白衣女子一路奔到方才發出巨響的唐儷辭房外，只見磚瓦委地，人卻不見，人人面面相覷，心裡疑惑不解。按照原本的安排，撫翠將善鋒堂主力引入埋伏，柳眼殺唐儷辭之後，應是時近黎明，此時善鋒堂內眾人應已精神緊張過度，如果有進食，必定中毒；如未曾進食，體力必定衰弱，眾女在黎明人身體最為睏倦之時一舉攻入，必定可將善鋒堂上下殺得乾乾淨淨，結果進攻煙花未到黎明便已亮起，而衝入門內竟然半個人影不見，此情此景人人忖道：中計了。

中計了！撫翠心中忖道，她已在好雲山上轉了三個圈子，居然沒有找到邵延屏的蹤跡，非但沒有找到邵延屏的蹤跡，等她回到風流店設伏之地時，只見滿地血跡屍骸，不少紅衣女子死傷，其餘大都逃得不知去向，不知是邵延屏和她兜圈子，還是中原劍會另有伏兵，耍了一手計中計的把戲。但她並沒有死心，邵延屏這老狐狸不管兜到哪裡，總不會離得太遠，就算好雲山是他的地盤，設有什麼暗道、洞穴，總會被她發現。

一旦被她發現，這老狐狸就必死無疑。

她一直在好雲山兜圈子，一直兜到第十個圈子，她終於明白好雲山上的確沒有什麼暗道、洞穴，邵延屏是的的確確不在這山頭，換而言之，他留下一座空城，不知逃到哪裡去了。如果邵延屏會逃走，甚至能殺了她的伏兵再逃走，說明今夜攻山之計他早就看破，如果他早就看破，那在善鋒堂時的驚惶失措就是假的，既然是假的，善鋒堂中必定有埋伏。想到此節，撫翠返身往山頂奔去。

劍鳴之聲不絕，成縕袍和余泣鳳已打到八百來招，成縕袍守得嚴謹，余泣鳳數度強攻皆是無效，「西風斬荒火」每一招擊出雖然傷及成縕袍，卻總是淺傷兩分，不能克敵。如此鬥法，余泣鳳心中雪亮成縕袍將他引走牽制，必定是為了唐儷辭的計畫，苦於元氣未復，長鬥下來氣力衰竭，許多厲害招數施展不出，不免恨極怒極。正在他惱怒之際，成縕袍劍光流掃，如斬蛟凌波，打了幾個旋轉，直奔他盲去的左眼。余泣鳳大怒，劍點成縕袍持劍的右手，卻聽「錚」的一聲脆響，他的劍尖分明即將將對手右手刺穿，不知何故卻點在他劍柄之上，成縕袍長劍脫手激射，余泣鳳驟不及防，急急側頭一避，只聽劍風凌厲帶起一陣嘯聲灌耳而入，隨即一陣劇痛，耳竅中灌滿了熱乎乎濕答答的東西。他一摸耳朵，竟是左耳被成縕袍一劍削了下來，他盲了一目，雖然武功高強，久戰之下目力未免有偏差，成縕袍瞧出機會，擲劍傷敵。余泣鳳失了左耳，怒極反笑，仰天哈哈一笑，「你沒了劍，我也不用劍勝你！」當下一揚手，那柄長劍長空飛出，墜入數十丈外的草叢之中，他一掌推出，掌力籠罩成縕袍身周方寸之地。成縕袍被迫接掌，只聽「碰」的一聲震響，余泣鳳再上一步，第二掌推出，成縕袍揮掌再接，又是一聲震響，他口角掛血；余泣鳳厲笑一聲，第三掌再出，此時卻聽不遠處有人大喝一聲「雷火彈」，隨即一顆小小的事物激射過來。余泣鳳聞聲變掌，火藥的滋味他猶有餘悸，當下頭也不回急速撤走，在他心中，殺成縕袍是遲早的事，而成縕袍的性命自然沒有他一根頭髮來得重要。

草叢中那人舒了口氣，咋舌道：「余泣鳳的武功真是驚人，他要不是吃了火藥的虧，繼續下手，只怕你我都要死在他手裡。」

這自草叢中鑽出來的人，自是邵延屏。成縕袍站住調勻真氣，拾回長劍，對剛才凶險一戰隻字不提，淡淡地問：「董狐筆呢？」

邵延屏縮了縮腦袋，「打起來就不知道哪裡去了，反正約好了這裡相見，總不會逃到天邊去。」

成縕袍冷笑道：「他拋下你對付撫翠，自己逃了？」

邵延屏乾笑一聲，「不好說，總之你也沒看見他的人，我也沒看見他的人。你的傷如何了？」

成縕袍淡淡地道：「不妨事，什麼時候了？」

邵延屏東張西望，「差不多了，來了！」

他往東一眺，只見兩道人影疾若閃電飛奔而來，數個起落就奔到這邊山頭，前面那人衣袂飄風，懷抱嬰兒，正是唐儷辭，後面那人面貌俊美，身著黑衣。成縕袍臉色微變，這面貌俊美的黑衣人，正是在北域雪地一弦將他震成重傷的黑衣蒙面客，雖然他此時手上沒有琵琶，卻仍是觸目驚心。唐儷辭奔到近處，回身一笑，柳眼跟著站定，目光自三人面上一一流過，「哈！」他冷笑了一聲，似是本想說什麼，終是沒說。邵延屏跟著哈哈一笑，「這就叫請君入甕。」成縕袍臉色肅然，那一弦之敗，今日有意討回。正在一頓之際，又有兩道人影急奔而來，站定之後，五人將柳眼團團圍住，竟是合圍之勢。柳眼目光流轉，背後趕來的人是池雲和沈郎魂，當下緩緩自懷裡取出一支銅笛出來。

他取出銅笛，成縕袍幾人都是一凜，人人提氣凝神，高度戒備。唐儷辭觸目看見那銅笛，微微一震，那是兩截斷去的銅笛重新拼接在一起的，銅笛上有纖細捲曲的蔓草花紋，雖然柳眼將它握在手裡誰也看不見，他卻記得清清楚楚。在幾年前，這支銅笛表示了一段很美好的青春年少，而如今……多說無益，它現在是柳眼的兵器，殺人的東西。

柳眼的銅笛緩緩擺到了唇邊，他舉笛的姿態優雅，雪白的手指很少有褶皺，按在笛孔之上當真就如白玉一般。看他這麼一舉，成縕袍長劍一揮，帶起一陣嘯聲，往柳眼手腕削去，邵延屏不敢大意，劍走中路，刺向柳眼胸前大穴。沈郎魂一邊掠陣，池雲「一環渡月」出手，掠起一片白光，三人合擊，威勢驚人。

銅笛並未舉到柳眼唇邊，柳眼並沒有看聯手出擊的三人，只冷冷地看著唐儷辭，彷彿只在詢問你為何總死不了？為何你總是能贏？你能贏到最後嗎？山風吹起唐儷辭滿頭銀髮，三人聯手出擊，剎那間刀劍加身，已沾到柳眼衣上。只聽「錚」的一聲脆響，三人刀劍竟然無功，紛紛震退，柳眼衣內似有一層薄薄的鐵甲，刀劍難傷。正當合攻失敗之際，柳眼舉笛一吹，笛聲清冽高亢，猶如北雁高飛長空，身周林木嘯動，燕雀驚飛。成縕袍受余泣鳳掌傷未愈，胸口真氣衝撞，當下一口鮮血吐了出來，他生性偏激，最易受音殺所害，一口鮮血吐了出來，熱血沸騰，第二口鮮血隨即噴了出來。沈郎魂凝氣閉耳，雖然笛音仍舊直刺入腦，卻不如成縕袍那般克制不住，見形勢不對，蛇鞭抖出，一鞭往柳眼頸上纏去。邵延屏和池雲受柳眼笛音一震，均感心頭大震，情不自禁連退三步，難道五人合擊還殺不了這個魔頭麼？柳眼橫笛而吹，第二聲高音隨即發起，眼神卻是冷冷看著唐儷辭，笛聲如刀如刃直衝唐儷辭而去，高音未落，一串低靡柔軟的曲調綿綿吹出，剎那之間，殺人之音變成了纏綿多情的詠嘆。

此時成縕袍第三口鮮血奪口而出，邵延屏心中一急，伸手將他扶住，柳眼一招未出，單憑這見鬼的笛音就制得眾人縛手縛腳，他目光情不自禁往唐儷辭處看去，唐儷辭能在青山崖擊敗柳眼，必有能抵擋音殺之法。此時沈郎魂蛇鞭揮出，柳眼笛尾一挑，蛇鞭在他笛稍繞了幾下，扣住數個笛孔，邵延屏心中一喜，柳眼那雙形狀奇異的眼睛眼角上揚，蘊含了一股古怪的笑意，驀地按住剩餘的幾個笛孔，後退兩步拉直沈郎魂的蛇鞭，用力一吹。

一陣刺耳至極、談不上任何音調的怪聲直撲入腦，沈郎魂全身大震，真氣幾乎失控，臉色大變——柳眼借蛇鞭傳音，比之隔空而聽更為厲害，他只盼立刻撒手，但蛇鞭被柳眼真氣黏住，竟是撒手不得，轉眼之間柳眼笛聲轉高，他丹田內力如沸水般滾動，就要衝破氣門散功而亡，池雲和邵延屏齊聲大叫，成縕袍橫袖掩口，勉強一劍往沈郎魂的蛇鞭上斬去！

「嚓」的一聲微響，蛇鞭從中而斷，沈郎魂連退七八步，臉色慘白，當年那一敗歷歷在目，當年這人也是一弦琵琶將自己震成重傷，而後殺他妻子、毀他容貌。苦練三年武功之後，他仍是敗在此人音殺之下，他的性子本來堅忍，見了仇敵也仍是冷靜，此時心中深藏的怨毒仇恨一時發作起來，被震退之後，一聲大叫衝上前去，一拳往柳眼小腹撞去！成縕袍劍斷蛇鞭，「哇」的一聲第四口鮮血吐出，只覺心跳如鼓，百骸欲散，手中劍竟如千鈞之重，幾乎就要拿捏不住。唐儷辭站在一邊抱著鳳鳳，始終不言不動，此時嘴唇微微一動，踏上一步，扶住了成縕袍。

沈郎魂一拳擊出，勢如瘋虎，大展拳腳對柳眼連連攻擊，柳眼笛上尚纏著那蛇鞭，邵延屏和池雲為防他舉笛再吹，兩人以快打快，一時間柳眼無暇再吹，四人戰況膠著。唐儷辭手按成縕袍後心，渡入一股綿密柔和的真氣助他療傷，成縕袍怒道：「你為何不出手？」唐儷辭緩緩搖了搖頭，仍不說話，沈郎魂此時已渾然忘了身旁還有何人，殺妻仇人在前，若不能食其之肉剮其之骨，他也不必再活。池雲一環渡月銀光繚繞，招招搶攻，心裡卻大為詫異：白毛狐狸為什麼不出手？站在旁邊看別人拼命，那是什麼用意？難道他的瘋病突然發作，突然忘了自己是誰？

正當合圍的三人漸漸熟悉柳眼的招數，以快打快之法生效，慢慢占了上風之時，唐儷辭為成縕袍療傷也暫告段落，他始終不加入合圍，此時俯身在成縕袍背後輕輕地道：「你裝作重傷無力，我手掌撤開的時候，盤膝坐下。」

成縕袍對他本來大為不滿，此時一怔，唐儷辭後心勁力一摧，他頓時說不出半句話來，心中又驚又怒，換功大法的內力當真邪門，全然不合常理。

「左邊樹林之中，兩塊巨石背後，有一個人。」唐儷辭的聲音又傳入耳中，音調低柔，成縕袍只覺耳內一熱，「呼」的一聲微響，卻是唐儷辭對著他的耳廓輕輕呵了口氣，「右邊樹叢裡也有一人，余負人伏在那人背後兩丈……」成縕袍眼睛一眨，唐儷辭的手掌已離開他背心，他順勢坐下，閉目調息。

柳眼銅笛揮舞，招架三人的圍攻，眼神始終冷冷看著唐儷辭。唐儷辭站在一旁，山風吹掠過他的衣裳，袖袍如水般波動，柳眼突然開口，低沉地道：「這是你殺我的好機會，你還在考慮什麼？」

唐儷辭不答，過了好一陣子，他幽幽地道：「我要殺你，在青山崖上就不會救你。」

柳眼冷笑，「救我這樣一個無惡不作的魔頭，你不怕被人唾沫淹死，詛咒咒死？」

唐儷辭淡淡地道：「對別人來說，你就是死一萬次也不夠……阿眼，我問你一件事。」

柳眼唇角上揚，「我就算答了你，也未必是真的。」

唐儷辭亦是唇角上揚，卻並非笑意，「菩提谷中……是誰把冰棺盜走，又是誰把方周亂刀碎屍，扔在那具破棺材裡餵螞蟻蒼蠅……是你麼？」他低聲而問，語氣很平靜，甚至有些心平氣和耐心聆聽的意思。

柳眼聞言大震，驀然轉身，厲聲問道：「你說什麼？」一疏神之間，沈郎魂一拳突入，「碰」的一聲震響，他一拳擊在柳眼腹上，只聽金屬鳴響之聲，柳眼腰間衣裳碎去，露出一層銀色如鐵甲般的裡衣，正是這銀色甲衣保他刀劍不傷。柳眼受了一拳，竟不在乎，疾若飄風往唐儷辭身前奔去，只聽「噹噹」兩聲震響，邵延屏和池雲刀劍齊出，各在他背上重重斬了一記。柳眼恍如未覺，一把抓住唐儷辭胸前的衣襟，厲聲道：「你說什麼？你說什麼你說什麼？」剎那之間，沈郎魂一拳擊在他頸後，邵延屏和池雲刀劍已架在他頸上，柳眼毫不在乎，一雙炯炯黑目牢牢盯著唐儷辭，「你說什麼？」

唐儷辭唇角緩緩上揚，勾起了一個很淒涼的微笑，「是你把他從冰棺裡倒出來，把他亂刀碎屍，丟在那口破棺材裡面餵螞蟻嗎？」他也不在乎柳眼抓住他胸前的衣襟，就如那落在敵人指掌之間的不是他胸前要害，就如柳眼毫不在乎架在他頸上的刀劍。

「什麼亂刀碎屍……」柳眼五指扣緊，唐儷辭胸前的衣襟應手而裂，他緩緩張開五指，突地厲聲問道：「什麼碎屍？什麼餵螞蟻？你在說……誰？」

唐儷辭柔聲道：「方周。我在菩提谷找到他的墳，他被人亂刀碎屍，丟在一口破了一個大洞的棺材板裡面，滿身都是……」

他尚未說完，柳眼驀地握緊他舉在唐儷辭胸前的右手，「你胡說！我分明把他和冰棺一起下葬，我葬他的時候，他還好好的，除了沒有心臟，一切都和活著一樣！誰把他亂刀分屍？

怎麼可能？誰要把他亂刀分屍？我把他好好葬了，我絕對不會對不起他……」

唐儷辭低聲道：「可是……冰棺不見了，他被人切成八塊，餵了螞蟻蒼蠅。」

柳眼怒道：「你胡說你胡說你胡說！不會有這種事！你騙我！你又來騙我！你從小就喜歡騙人，到現在又來騙我！」

唐儷辭那雙秀麗絕倫的眼睛慢慢充滿了瑩瑩的東西，柳眼吼到那句「又來騙我」之時，他左眼的淚水奪眶而出，「嗒」的一聲，濺在了柳眼鞋上。

柳眼突然安靜了下來，他看見了那滴眼淚。唐儷辭滿面微笑，手按腹部，除了那一滴眼淚，他的表情甚至很平靜，微笑很淒涼，卻很從容。這個人……從來不哭，認識他二十年，他是個很……要強的人，是絕不承認自己有弱點的，所以他從來不會哭。這滴眼淚，是他新發展的騙局？是他越來越無恥連眼淚都能拿出來賣弄？他的目光緩緩從那滴眼淚上移到唐儷辭臉上。

「你哭什麼？」他冷冷地問。

唐儷辭搖了搖頭，微微一笑，「方周他……」

柳眼打斷他的話，「不是我。」

他突然別過頭去，冷冷地道：「我把他連冰棺一起下葬，冰棺為何不見，他為何會被人碎屍，我不知道。」

唐儷辭抱緊了鳳鳳，鳳鳳一直好奇地打量著柳眼，彷彿在他小小的心靈中，也覺得柳眼長得與眾不同，此時竟咯咯笑了起來。

「阿眼……如果有人背著你毀了方周的屍體，而他明知道我會去找……那很明顯，有人……在挑撥你我的關係，希望你我決裂得更澈底。」他輕聲道：「你明不明白？」

柳眼冷冷地道：「明白如何、不明白又如何？」

唐儷辭低聲道：「你如果真的明白，就收手跟我走。」他緩緩抬起頭來，目光不知如何竟帶有一股冷厲的森然之氣，「只要你能做回從前的阿眼，交出九心丸的解藥，不管你害死多少條人命，我都能擔保沒人能動你一根寒毛。」

柳眼突然笑了，他一笑，真如一朵花兒盛開一樣，令人賞心悅目，「你知道你在說什麼嗎？夢話……」他往前一傾，邵延屏和池雲刀劍加勁，立刻在他頸側劃出兩道血痕。沈郎魂一拳重重擊在他小腹上，「碰」的又一聲，他身上銀色甲衣受不住如此重擊，突地裂開，柳眼手腕一動正要舉笛，沈郎魂出手如電，將他雙手牢牢制住。唐儷辭慢慢從他手中抽走那支銅笛，柳眼咬牙死死握緊，但銅笛圓順，終是抵不住一寸一寸往外滑去，落入唐儷辭手中。池雲出手如風，在柳眼被死死制住的片刻連點他身上十數處大穴，隨即抄起地上半截蛇鞭，將他雙手牢牢捆了起來。

正在大家齊心合力，生擒柳眼之時，微風惻然，樹林中左右突然同時各自竄出一人，一則揮掌、一則紅紗，無聲無息往唐儷辭後心按去。這一下偷襲，拿捏的時機煞是微妙，正是眾人力戰柳眼負傷疲弱，眼見得勝，鬆了口氣的瞬間，又似是渾然不把柳眼的性命當作一回事。成縕袍蘊勢已久，幾乎同時躍起，劍挑霜寒，一劍「淒寒三宿」往那翠衣人後心刺去。

生變突然，邵延屏池雲幾人驟不及防，一時呆住，那翠衣人身法極快，掌風凌厲，成縕袍的劍卻更快，光華流閃，劍氣淒厲如鬼，人影交錯只聽「嗒」的一聲輕響，一隻手臂半空飛起，血灑滿天，摔出一丈之外。翠衣人乍然遇襲，右臂竟然斷去，她畢竟老於經驗，臨危不亂，眼見唐儷辭早有備，立刻轉身狂奔而去。紅衣人紅紗拂出，唐儷辭一個轉身，左手懷抱鳳鳳，右手一把抓住紅紗，只聽紅紗撕裂之聲，其中數十支紅色小針激飛而出，紅衣人盈盈嬌笑，一掌往他臉上劈去。此時成縕袍劍斷翠衣人右臂，劍尖劃了個明晃晃的圈子，已往紅衣人腰際刺來，唐儷辭袖風一舞，數十支紅色小針紛紛墜地，「啪」的一聲他和紅衣人對了一掌。那人察覺他內力強勁，渾然不似重傷的模樣，「咦」了一聲，突自紅衣之中拔出一把短刀出來，一刀斬向成縕袍，卻是刀走妖詭，去路難測，意圖奪路而逃。這兩人一撲快速至極，成縕袍突襲、翠衣人斷臂、紅衣人拔刀僅僅是剎那間事，正在一頓之間，一道劍光流轉，直撲紅衣人後心！

成縕袍揮劍合擊，這紅衣女子功力之高出乎他意料之外，余負人此時撲出時機拿捏得恰到好處，他劍刺紅衣女子後心，成縕袍便劍挑紅衣女子胸前檀中。兩人俱是當代一流劍客，雙劍齊出，掠起一陣響亮的破空之聲，紅衣女子短刀封前護後，卻是絲毫不懼，仍是直撲成縕袍而去。「噹」的一聲刀劍相交，紅衣女子短刀架長劍，竟是半斤八兩，成縕袍心下凜然，江湖中藏龍臥虎，他縱橫半生未遇敵手，純為僥倖。而他接連受創真氣不調劍上勁道大滅，他卻沒有考慮在內。正在此時，余負人劍風一轉，刺向紅衣女子背後的一劍，劍風驀然大盛，竟是直撲唐儷辭而去！眾人大吃一驚，邵延屏、沈郎魂、池雲三人的手掌尚還按在柳眼身上，時刻防備他脫走，成縕袍劍擋紅衣女子，更是救援不及，一愕之間，唐儷辭手腕一抬，擋在鳳鳳身外，「錚」的一聲，余負人長劍斬上他腕上洗骨銀鐲，反彈而回。唐儷辭輕飄飄一個轉身，闖入余負人懷內，手肘接連三撞，余負人長劍脫手，往前便倒。唐儷辭微微側身讓他靠在身上，左手一揚接住他脫手的長劍，「唰唰唰」連環三劍往紅衣女子身上刺去。紅衣女子眼見形勢不對，嬌叱一聲，短刀縱橫接連搶攻，成縕袍劍勢一退，她奪路而逃，剎那隱入樹林中去了。

余負人倒下，眾人一起圍來，池雲怒道：「這傢伙瘋了？無端端為什麼要出劍刺你？」

唐儷辭微微一笑，「你嗅到花香了麼？他和那些紅衣、白衣女子一樣，中了忘塵花之毒……」

沈郎魂遠遠站在一邊，唐儷辭眼望余負人，本待繼續再說，突地眼眸一動，驀然回身，「你——」在他「你」字將出未出之時，沈郎魂一把抓起被點中穴道，動彈不得的柳眼，絕塵而去。

池雲和邵延屏大吃一驚，提氣急追，然而沈郎魂人影隱入樹叢，他本是殺手，隱形避匿之術遠在常人之上，只是一頓之間，兩人已失去沈郎魂和柳眼的蹤跡。池雲破口大罵，「他媽的該死的沈郎魂，吃裡扒外，他要帶他到哪裡去？」

邵延屏苦笑搖頭，誰也料不到沈郎魂會突然冒出這一手，「他把柳眼奪去做什麼？」

唐儷辭望著沈郎魂離去的方向，過了好一陣子，他輕輕嘆了口氣，「是我忽略了，柳眼是他殺妻毀容的仇人……我猜他要把柳眼折辱一番，然後扔進黃河祭他妻子。」

池雲冷冷地道：「哼！自以為算無遺漏，若不是你太相信沈郎魂，怎會出這麼大的紕漏？現在人不見了，怎麼辦？」

唐儷辭微微一笑，「一時三刻，他不會殺了柳眼，暫且不妨，此刻先去看善鋒堂情況如何。」

邵延屏背起余負人，點頭道：「先回去再說。」

第十三章　桃衣女子

晨曦初起，四人急急趕回善鋒堂，善鋒堂裡眾人早已在昨夜晚飯之後悄悄撤離至好雲山一個僻靜的山洞之中。奔到半途，唐儷辭徑直轉向眾人藏匿的山洞，眾人安然無恙，眼見幾人平安歸來，幾位婢女喜極而泣。當下眾人會合，一起返回善鋒堂。

山路之上一片平靜，既沒有看見遍地屍骸，也沒有看見凌亂的腳印、撕破的衣襟、遺落的兵器等等，邵延屏鬆了口氣，看來沒有發生什麼強烈的衝突，那些紅白衣裳的女子似乎已經撤走，也沒有遇到上官飛或者董狐筆。池雲因為沈郎魂搶走柳眼心煩意亂，突然斜眼看了唐儷辭一眼，卻見他越是趕回善鋒堂，越不見有動手的痕跡，眉間越是鬱鬱，沈郎魂離去那一下他臉上猶有笑意，待到趕到善鋒堂前，他臉上已經一絲笑意俱無，雖然說不上憂心如焚，卻是池雲很少見的心事重重。白毛狐狸……在想什麼？池雲一邊狂奔，心頭突然浮起了個他從來沒有想過的問題，就像有一萬件心事一樣，他媽的！人活在世上當真有那麼難麼？遇神殺神、遇鬼殺鬼即可，來一件事解決一件事就夠了，那麼心事重重的，是在炫耀他很聰明，能想到很多別人想不到的問題嗎？

還是——他真的有什麼棘手的難題？不對！像白毛狐狸這種人，一件難題是難不倒他的，有幾件？八件？十件？二十件？正在他估算到底有多少件才能造成唐儷辭這樣的臉色之時，唐儷辭側頭看了他一眼，微微一笑。呸！這傢伙果然還在整人！池雲勃然大怒，眾人腳下一頓，他尚未來得及發作，善鋒堂已在眼前。

善鋒堂鴉雀無聲，但即使是邵延屏也從來沒有見過這裡面有過這麼多人，風流店帶來的那些白衣、紅衣女子竟然一個未走，全部被點了穴道，用繩索捆了起來。董狐筆正站在門前，而站在他身後的一人黑衣長髮，腰佩長劍，正是普珠上師，普珠上師身後一人桃衣窈窕，面罩輕紗，卻是個年輕女子。眼見唐儷辭眾人趕回，普珠上師往前走了兩步，「風流店紅白衣役使一共一百三十八人，全數在此。」

邵延屏欣然道：「哈哈，普珠出手，果然不同凡響，風流店留下這一百三十八紅白役使，以為對付善鋒堂已是綽綽有餘，卻不料還有上師遠道而來，成為我等一支奇兵。」

普珠合十，面容仍是冷冷的，眼眸微閉，「是桃施主告知我風流店將襲好雲山，恰好接到劍會相邀的書信，趕到此地便見戰況激烈，非我之功。」

邵延屏目光轉向普珠身後那位白紗蒙面的桃衣女子，心中好奇不免升上十分，「姑娘是……」

那位桃衣女子舉手揭下白紗，對唐儷辭淺淺一笑，「唐公子別來無恙？」

白紗下的容貌嬌美柔豔，眾人皆覺眼前一亮，說不出的舒服歡喜，乃是一位嬌豔無雙的年輕女子，這位女子自然便是風流店的「西宮主」西方桃。

池雲瞪著這位露出真面目的女子，「妳——」他委實想不通為何這位西方桃和「七花雲行客」裡的「一桃三色」生得一模一樣？但這位的確是嬌豔無雙的女人，「一桃三色」卻是個男人。

唐儷辭報以微笑，「桃姑娘久違了，在下安好。邵先生，」他袖子一舉，「這位是『七花雲行客』的女中豪傑『一桃三色』，亦曾是風流店東西公主之一，西方桃姑娘。」

唐儷辭此言一出，池雲滿腹疑惑，上上下下打量西方桃，兩年多前和他在寧江舟上動手的人，真的是眼前這位嬌滴滴的女子？他自認脾氣浮躁，但不至於對手是男是女都認不出來，但眼前這女子五官容貌的確和當年那人生得一模一樣，只不過當年的「一桃三色」遠遠沒有這麼美而已。邵延屏聽了心下亦是大奇，「一桃三色」為何又能變成風流店的「西宮主」？這「西方桃」的名字分明是她自己起的，這位姑娘來歷奇特，和普珠同來，似乎兩人交情頗深，普珠和尚難道除了殺戒酒戒等等清規戒律不守，連色戒都不守了？

西方桃在眾人疑惑驚異的目光之中泰然自若，嬌豔的櫻唇始終含著淺淺的笑意，一雙明眸盡在唐儷辭面上，那嬌柔無限的微笑無疑是為唐儷辭而綻放。唐儷辭唇角微勾，神情似笑似定，衣袖一抬，邵延屏當下哈哈一笑，「原來是桃姑娘，失敬失敬，請入內詳談。」眾人頓時紛紛邁入門內，七嘴八舌的說今日一戰。

白毛狐狸的心事很重，池雲此時顯得出奇的安靜，目不轉睛地看著唐儷辭的背影，奇怪了，紅白衣役使被擒，普珠上師和那古怪的西方桃上到好雲山，難道比風流店夜襲中原劍會更加棘手麼？白毛狐狸一直注意普珠的行蹤，為什麼？普珠絕無可能是風流店的人。

她和普珠同來，果然當年朱雀玄武臺上花魁大會之夜，蒙面將西方桃奪走的男人，就是普珠上師。唐儷辭的唇角越發向上勾了些，向西方桃笑了一下，那位桃衣女子淺笑盈盈，走在普珠身後，彷若依人的小鳥。走在她前面的普珠神色冷峻，步履安然，眉宇間仍是殺氣與佛氣並在，絲毫沒有流連女色的模樣。

山風凜冽，晨曦初起之前，夜分外的黑。

沈郎魂攜著柳眼竄進山林深處，兜兜轉轉半晌，他確定沒有追兵，兩人落足在一棵枝葉繁茂的大樹之上。隨後他用樹枝草草搭建了一個蓬窩，以他手法之快之熟練，搭造一個猶如房間的樹窩，不過花費頓飯功夫。這大樹枝葉繁茂，樹梢之中一個蓬窩，絕少能引起人的注意。

然後他拍開了柳眼的啞穴，從樹上扯了一條荊棘，一圈一圈將柳眼牢牢縛住，那荊棘的刺深深扎入柳眼肌膚之中，他一聲不吭，冷冷地看著沈郎魂。沈郎魂亦是冷冷地看著他，那雙光彩閃爍的眼睛無喜無怒，不見平日的從容，反倒是一片陰森森的鬼氣。等沈郎魂將他縛好，柳眼已流了半身的血，黑衣上繞著荊棘流著血卻看不出來。

過了好半晌，沈郎魂在他對面坐了下來，自懷裡摸出個硬饃饃咬了一口，慢慢嚼著，「你還記得我是誰麼？」黑夜之中，他臉頰上的紅蛇印記隱於黑暗，卻是看不見。

柳眼淡淡地道：「我當年沒挖出你眼睛來，你難道沒有感激過我？」他竟然還記得沈郎魂。

沈郎魂冷冷地道：「感激，我當然很感激，所以你放心，落在我手上你不會很快死的。」

柳眼那雙如柳葉般的眼睛微微一動，「死……和活著也差不多。」

沈郎魂淡淡地道：「看不出來你這殺人如麻害人無數的瘋子，居然生不如死。」

柳眼冷冷地道：「世上你不知道的事多了。」

沈郎魂探手自懷裡摸出一支髮簪，那簪上的明珠在夜裡發出微弱的光芒，「像你這種把人命當作兒戲，誘騙年輕女子的下三濫，本來就該一刀殺了，不過你殺了數不盡的人、害了數不盡的女人……讓你這樣就死，實在太不公平。」他淡淡地道：「哈哈，讓我這等人來做懲奸的劊子手，老天的安排也忒忒諷刺。」柳眼閉目不答。

沈郎魂手臂一伸，他指間的髮簪深深刺入柳眼的臉頰，柳眼微微一顫，仍是一聲不吭。沈郎魂沿著他的臉型，簪尾一點一點劃了下來，鮮血順簪而下，一滴一滴落在樹上。時間在寂靜中過去，足足過了大半個時辰，鮮血順著樹幹蜿蜒而下，沈郎魂的雙目在黑暗中光彩越來越盛，吱吱血肉之聲不住響起，他突然淡淡地道：「你倒是很能忍痛。」

柳眼淡淡地道：「彼此彼此。」

沈郎魂的簪尾在他臉上劃動，柳眼血流滿面，形狀可怖至極，這兩人對談仍是波瀾不驚，再過片刻，沈郎魂慢慢自柳眼面上揭下一層事物，對著柳眼血肉模糊的面龐看了又看，「嘿嘿，唐儷辭若是知道我剝了你的臉皮，不知道作何感想……」

柳眼淡淡地道：「他不會有什麼感想。」

沈郎魂將剛剛從柳眼臉上剝下的臉皮輕輕放入他隨身攜帶的一個皮囊內，自懷裡取出金瘡藥粉，小心翼翼地塗在柳眼臉上。

那一張俊美妖魅、傾倒無數女子的面容，霎時間變得無比恐怖。柳眼並不閉眼，甚至對沈郎魂此種慘絕人寰的行徑沒有多少恨意，沈郎魂手上塗藥，「你不恨我？」

柳眼滿臉是傷，牽動嘴角鮮血便不住湧出，卻仍是笑了笑，「我殺了你老婆。」

沈郎魂慢慢吐出了一口長氣，「你放心，我不會讓你死，我會剝了你的臉皮製成人皮面具，廢了你的武功，斷了你的雙足，然後讓你走。」他的語氣仍是淡淡的，「我要看你日後如何再用你那張臉招搖撞騙，說不定哪一天你要為了一餐剩飯戴上你這張人皮面具，而又總有一天……施捨你飯菜的人會發現你面具之下的真面目……哈哈，放心，若是你能遇上不嫌棄你醜陋容貌的多情女子，你遇上多少個、我便殺多少個。」

沈郎魂的語氣冷淡，語意之中是刻骨銘心的怨毒，這種種計畫他必已想好許久了，此時一一施展在柳眼身上，不讓柳眼活得慘烈無比、比死還痛苦百倍，他活著有什麼意義？他本只為復仇而活，擒住柳眼之後，什麼江湖、天下、蒼生、公義、朋友、大局……統統與他毫無關係。

他只要這個無端端害死他妻子的男人活在地獄裡，像一條野狗一樣活不下去，卻比死人多了口氣。

但柳眼並沒有驚恐駭然，或者歇斯底里，他聽著，卻似乎滿不在乎，一張能令千百女子瘋狂的臉毀於沈郎魂之手，滿面只剩血肉模糊，他似乎並不覺得痛苦。沈郎魂手法快極，「咯啦」兩聲，捏斷柳眼雙腿腿骨，他指上力道強勁，這一捏是將骨骼一截捏為粉碎，不同於單純的斷骨，那是無法治癒的腿傷。柳眼微微一震，仍是一聲不吭，硬生生受了下來，隨即沈郎魂點破他丹田氣海，柳眼一身驚世駭俗的邪門武功頓時付之東流。

但他仍然沒說什麼，對沈郎魂也無恨意，甚至沒有敵意。沈郎魂平靜地坐在他對面，片刻之後，柳眼臉上的流血稍止，但樹上的螞蟻緩緩爬到了他臉上的傷處，不知是好奇、或是正在齧食他的傷口。

「你倒也有令人佩服的時候。」沈郎魂淡淡地道，他從未見過有人受了這樣的傷，還能神色自若，甚至滿不在乎。尤其這個人片刻之前尚還手握重權，只是一步之差，他便是當今武林的霸主、權傾天下的魔頭。

「我不和死人計較。」柳眼也淡淡地道：「我只恨活人，不恨死人。」

沈郎魂道：「在你眼中，世上只有唐儷辭是活人麼？」

柳眼眼眸微閉，饒是他硬氣，面上身上和腿上的劇痛畢竟不是假的，微微有些神智昏然，「嘿。」

沈郎魂緩緩地道：「我卻以為……這世上只有唐儷辭對你最好……」

柳眼低低的冷笑，「你什麼都不知道……」

「我知道你以為他害死了方周。」沈郎魂道：「不過真正害死方周的人，其實是你自己。」

柳眼頓時瞬目，厲聲道：「你說什麼？」

沈郎魂淡淡地道：「唐儷辭把方周的屍身存在冰泉之中，把他的心挖了出來埋在自己腹中，等到方周的心臟傷勢痊癒，就要把心移回方周腹內，也許……他就有復活之機。我雖然不知此種荒謬的手法能不能救人，但至少是個希望，你卻差遣白衣女子把方周的屍身從國丈府盜走，導致方周被人亂刀碎屍，腐爛於墳墓之中，你說害死方周的人是不是你？」他輕蔑地看著柳眼，「唐儷辭教方周練《往生譜》，除了想要絕世武功之外，也是為了給方周留下一線生機……你因為方周之死恨他入骨，卻不知道他為方周能活轉過來付出了多少心血——而他所費盡的心血統統被你毀了。」

柳眼血肉模糊的臉上肌肉顫動，方才沈郎魂剝他臉皮的時候他毫不在乎，此時卻全身顫抖，咬牙一字一字道：「你、騙、我！不可能有這種事——絕不可能——哈哈哈哈，你把一個人逼死，會是為了救他嗎？哈哈哈哈，你為了要救一個人，先把他逼死——怎麼可能？根本是胡說八道，你當我是傻瓜嗎？」

沈郎魂道：「唐儷辭在青山崖救你一命，你給了他一掌，他去菩提谷搶救方周的屍身，你慫恿鐘春髻給他一針，他若真是為了武功可以出賣兄弟的人，何必救你何必容你？他只消在青山崖任你跳下去，不管什麼恩怨什麼仇恨，非但一筆勾銷，尚可以成就他英雄之名，不是麼？」他冷冷地道：「他救你一命會給他自己惹來多少非議多少懷疑，你不知道麼？他若把武功名利看得比兄弟還重，早就殺了你。」

柳眼淒聲大笑，「哈哈哈哈，胡說八道！你也來胡說八道！你不過是他用錢買來的一條狗，你說的統統都是狗話！唐儷辭是什麼樣的人我難道不清楚？你以為他是什麼？是個重情重義的英雄？好笑！我和他二十年的交情，唐儷辭陰險狠毒作惡多端，下次你見到他你問他一輩子做過多少喪盡天良的事？你看他答不答得出來？數不數得出來？哈哈哈……什麼兄弟！兄弟只不過是他平步青雲路上的墊腳石……」他惡狠狠地道，面上鮮血和金瘡藥混在一處，神色猙獰可怖至極。

「他或許真不是個好人，」沈郎魂淡淡地道：「但他真的對你很好。」

柳眼含血呸了一聲，一口唾沫吐在沈郎魂肩上，「終有一天，我要將他剁成八塊，丟進兩口水井之中，放火燒了！」

沈郎魂不再理他，「嘿」了一聲，「待你臉上傷好，我便放了你，看你如何把唐儷辭剁成八塊。」

柳眼慢慢舒了口氣，只消不和他說到唐儷辭，他便很冷靜，「即使你現在放了我，我也不會死。」

沈郎魂盯了那張血肉模糊的臉一眼，這張臉連他看見都要作嘔，但這人並不在乎。他本以為如柳眼這般能吸引眾多女子為他拼命的男人，必定很在乎他的風度容貌，柳眼如此漠然，的確有些出乎他意料之外。

這個人殺人放火、誘騙涉世未深的年輕女子為惡、製作害人的毒藥，又妄圖稱霸中原武林，挑起腥風血雨，實是罪惡滔天、罄竹難書，但觀其本人卻並未有如此惡感。沈郎魂凝視了這位不共戴天的仇人許久，只覺此人身上居然尚有一股天真，唐儷辭說他不適合鉤心鬥角，的確——他突然開口問：「當年你為何要殺我妻子？」

「想殺便殺，哪有什麼理由？」柳眼別過頭去，冷冷地道：「我高興殺她，願意放你，不成麼？」

沈郎魂道：「有人叫你殺我妻子麼？」他是什麼眼光，雖然黑暗之中仍是一眼看破柳眼別過頭去的用意，「是什麼人叫你殺我妻子？」

柳眼不答，沉默以對。沈郎魂突然無名怒火上衝，「說啊！有人叫你殺我妻子是麼？你為何不說？你不說是想給誰頂罪？」

柳眼挑起眼睛冷冷地看著他，閉嘴不說。沈郎魂揚起手來一記耳光打了過去，「啪」的一聲滿手鮮血，柳眼滿臉流血，卻是一動不動，過了好一會兒，他輕輕咳嗽了一聲，「沒有誰叫我殺你妻子。」

沈郎魂的第二記耳光停在了半空中，心中又是惱怒又是可笑，這位作惡多端的魔頭就像個脾氣倔強的黃毛小子，一口咬定沒有，無論在他身上施多少刑罰，他都說沒有。柳眼殺他妻子之事，背後必有隱情，沈郎魂慢慢收回手掌，這人偏聽偏信，只聽得進他自己想聽的東西，脾氣又如此頑固，很容易受人之欺、被人利用。唐儷辭必定很瞭解他，所以三番五次不下殺手，想要救他、想要挽回、想要寬恕他……但他已犯下了不可饒恕的大錯，就算非他本意，卻已是無路可回。如果真是有人在背後利用他，一手送他走上這條不歸之路，那實在比柳眼更可惡恐怖千百倍，那才是武林真正的惡魔。

柳眼又閉上了眼睛，鮮血慢慢糊住了他的雙眼，全身劇痛，欲睜眼亦是不能。神智模糊之際，他想大笑、又想大哭……他恨唐儷辭！所以……誰也不要說他好話，誰也別來告訴他唐儷辭救了他或者對他好……一切……都很簡單，他是個混蛋，而他要殺了他！

至於是誰要他去殺沈郎魂的妻子，迷茫之間，他依稀又看到了一個身穿粉色衣裳，渾身散發怪異香氣的披髮人的影子，那香氣……濃郁得讓人想吐，是他這一輩子嗅過的最難聞的怪味，比糞坑還臭！

全世界都是死人，如果不恨唐儷辭，我要做什麼呢？誰都死了，我活著做什麼？

善鋒堂內。

晨曦初起。

邵延屏在一頓飯時間內出奇快捷的將那一百三十八個女子安頓進善鋒堂的十四個客房，白素車不知去向，估計在戰亂中逃逸，那幾輛神祕馬車也不翼而飛，顯然眼見形勢不對都已退去。風流店的大部分主力被俘，撫翠斷臂、紅衣女子退走，這一戰可謂出乎意料的順利，並且己方竟然沒有損失多少人力，實在讓人稱奇。這固然是唐儷辭設的大局、自己設的小局的功勞，但普珠上師和西方桃遠道而來成為奇兵，也是功不可沒。上官飛尚未回來，邵延屏一邊加派人手去找，一邊命人奉茶，請幾人在大堂再談接下來的局勢。

沈郎魂將柳眼擄去之舉，出人意料，但既然他和柳眼有不共戴天之仇，料想柳眼被他擒去也無妨，不至於再釀大禍。昨夜經過一夜大戰，人人臉色疲憊，唯有行苦行之路的普珠上師面色如常，那位西方桃靜坐一旁，仍是端麗秀美不可方物。

唐儷辭坐在邵延屏身旁，神色安然，「上官前輩下落如何？」

邵延屏搖了搖頭，「尚無消息，不過以九轉神箭的修為，區區風流店的逃兵能奈他何？料想無妨。」

唐儷辭微微一笑，看了西方桃一眼，目光轉向普珠上師，「普珠上師和桃姑娘是如何相識的？唐某很是好奇。」

普珠上師平靜敘述，原來他和西方桃相識於數年之前，西方桃被人打成重傷，廢去武功之後賣入青樓，是普珠上師將她救出，兩人因棋藝相交，交情頗深。至於西方桃是個貌美如花的年輕女子，在普珠上師眼內就如一草一木一石一雲，絲毫未入他眼底心內。

池雲站在唐儷辭身後，白毛狐狸對普珠還真不是普通的關注，他的目光一直看著西方桃，這女人雖然美貌至極，在池雲眼內也不過是個「女人」，但出於某種野獸般的直覺，他橫豎看這女人不順眼，似乎在她身上有種什麼東西特別不對勁，只是一時說不上來。蒲馗聖捉完了門外的毒蛇，如獲至寶，將牠們統統關入地牢之中，薰以雄黃，待一一清點。談及將來局勢，不必唐儷辭多說，邵延屏也知中原劍會一戰大勝風流店，碧落宮必定呼應劍會之勢，做棒打落水狗之舉，江湖局勢已定，自古邪不勝正，真是至理名言。

幾人談話之間，忽然一名劍會弟子匆匆趕來，慘聲道：「啟稟先生，在半山腰發現上官前輩的……上官前輩的遺體……」

邵延屏大驚站起，「什麼？」

眾人紛紛起身，那劍會弟子臉色蒼白，「上官前輩被一支尺來長的枯枝射穿心臟，乃是一擊畢命，看樣子……看樣子並未受多少苦楚。」

蒲馗聖變色失聲道：「世上有誰能將上官飛一擊畢命？他人在何處？」

「阿彌陀佛，方才上山之時我與上官前輩擦肩而過，他說他要前去處理風流店設在山腰的伏兵，難道伏兵之中另有高手？」普珠眼眸一閉，語氣低沉甚感哀悼。

劍會弟子道：「但上官前輩並非死於風流店設有埋伏的地點，乃是死於山間樹林之中。」

邵延屏表情凝重，「我這就去看看，是誰能以一截枯枝將九轉神箭一擊畢命，風流店中若有這等高手，昨夜之戰怎會敗得如此輕易？至少他也要撈幾個本錢回去，只殺一個上官飛能改變什麼？」

「先生，上官前輩的遺體已經帶回。」那劍會弟子匆匆退下，未過多時，上官飛的屍身被人抬了進來，怒目弩張，右手仍緊緊握住他的長弓，背上長箭已所剩無幾，胸口一截枯枝露出，浴血滿身。眾人皆盡默然，一戰得勝，卻終是有人浴血而死，縱然勝得再風光榮耀，對於死者而言，畢竟無可彌補，唯餘愧然傷痛。

默然半晌，唐儷辭突然道：「上官前輩的死……是因為戰力不均的緣故。」

「什麼戰力不均？」邵延屏嘆了口氣，喃喃地道：「是誰殺了他，是誰……」唐儷辭的衣袖整潔，昨夜之戰唯有他衣袂不沾塵，兵器不血刃，幾乎並未下場動手，「如果昨夜之戰中，其實不僅僅有三方的利益，而有第四方參與其中，那風流店如此奇怪的大敗而歸、上官飛前輩暴斃就能夠解釋。」他環視眾人一眼，「計算一下便知，中原劍會有成大俠、邵先生、上官前輩、董前輩、蒲蛇尊、蔣先生、余負人七大高手，其餘諸人也都身手不弱，加上沈郎魂、池雲和唐儷辭，實力強勁。」微微一頓，他繼續道：「但唐儷辭重傷在先，風流店的高手卻都是高手中的高手，單憑柳眼一人劍會就至少要分出三人應付，撫翠和紅蟬娘子要兩人聯手對付，余負人和蔣文博卻失手被風流店所擒，如此算來本來劍會有十大高手可以使用，如今十中去十，正好打成一個平手——但是——」他平靜地看了眾人一眼，「但是唐儷辭的重傷卻是裝的，一旦交戰，我方立刻比對方多了一個可用之人，均衡的戰力就被打破了。」

「所以本來靜待我劍會和風流店打得一個兩敗俱傷的第四方勢力必須維持戰力平局，劍會多了一人出來，他就殺了上官飛。」邵延屏恍然大悟，「因為有第四方勢力從中攪局，本來我與上官前輩聯手對付撫翠，上官前輩一死，撫翠脫身自由，前來襲擊唐公子，又導致唐公子和成縕袍必須分身應對撫翠，使圍攻柳眼之人減少了一個半人，導致平局的戰果。」

唐儷辭微微一笑，「或許有人曾經是如此計算，但真正動手之時形勢千變萬化，他不可能預計到所有的變化，即使他殺了上官前輩，我等依然能夠生擒柳眼，而非戰成平局，只不過沈郎魂突然將柳眼擄走，導致戰果成空，這種變化是無法預料的。」

邵延屏連連點頭，「但唐公子實在棋高一著，在事情尚未起任何變化之前就假裝重傷未癒，為劍會伏下一份強大的力量。」

池雲嘴唇一動，本想說姓唐的白毛狐狸是真的身受重傷，只不過不知道什麼時候已經好了而已，吞了口唾沫終是沒說。

唐儷辭微笑道：「邵先生過獎了。」他的目光向西方桃瞟了一下，這眼角一撩一飄，眼神中似笑非笑，意蘊無限。西方桃低頭看地上，卻似是未曾看見，她未曾看見，普珠卻是看見了，眼神仍是冷峻嚴肅，也如未曾看見一般。上官飛為人所殺，余負人中毒未醒，邵延屏徒然增了許多壓力，嘆了口氣，讓大家散去休息，這戰後之事由他再細細安排，眾人退下，皆道請他不必太過憂勞，邵延屏唯餘苦笑而已。

唐儷辭回到房中，池雲倒了杯茶，尚未放到嘴邊，唐儷辭已端起來喝了一口。池雲瞪目看他，唐儷辭喝茶之後輕輕舒了口氣，在椅上坐了下來。

「你什麼時候好的？」池雲冷冷地問：「老子怎麼不知道？」

唐儷辭道：「在客棧躺的那幾天。」

池雲大吃一驚，「在西薔客棧你的傷就已好了？」

唐儷辭閉目微微點頭，「鐘小丫頭出手之時心情激蕩，入針的位置偏了一點，她內力不足，不能震散我氣海，所以……」

池雲大怒，「所以你散功只是暫時，卻躺在床上騙了老子和姓沈的這麼久！你當老子是什麼？」

「砰」的一聲，他一掌拍在桌上，桌上茶壺碎裂，茶水流了一桌，而唐儷辭手裡端著的茶杯卻仍完好無損。見池雲勃然大怒，他斯斯文文地喝了第二口茶，慢慢將喝了一半的茶杯擱在桌上，突然改了個話題，「你從前認識『一桃三色』是麼？」池雲一怔，怒火未消，哼了一聲卻不說話。

「他究竟是男人，還是女人？」唐儷辭慢慢地問。

池雲又是一怔，「當年和老子動手的是個男人，現在不知為什麼突然變成女的了。」

唐儷辭頷首，輕輕一笑。

池雲目光閃動，「她到底是男的女的？」

唐儷辭的視線在他臉上打了幾個轉，微笑道：「你發個毒誓，我便告訴你。」

池雲呸了一聲，「他媽的什麼毒誓，老子以老子的梅花山打包票，決計不會說出去，若有人能從老子嘴裡得到一點風聲，老子在梅花山的家業整個送你。」

唐儷辭眼睫輕挑，「包括你那『歃血鬼晶盅』？」

池雲斜眼看他，「你果然還是為了『歃血鬼晶盅』。」

唐儷辭柔和的微笑，令人如沐春風，「你若洩漏了半點風聲，就把『歃血鬼晶盅』抵給我如何？」

池雲冷冷地道：「好！」

「外面那位傾國傾城的桃姑娘，是個男人。」唐儷辭含笑，他雙手輕輕交叉搭在腹上，坐得端正，「他的眼睛本來沒有那麼大，一雙杏眼是眼角雙側以刀割開的，眉毛修整過，唇形本來不正，以筋線在左右各縫了一針，嘴唇上和下巴上的皮膚取身上它處皮膚換過，所以不生鬍鬚，你懂了麼？」

池雲震驚駭然，「他……他那一張臉都是假的？」

唐儷辭頷首，「大部分是，不過他本來生得就像女人，臉上經過修整，不是個中高手誰也看不出來。」

池雲滿腹疑惑，「他本來是個男人，何必硬要把一張臉弄成女人模樣？」

唐儷辭道：「這個……人各有所好，他願意弄張女人臉，本來誰也管不著，但是——」

他慢慢地道：「但是他倚仗那張美人臉假扮女人去勾引普珠上師，那就很不妥、非常不妥了，是不是？」

池雲一怔，「勾引普珠上師？不會吧，就算他假扮美人去勾引普珠，普珠也不會受她引誘的。」

唐儷辭微微一笑，「和尚也是男人，普珠非但是個男人，還是個很年輕的、俊俏的、從來沒有女人去勾引的男人，不是麼？」

池雲張大了嘴巴，「你想說什麼？難道你想說普珠和尚不守清規，和那假扮女人的一桃三色有一腿？」

「非也。」唐儷辭雪白的手指微微一動，「普珠此時恐怕還不知道……一桃三色處心積慮勾引普珠上師，所圖謀者自然非同尋常。風流店飄零眉苑之建造起源於破城怪客的設計，大量使用了七花雲行客所擅長的毒藥、幻術、機關、陣法之能，魚躍龍飛死在飄零眉苑暗道之中，梅花易數、狂蘭無行淪為傀儡，而為何一桃三色能以女子之身位列風流店西公主之位？真的是因為風流店的首腦愛慕女色？」他微微調整一下坐姿，坐得更直了些，「風流店背後的首腦愛慕女色，這是一桃三色自己說的，劃去這個理由……這一整件事給人一種感覺——」

池雲目光冷冽，說道：「風流店與七花雲行客絕對脫不了干係。」

唐儷辭微笑，「這一整件事更像是七花雲行客起了內訌，有人害死魚躍龍飛，和破城怪客合謀、或者是害死破城怪客，奪了他的機關之術建造飄零眉苑，同時廢去梅花易數、狂蘭無行的心志，將他們驅為奴僕，而後創立了一個門派、就叫作『風流店』。」

「這個創立『風流店』的人就是七花雲行客其中之一，」池雲聽出唐儷辭弦外之音，「你想說這個背地裡的主謀就是一桃三色？但七花雲行客共有七人，梅花易數、狂蘭無行、一桃三色、魚躍龍飛、破城怪客，一共出現五人，尚有兩人不知是誰。」

唐儷辭柔聲道：「我想說的是——一桃三色是主謀『之一』。」

池雲點了點頭，「他假扮女人接近普珠上師，那就是為了少林寺。」

唐儷辭頷首，「普珠上師是少林近年來的驕傲，掌握了普珠，便是對付少林的一大法寶，但他最深沉的用意必定不只是對付少林，對付少林有太多方法，不一定非要將自己整成女人。」

池雲呸了一聲，「說不定那傢伙心理變態，便是喜歡假扮女人。」

唐儷辭輕輕地笑，「若真是他的愛好，就算是送給我一個弱點了。」

「如果他真是風流店背地裡的主子『之一』，那上官飛——」池雲咬牙切齒，怒道：「就是被這個人妖暗算，死於非命！」

唐儷辭柔聲道：「不錯……但他和普珠上師擒獲了那些紅白衣役使，成就一件莫大功勞。」

池雲恍然大悟，「我明白了！那些人接到命令不必抵抗，所以才這麼容易被俘，根本是束手就擒！」

唐儷辭緩緩抬起手指抵住額角，坐得斜了些，倚在椅子扶手上，微微含笑，「柳眼是風流店的一枚棄子，昨夜之戰真正的目的，就看風華絕代的桃姑娘究竟想在中原劍會之中做些什麼了……」

「原來如此……」池雲喃喃道：「所以你才特別留意普珠的行蹤。」

唐儷辭閉目點了點頭，「明白了就少說話，多辦事。」

池雲眼睛一瞪，「辦什麼事？」

唐儷辭指了指窗外，「你去把沈郎魂和柳眼給我追回來。」

池雲怒道：「我若追不回來呢？」

唐儷辭柔聲道：「你是堂堂『天上雲』，梅花山占山為王的寨主，手下一幫兄弟沒有兩百也有一百七八十，如此綠林好漢，怎會有事做不到呢？」

池雲冷冷地道：「不要把梅花山的人和你扯上關係，老子陪你混白道已經很晦氣，別人只要和你沾上一點關係，十條命也不夠你折騰。」他狠狠瞪了唐儷辭一眼，一拂袖子越窗而去。唐儷辭斜倚椅中，端起擱在桌上的那杯茶淺呷了一口，看著池雲的白衣越飄越遠，過了一陣，他站了起來，推門往東而去。

好雲山左近的山林之中，沈郎魂拖著柳眼，在蟲蛇密布的山林裡走著，柳眼雙腿折斷，他拖著他一條手臂慢慢的走，就讓他全身在地上拖。未開化的山林裡芒草、荊棘、毒蟲遍地皆是，柳眼渾身鮮血淋漓，毫無聲息，昨夜他是硬氣，今日卻是早已昏迷。沈郎魂給他灌下了解毒清心的藥粉，卻不給他治腿傷，柳眼發起了高熱，就算沈郎魂現在把他扔進爛泥塘他也不會知道。

「撲通」一聲，沈郎魂把柳眼擲在地上，前方出現一個清澈的池塘，池塘中游魚條條，淺水處盛開著一種白色花卉，清香襲人。他一路走來，到處都是蚊蟲，到這湖邊卻豁然開朗，密林之中露出了藍天，空氣之中帶了一種清新幽雅的香氣，不知來源何處。沈郎魂自懷裡摸出那塊硬饃饃，慢條斯理地啃著，過了片刻，摸出羊皮水壺，喝了一口，長長吁出了一口氣。青翠的山林，深藍清冽的湖水，雪白美麗的花朵，若是荷娘未死，他摘一朵花給她佩在鬢上，她想必會大吃一驚，但在她活著的時候他卻從未送過她任何東西。想到此處，他看了柳眼一眼，只見幾隻蜈蚣在他身上傷口扭動，他淡淡看著，慢慢吃著饃饃。

柳眼現在只是一團血肉模糊的東西，渾身沾滿了芒草、荊棘的斷刺，還有滿身的螞蟻，但他塗在他臉上的傷藥卻是一流的傷藥，臉上的傷並未化膿，而是慢慢結疤。這個死狗一樣的男人，現在把他送到那些白衣女子面前，不知道她們還會不會對他死心塌地的相愛？他靜坐冥想，一瞬之間，思緒光怪陸離，似乎脫離了他「沈郎魂」的本體很遠，彷彿化成了許許多多別人、陌生人。

一隻黑色的螞蟻爬到他握著鏌鏌的指尖，沈郎魂渾不在意，看著柳眼，胸口糾結的憤怒和怨毒一點一滴的消散，漸漸增多的是一種空……仇報了，心也空了，愛恨情仇……什麼都不曾留給他。突地指尖微微一麻，他吃了一驚，凝目看那螞蟻，一隻很普通的黑螞蟻，比尋常螞蟻大些，他說不清楚這螞蟻是不是咬了他一口，指上並不覺得痛，但過了一會兒，一滴鮮血慢慢沁了出來。

螞蟻咬人——是不痛的嗎？沈郎魂皺眉，他一生縱橫南北，受過大大小小的傷，卻還從未被螞蟻咬過，一愕之際，只覺右手一麻，那塊鏌鏌跌落在地，滾了幾滾。

我——沈郎魂腦子一陣糊塗，不敢相信那隻小小的螞蟻會有毒，更不相信就如此一隻比米粒還小的螞蟻竟然毒倒了他。一愕之後，半身發麻，此時深山老林，身邊躺的是柳眼，一咬牙，他左手探手入懷，拔出一柄匕首，刺入右手螞蟻齧食的傷處，用力一刮，傷口處流出的血卻是鮮紅的，竟似並未中毒。沈郎魂腦中越發迷糊，右手傷處劇痛，渾身灼熱，慢慢陷入昏迷。

彷彿過了許久，他漸漸感覺到面頰上有少許清涼，「嗒」的一聲微響，有水珠濺落在他臉上。睜開眼睛，只見面前一片漆黑，方才的藍天綠樹池塘似乎都成了幻境，又過片刻，他才感覺到雙眼上糊著一層濃厚的青草渣子，右手傷處被塗上了一層冰涼的東西，他一嗅便知是他懷中的金瘡藥。沈郎魂翻身坐起，抬手擦去眼上的青草，只見夜色蒼莽，他竟昏了一日，湖邊有篝火跳躍，柳眼持著一根樹枝坐在篝火旁，篝火旁尚坐了一名容貌奇異的女子。觀那女子身姿猶如十八佳人，娉婷婀娜，纖纖素手垂在身側猶如透明一般，面龐卻是一張老嫗面孔，皺紋堆疊，滿是黑色暗斑，樣貌十分可怕。

「你醒了？」那似老似幼的女子開口，聲音蒼老，牙齒卻潔白整齊，「這裡很少有人來，一隻山貓、一條鯉魚，你吃哪個？」她聲音難聽，言語卻很溫柔，似乎多年不曾見人，看見兩位異鄉客心情愉悅。

沈郎魂看了手腕的傷口一眼，「這是姑娘幫我療傷？」

那蒼老的女子搖了搖頭，伸手指了指柳眼，「他的臉怎會變成那樣？是誰這般狠心，將人家好好一張臉劃成那般模樣？」言下頗有同情之意，似乎因為自己相貌古怪，分外注意柳眼的臉。

沈郎魂心中微微一動，柳眼給他療傷？怎麼可能……但這位貌似蒼老的女子似乎年齡不大，沒有半點心機，應當是不會騙人。

「姑娘似乎年齡不大？」

那蒼老的少女淡淡一笑，「我今年十六歲，看起來就像八十六歲的老婆婆。」

沈郎魂以左手輕按右手，只覺知覺已恢復如常，「怎會如此？」

那蒼老的少女道：「我天生一種怪病，三四歲的時候相貌就和三四十歲的人一樣，大夫說我活不過十歲，但我卻活到十六，樣貌就如八九十歲的老人了。」言下雖然感慨，卻無怨懟悲傷之意，竟似十分達觀。「怕嚇到別人，我和我娘一直住在大山裡面，從來不出去。」

沈郎魂點了點頭，「姑娘貴姓？」能在大山裡居住，母女兩人必定會武，只是不知深淺如何，如果能知道姓名，或許便知來歷。

少女微微一笑，「我姓玉，叫玉團兒。」如此青春甜美的姓名，卻落在一個滿面皺紋的古怪少女身上，真是令人感慨。柳眼一直沉默，以樹枝靜靜撥著篝火，雖然面容猙獰，他那曲線完美的下巴在火的暗影之中，依然極富美感。玉團兒指指柳眼，「他是誰？誰劃了他的臉？」

「他……是個惡人。」沈郎魂道：「別說割了他一張臉，就算把他全身皮肉統統割了，也只有人人鼓掌叫好，被他害死的人不計其數，並且禍害還在蔓延當中。」

玉團兒道：「他真的有那麼壞麼？聽你這樣說，就是你割了他的臉了。」

沈郎魂淡淡一笑，不置可否。玉團兒望向柳眼，「既然他割了你的臉，你又是個十惡不赦的壞人，剛才為什麼要救他？」她甚少見生人，心地直爽，想到什麼就說了出來。

柳眼不答，過了好一會兒，突然道：「有一種藥，可以治妳的病。」

沈郎魂和玉團兒一怔，「什麼？」

柳眼緩緩地道：「有一種藥，可以治妳的病。」

玉團兒「哎呀」一聲，「是真的嗎？」她的臉皮醜陋難看，一雙眼睛卻很清澈，凝視柳眼的模樣似一泫秋波。

柳眼淡淡地道：「妳幫我把眼前這個人攆走，我就給妳救命的藥，不但可以救命，還可以恢復妳的青春容貌，還妳十六歲的模樣。」

玉團兒奇道：「把他趕走？你要把他趕走，方才不救他不就行了，為什麼既要救他、又要趕他走？」

柳眼牽動嘴角笑了一笑，那容貌恐怖至極，「我高興。」

玉團兒道：「好。」

沈郎魂眉頭一皺，目中光彩暴閃，「剛才那隻螞蟻，是不是你的傑作？」

柳眼淡淡地問，「那隻螞蟻有毒麼？」

沈郎魂一凜，那隻螞蟻所咬過的傷口並無黑血，柳眼慢慢地道：「你對螞蟻過敏……知道什麼叫過敏嗎？別人被螞蟻咬了不會死，你卻會，小心日後別死在螞蟻手上。」

正在他慢慢說話之際，玉團兒一掌拍出，勁風洒然，沈郎魂提起劍柄一撞，她「哎呀」一聲被他撞正額頭，仰後摔倒暈去。

沈郎魂冷笑道：「就憑這樣三角貓功夫的一個小姑娘，你就想脫離苦海，是你小看了沈郎魂，還是沈郎魂錯看了你？」

柳眼淡淡地道：「就算她趕不走你，剛才你欠我一條命，現在是不是應該還我？」他冷冷地道：「救命之恩，你該不該報？」

「不要著急，再過幾天，等你身上的傷痊癒，我自然會放了你。」沈郎魂淡淡地道：「你真的能治她的臉？」

柳眼也淡淡地道：「我說能，你也不信；我說不能，你也不信，何必問我。」

沈郎魂凝目去看倒在地上的女子，「這女子的臉的確很古怪，好端端的人怎會生成這樣？」

柳眼將手中的樹枝丟入篝火，火焰一暗，「她的情形不算這種病裡最差的。」

沈郎魂微感詫異，「聽起來，你對這種怪病很熟？」

柳眼道：「得了這種病的孩子，很少能活過十三歲，她的確是個奇跡，並且她只是面部衰老，身體四肢都還健康。有些孩子……一歲的模樣，就像八十歲的老人，包括四肢和軀幹都是。」他微微嘆了口氣，凝神看著火焰，眼神清澈而憂鬱。如果不知道他是柳眼，看著他此時的眼神，便如一位滿懷悲憫的哲人。正說話之間，玉團兒醒了過來，驚奇地看著沈郎魂，似乎覺得他能將她一舉擊倒非常可怕。

沈郎魂瞟了她一眼，「十六歲的娃兒，練成妳這樣也算不錯了。」

玉團兒的眼睛眨了眨，「聽你這樣說，你的武功肯定很好了，你願不願意教我？」聽她說話，對沈郎魂剛才把她擊昏一事並不放在心上，心胸甚是豁達。

柳眼道：「妳都要死了，要練武功做什麼？」

玉團兒道：「武功練得越高，或許我就能活得更久，我娘親一輩子的心願，也就是讓我活得久些罷了。娘死了，我想念她，要對她好，就只有讓自己活得久些。」她隨口說來，沈郎魂心中微微一震，突然想起如果荷娘未死，一生的期望也不過是讓自己諸事無憂、平平靜靜的過一生，自己投入朱露樓作殺手、搶走柳眼剝他的臉皮、捏斷他的腿，這些事荷娘是萬萬不樂意見的。

柳眼卻冷冰冰地道：「就算妳練了天下第一的武功，一樣活不了多久。」

玉團兒也不生氣，「活不了多久便活不了多久，那有什麼辦法？」她將烤好的山貓遞給柳眼，將烤魚遞給沈郎魂，自己從火堆中摸起一個半生不熟的山藥，慢慢地吃。

明月當空，湖水清澈如鏡，三人圍著篝火而坐，玉團兒心情愉快，柳眼和沈郎魂卻都是一派沉默。

明月當空，溪水潺潺之地，樹木枝葉掩映，樹下的人影似被月光映得支離破碎，又似全然隱於黑暗之中。步履無聲，衣不沾塵，有人行走在樹林之中，看他行走的步態，應當在樹林中走了很久了。

前方傳來的流水聲，說明不遠處就是避風林。

一人撩樹而過，從容來到那幢小木屋門前，輕輕推門而入。這人背影修長，布衣珠履，正是唐儷辭。

流水聲響，在屋內更為清晰，唐儷辭走過桌椅板凳，循聲走到角落，揭起輕輕蓋在地上的一塊木板，地下露出一條暗道。他游目而顧，自懷裡取出火摺子，引燃桌上擱的一盞油燈，提起油燈，自暗道拾階而下。

昏暗的燈光映照之下，暗道之下是出人意料的地下宮殿，不計其數的房間陳列在數條通道兩側，風格裝飾與飄零眉苑一模一樣，這地方必定也已經經營許久，不可能是短短幾個月內造就。順著通道往前走去，左右兩側又是數不盡的門，門裡門外都是一樣的黑暗，隨著漸漸走過的燈光，門角的黑暗變幻著不同的形狀，有時燈光突然照出門內一些奇怪的事物，但無論身側隨著昏暗的燈光如何變化，他前行的腳步依然安穩平緩，甚至連行走的節奏都沒有起太大的變化。

從通道盡頭傳來輕微的水聲，聽不出是怎樣的流水，只是有水流動濺落的聲音，此外一切寂靜若死。

唐儷辭走到通道的盡頭，盡頭是一扇門。水聲就從門後傳來，聽得很近，隔著一扇厚重的大門卻又很縹緲，他輕輕扣了扣那門，只聽「咚」的一聲沉重的回音，那扇門居然是銅製的。唐儷辭將油燈輕輕放在地上，探手自懷裡取出了一柄粉色匕首，那正是鐘春髻那柄「小桃紅」，利刃插入門縫之中，往下一劃，只聽「嚓」的一聲輕響，銅門應手而開。

門內仍是一片黑暗，只有水聲潺潺入耳，唐儷辭不知何故微微一顫，提起油燈照向門內，尚未見門內究竟是何物，他已輕輕嘆了口氣。

燈光照處……

一片血海。

第十四章　亂心之事

銅門的背後，是一個水牢。

油燈微弱的光線之下，水牢中的水呈現可怕的血色，在水牢左上角有個小孔，外邊的溪水不斷的注入水牢，而又不知通過水牢泄向何方。水中有東西在游動，不知是蛇是魚，還是什麼東西，而在面對銅門的石壁上，依稀有一個人影，水牢裡的水沒到了人影的胸口，長髮凌亂，看不清面目。

「嘩啦」一聲響，唐儷辭跳入水中，徑直向那人影走去，一下將她橫抱起來，那人的臉仰後露在燈光之中，蒼白若死，卻是阿誰。一個鐵扣扣在她腰間，一條鐵索釘在石壁上，唐儷辭「小桃紅」一劃，斬斷鐵扣，將她抱出水面，離開水牢。

她的裙上滿是鮮血，水牢中濃郁的血色便是來自她的裙……唐儷辭臉色微變，她小產了，看這情形必定失血極多，但她卻沒有昏迷。唐儷辭將她抱出水牢，她眼眸微動，緩緩睜開了眼睛，卻是淺淺一笑，「唐……」

「不要說了，我帶妳去找大夫。」唐儷辭柔聲安慰，「閉上眼睛休息，撫翠昨日已經帶著人馬攻上好雲山，但並未成功，風流店的大部分人馬被擒，雙方傷亡不大。我是見昨夜上山的人馬中沒有妳，所以才——」他還沒說完，阿誰微微一軟，昏倒在他懷中。

他微微的僵了一下，伸出手指按了下她頸側的脈搏，抱起懷裡冰冷的軀體，往外掠去。

從好雲山到避風林的路，他徒步行走，走了整整半天。柳眼被撫翠作為棄子，而被柳眼寵愛、甚至懷有身孕的阿誰會有怎樣的遭遇，可想而知，她本就遭受眾人嫉妒與猜忌，遭受折磨還是被殺都在意料之中……他徒步而來，只是在衡量……究竟來是不來？

四萬八千三百六十一步……這個女子之於大局微不足道，是死是活無關緊要，而他孤身前來若是遇險，後果自是難測。這一路之上，若有任何可疑之處，他都會脫身而去，而這一路之上，重傷之後浸於冷水之中突然小產的阿誰，隨時都可能死去，但……

但畢竟什麼也未發生，他見到她的時候她還沒死，是她的運氣。

唐儷辭將阿誰抱出那小木屋，月光之下，只見她遍體鱗傷，顯然受過一頓毒打，裙上血跡斑斑，不知在那水牢裡流了多少血，而那水牢中游動的東西也不知是否咬過她幾口？他從懷裡摸出他平時服用的灰色藥瓶，倒出兩粒白色藥片，塞進她口中，「唰」的一聲，撕開了她的衣裙。

衣裳撕去，只見她滿身鞭痕，傷口浸泡水牢汙水中，呈現可怖的灰白色，淡淡沁著血絲。他從懷裡取出一個黃金小盒，那盒上雕著一條盤尾怒首的龍，龍頭雙眼為黑色晶石，月光下神采燦然，看這東西的裝飾、紋樣，應當出自皇宮之內。打開黃金龍盒，裡面是一層黑褐色的藥膏，他給阿誰的傷口上了一層藥，脫下外袍把她裹了起來，紮好腰帶，雙腿抬高擱在石上，頭頸仰後使氣息順暢，隨後點住她幾處穴道。

靜靜看了她幾眼，唐儷辭在溪邊一塊大石上坐了下來，他不是醫生，能做到這樣已是極限，是死是活，一切但看她的命。眼望溪月，他目中帶著絲絲疲憊，眼神有時迷亂，有時茫然，有時清醒，有時驕不自勝，停溪伴月，眼色千變，卻終是鬱鬱寡歡，滿身寂寞。

過了許久，天色似是數度變換，阿誰眼睫顫動，緩緩睜開了眼睛。

入目是一片藍天，流水潺潺，溫柔的陽光照映在她左手手心之內，感覺一團溫暖。微微轉頭，只見一隻翠藍色的小鳥在不遠處跳躍，叼著一根細細的草梗，歪著頭看她。不知不覺牽起一絲微笑，阿誰微微動了一下手指，只覺身下墊著一層衣裳，身上套著一件衣袍，突然之間，想起了發生過的事。

臉上的微笑一瞬而逝，她的臉上顯露出蒼白，張了張嘴巴，低聲叫了一個字，「唐……」一人從溪石之畔轉過頭來，面容依然溫雅秀麗，微微一笑，「醒了？」他身上穿著一件白色中衣，兩件外衫都在她身上，顯然昨夜持燈破門而入前來救她的人，並不是一場夢。

阿誰輕輕咳嗽了幾聲，「你……在這裡……在這裡坐了一夜……」

唐儷辭只是微笑，「我並沒有幫上多少忙，能自行醒來，是姑娘自己的功勞。」

她蒼白的臉上顯露不出半點羞紅，「你……你幫我……」

唐儷辭仍是微笑，「我幫姑娘清洗了身子，換了藥膏，僅此而已。」

她默然半晌，長長一嘆，嘆得很倦，「他……他呢？」

她沒有說「他」是誰，兩人心照不宣，唐儷辭溫言道：「他……他被沈郎魂劫去，不過我猜一時三刻，不會有性命之憂。」

她眼簾微動，目不轉睛地看著唐儷辭，看了好一陣子，慢慢地道：「你也倦了……昨日之戰，想必非常激烈……咳咳，其實我就算死了，也……不算什麼，實在不需唐公子如此……」

唐儷辭走到她身畔坐下，三根手指搭上她的脈門，「我不累。」

她淡淡地笑，眼望藍天，「這是我第一次見唐公子孤身……一人……」

「我不累，也不怕孤單。」唐儷辭微笑，「姑娘尚記得關心他人，本已是半生孤苦，不該慘死於水牢之中，若是姑娘如此死去，未免令天下人太過心寒。」阿誰仍是淡淡地笑，眼簾緩緩闔上，她太累了，不管是身體、或是心，若唐儷辭肯和她說兩句真心話，她或許還有精神撐下去，但他滿口……說的全是虛話，不假，卻也不真，讓她聽得很累。

人只有在信任的人面前才會放鬆自己，所以她在唐儷辭懷裡昏迷；但他卻不肯在她面前說兩句真心話，或者……是他從來沒有對任何人說過所謂真心話，他從來沒有放鬆過自己，所以從來就沒有弱點……

神思縹緲之間，她糊糊塗塗地想了許多許多，而後再度昏了過去。

其實時間並非是過去了一夜，是過去了一日一夜。唐儷辭把她橫抱了起來，轉身往好雲山行去，這一日一夜他沒有進食也沒有休憩，一直坐在溪邊的那塊大石上靜靜等她醒來。他薄情寡意、心狠手辣，不管是什麼樣的女人，一旦落入他計算之內，就算是他深以為重要的女人，也一樣說犧牲便犧牲，絕不皺下眉頭。但……阿誰畢竟無礙大局，他畢竟走了四萬八千三百六十一步前來救她，而又在這裡等了一日一夜，對唐儷辭而言，已是很多。

好雲山。

唐儷辭和池雲突然不翼而飛，邵延屏得到消息，真是屋漏偏逢連夜雨，如果不是上吊太丟臉，說不定他早已掛了脖子。余負人自從刺殺唐儷辭未成之後，成日癡癡傻傻，見人便問「唐儷辭在哪裡？」，整日劍不離手，也不吃不睡，不過一兩日已形容憔悴。上官飛的屍身已經收殮，凶手卻沒個影子，那一百多俘虜的吃穿也是十分成問題，忙得邵延屏手忙腳亂。幸好百來封書信已經寫好寄出，他叫這些紅白衣女子的師門父母前來領人，各自帶回禁閉管教，美女雖多，可惜他無福消受。

正在焦頭爛額之際，突然弟子來報，唐儷辭回來了。

邵延屏大喜過望，迎出門去，只見唐儷辭一身白色中衣，橫抱著一名女子，正踏入門來，他錯愕了一下，「這是？」

唐儷辭微微一笑，「這是柳眼的女婢，阿誰姑娘。」

邵延屏嘆了口氣，「眼下暫時沒有乾淨的房間，這位姑娘唐公子只好先抱回自己房裡去，你蹤影不見，就是救這位姑娘？池雲呢？」

唐儷辭轉了個身，「我派他追人去了，不必擔心。」

邵延屏乾笑一聲，他不擔心池雲，不過唐儷辭懷裡這名姑娘他卻認得，這不就是前些天晚上神神祕祕孤身來找唐儷辭的那位青衣女子？唐儷辭才智絕倫心機深沉，人才正逢其時，不要被懷裡那名來歷不明的女人迷惑了心智才是！正逢亂局之時，為了一名女子棄中原劍會於不顧，真是危險的徵兆。眼珠子轉了幾轉，他招來一名弟子，指點他在唐儷辭門外守候，一旦唐公子有所吩咐，務必盡心盡力，無所不為。

唐儷辭將阿誰抱入房中，放在床上，給她蓋上被褥，鳳鳳也正睡在床上，阿誰仍未清醒，唐儷辭端起桌上擱置許久的冷茶，喝了一口，轉身從櫃子裡取出一件淡青長袍，披在肩上。他無意著衣，就這麼披著，坐在桌邊椅上，一手支額，眼望阿誰，未過多時，他眼睫微微下垂，再過片刻，緩緩閉上了眼睛。

邵延屏等了半日，也不見那名弟子傳來消息說唐儷辭有什麼吩咐，自己卻等得心急火燎，忍了好半天終是忍不下他那天生的好奇心，在午後三刻悄悄溜到唐儷辭窗外，往內一探。只見房內鳳鳳睡得香甜，唐儷辭支額閉目，似是養神、又似倦極而眠。倒是床上靜靜躺的那名女子睜著一雙眼睛，平靜地望著屋梁，神色之間，別無半分驚恐忐忑之相，見邵延屏窗外窺探，她也不吃驚，慢慢抬起右手，緩緩做了個噤聲的動作。薄被滑落，邵延屏見她手臂上傷痕累累，倒是吃了一驚，只見她目注唐儷辭，唇邊微露淺笑，邵延屏連連點頭，識趣快步離開。屏息溜出十七八步，他才長長吐出一口氣，心裡仍是越來越奇，唐儷辭做了什麼如此疲累？而這位青衣女婢被人打成如此模樣，似乎自己也不生氣怨恨，如此關心唐儷辭，這兩人之間必定關係非淺，不同尋常。

「邵先生。」不遠處一位劍會弟子站在庭院拐彎之處等他，悄悄道：「余少俠只怕情況不好，剛才在房裡拔劍亂砍，非要找唐公子，我看他神智已亂，如此下去不是辦法。」

邵延屏愁上眉梢，嘆了口氣，「我去瞧瞧。」

余負人身中忘塵花之毒，這花本是異種，要解毒十分不易，而這種花毒卻是中得越久越難根除，對心智的影響越大，除非——邵延屏一邊往余負人房裡趕去，一邊皺著眉頭想：除非讓中毒之人完成心願，否則此毒難以根治。但要如何讓余負人完成心願？難道讓他殺了唐儷辭？簡直是笑話！

一腳還未踏進余負人房門，一股凌厲的殺氣撲面而來，邵延屏足下倒踩七星，急急從門口閃開，定睛一看，暗叫一聲糟糕。只見房裡余負人披髮仗劍，與一人對峙，與他對峙的那人黑髮僧衣，正是普珠上師。不知何故，余負人竟和普珠對上了！

「這是怎麼回事？」邵延屏一把抓住方才報信的劍會弟子，那人臉色慘白，「我不知道……我離開的時候余少俠還只是煩躁不安……」

身側有人插了句話，聲音嬌柔動聽，「剛才余少俠非要找唐公子，我和普珠上師正從門外路過，無端端余少俠非把普珠上師當成唐公子，一定要和上師一決生死，以報殺父之仇。」說話之人，正是一身桃色衣裙的絕色女子西方桃。

邵延屏聽聞此言真是啼笑皆非，普珠和唐儷辭的模樣相差十萬八千里，余負人的眼力真是差，可見他已瘋得不輕。「余賢姪，其實你父並未死在那場爆炸之中，既然乃父未死，你也不必再責怪唐公子了。你面前這位是少林寺的高僧普珠上師，和唐公子沒有半點相似，你再仔細看看，他真的不是唐儷辭。」他並不是不知道余負人是余泣鳳之子，早在余負人加入劍會之時，他已暗中派人把余負人的身世查得清清楚楚，余負人年紀輕輕能在劍會中有如此地位，也正是因為如此，他特意派余負人去將唐儷辭請來劍會，暗中觀察余負人的反應，這才讓他瞧見了那夜的殺人一劍。

邵延屏話說了一大堆，余負人就如一句也未聽見，青珞劍芒閃爍，劍尖微顫，就在普珠胸前數處大穴之間微微搖晃。他的劍尖顫抖不定，普珠便無法判斷他究竟要刺向何處，余負人年紀雖輕，劍上修為不凡，普珠冷眼看劍，眼神平和之中帶著一股殺氣，似乎只要余負人一擊不中，他便有凌厲至極的反擊。邵延屏微微一凜，看這種架勢，只怕難以善了，「余賢姪……」一句未畢，余負人長劍「青珞」一點，往普珠上師胸前探去。

這一招「問梅指路」，邵延屏見過余負人使過這招，這一劍似實則虛，劍刺前胸，未及點實便倒掃而上，若中了此招，劍尖自咽喉捅入剖腦而出，殘辣狠毒無比，乃是余負人劍法中少有的殺招。他一照面即出此招，可見對所謂的「唐儷辭」殺心之盛。普珠雙掌合十，似欲以雙掌之力夾住劍尖，然而余負人劍尖閃耀青芒，「霍」的一聲倏然上掃，直刺咽喉，普珠掌心一抬，恰恰仍向他劍尖合去。邵延屏暗贊一聲好，這雙掌一合，籠罩了余負人劍尖所指的方向，可見這招「問梅指路」已被普珠看穿了關鍵所在。余負人劍尖受制，「唰」的一聲撤劍回收，第二劍倏然而出，一股劍風直撲普珠頸項而去。

邵延屏在一旁看了幾招，便知普珠勝了不只一籌，並無性命之憂，余負人發瘋撲擊對普珠傷害不大，倒是他自己兩日兩夜未曾休息進食，如此癲狂動手，不過二三十招便氣息紊亂，再打下去必定是大損己身。邵延屏空自暗暗著急，卻是無可奈何，這兩人動起手來，若有人從中插入，必定面對兩大高手同時襲擊，世上豈有人接得住普珠與余負人聯手全力一擊？一邊觀戰的西方桃目注普珠，一張俏麗的臉上盡是嚴肅，沒有半點輕鬆之色。

劍光閃爍，緇衣飛舞，兩人在屋中動手，余負人手持長劍，打鬥得如此激烈，竟然沒有損壞一桌一椅，進退翻轉之間快而有序，也未發出多大的聲響。旁觀者越來越多，縱然明知這兩人萬萬不該動手，卻仍忍不住喝起彩來。邵延屏一邊暗暗叫好，一邊叫苦連天，實在不知該如何阻止才是。

正在圍觀者越來越多，戰況激烈至極之時，「咿呀」一聲，有人推開庭院木門，緩步而入。邵延屏目光一掃，只見來人青袍披肩，銀髮微亂，可不正是唐儷辭！「哎呀」一聲尚未出口，余負人劍風急轉，驟然向尚未看清楚狀況的唐儷辭撲去，身隨劍起，剎那間劍光繚繞如雪，寒意四射，這一劍，竟是馭劍術！普珠臉色一變，五指一張，就待往他劍上抓去，馭劍術！此一劍威力極大，不傷人便傷己，余負人尚未練成，驟然出劍，後果堪慮！他的五指剛剛拂出，後心卻有人輕輕扯了扯他的衣裳，普珠微微一怔，手下頓時緩了。余負人劍出如電，已掠面而去，普珠回頭一看，阻止他出手的人面露驚恐，正是西方桃。

唐儷辭青袍披肩，衣裳微微下滑，右手端著一個白色瓷碗，碗中不知有何物，一足踏入門內，劍光已倏然到了他面前，耳中方聞「霍」的一聲劍鳴震耳欲聾，幾縷髮絲驟然斷去，夾帶寒意掠面而過。倉卒之間不及反應，他轉了半個身，剛剛來得及看了余負人一眼，眾人失聲驚呼，只聽「嚓」的一聲微響，鮮血濺上牆面，劍刃透胸而過，唐儷辭踉蹌一步，青珞穿體而出，入牆三寸！

「啊……」邵延屏張大了嘴巴，震驚至極，進而呆在當場，一瞬間鴉雀無聲，眾人俱呆呆地看著余負人和唐儷辭，余負人這一劍竟然得手……雖然眾人自忖若是換了自己，就算全神貫注提防，這一劍也是萬萬避不過去，但唐儷辭竟然被余負人一劍穿胸，以他的武功才智，實在令人難以相信。

鮮血順牆而下，唐儷辭肩上青袍微飄，滑落了大半，他右手微抬，手中端的瓷碗卻未跌落，仍是穩穩端住。死一般的寂靜之中，余負人緩緩抬起頭來，迷蒙地看著唐儷辭，雙手緩緩放開青珞，唐儷辭唇角微勾，在余負人恍惚的視線中，那便是笑了一笑，他踉蹌退出三五步，呆呆地看著被他釘在牆上的唐儷辭。

鮮血很快浸透了唐儷辭雪白的中衣，邵延屏突然驚醒，大叫一聲，「唐……唐公子……」

眾人一擁而上，然而唐儷辭站得筆直，並不需要人扶，他劍刃在胸，稍一動彈只怕傷得更重，邵延屏一隻手伸出，卻不敢去扶他，只叫道快快快，快去請大夫！余負人踉蹌退出眾人之外，眼前所見，不敢置信他竟然真的殺了唐儷辭！那……剛才那一切只是他狂亂中的幻想，不該是真的……

唐儷辭右手往前一遞，邵延屏連忙接過他手裡的瓷碗，只見碗中半碗清水，水中浸著一枚色澤淡黃，質感柔膩的圓形藥丸，猶如核桃大小，尚未接到面前，已嗅到淡雅幽香。這顆藥丸必定是重要之物，否則唐儷辭不會端著它不放，邵延屏心念一動，「這是傷藥？」唐儷辭唇齒微動，搖了搖頭，旁人手足無措，他伸手點了自己傷口周圍數處穴道，「唰」的一聲反手將青珞拔了出來。眾人齊聲驚呼，劍出，鮮血隨之狂噴而出，邵延屏急急將手裡的瓷碗放下，將他扶住，「怎麼辦？怎麼辦？余負人你真是……真是荒唐……」平時只有他告訴別人「怎麼辦」，如今他自己問起旁人「怎麼辦」之時，眾人臉色蒼白，面面相覷，唐儷辭若死，江湖接下去的大局該如何處理？柳眼被沈郎魂劫走，撫翠未死，紅蟬娘子走脫，九心丸的解藥未得，如果風流店死灰復燃，如何是好？何況唐儷辭身為國丈義子，一旦國丈府問罪下來，善鋒堂如何交代？

「關起院門……」唐儷辭咳嗽了兩聲，低聲道：「將在場所有人名……登記造冊……咳……」

邵延屏已然混亂的頭腦陡然一清，「是了是了，拿紙筆來，人人留下姓名，今日之事絕不可洩漏出去，如果傳揚出去，善鋒堂的內奸就在你我之中。」

當下立刻有人奉上紙筆，一片忙亂之中，有人指揮列隊，一一錄下姓名。唐儷辭唇角微勾，余負人目不轉睛地看著他，混亂不清的頭腦中仍然只覺那是似笑非笑，他在笑什麼？他真的在笑嗎？或者……只是習以為常？凝目細看之下，頭腦漸漸清醒，他又見唐儷辭分明是傷在胸口，卻手按腹部，那是為什麼？

在眾人留名之時，邵延屏將唐儷辭橫抱起來，快步奔向他的房間，普珠目注地上的瓷碗，伸手端起，跟著大步而去。

唐儷辭的房間仍舊安靜，偶爾傳出幾聲嬰孩的笑聲，邵延屏抱人闖入房中，只見床上斜斜倚坐一名身披青袍的女子，鳳鳳扒在那女子身上笑得咯咯直響。驀地邵延屏將渾身是血的唐儷辭抱了進來，那女子「啊」的一聲驚呼，踉蹌自床上下來，鳳鳳嘴巴一扁，笑眼變淚眼，「哇」的一聲放聲大哭。邵延屏心急火燎，來不及顧及房中人感受，匆匆將唐儷辭放在床上，撕開他胸前衣襟，露出青珞所傷的傷口。青珞劍薄，穿身而過所留的傷口不大，鮮血狂噴而出之後卻不再流血，邵延屏為唐儷辭敷上傷藥，心中七上八下，不知如此重傷，究竟能不能醫？普珠隨後踏入房中，將那白色瓷碗遞到青衣女子面前，西方桃站在門口，柔聲道：「這瓷碗名喚『洗垢』，任何清水倒入碗中，都會化為世上少有的無塵無垢至清之水，用以煮茶釀酒都是絕妙，用來送藥也是一樣。碗裡黃色藥丸看起來很像少林大還丹，是培源固本的良藥，姑娘這就服下吧，莫枉費了唐公子一番好意。」這普普通通一個白瓷碗和一顆藥丸，西方桃居然能看穿其中妙處，果然見識過人。

邵延屏聽說那是少林大還丹，猛地省起，「這藥可還有麼？」

西方桃緩緩搖頭，「少林大還丹調氣養息，是一味緩藥，多用治療內傷，唐公子胸前一劍卻是外傷，需要上好的外傷之藥。」

青衣女子接過瓷碗，眼中微現淒然之色，「他……他怎會受傷如此？」震驚之後，她卻不再驚惶，問出這一句，已有鎮定之態。

邵延屏苦笑，「這……一切都是誤會，對了，普珠上師、桃姑娘，兩位助我看住余賢姪，他的毒傷初解，閣下大禍心裡想必也不好受，代我開導。」普珠合十一禮，與西方桃緩步而去。

「阿誰姑娘……」唐儷辭傷勢雖重，人很清醒，「請服藥。」

青衣女子將洗垢碗內連藥帶水一起服下，緩步走到榻邊，「我沒事，已經好了很多，唐公子為我身受重傷，阿誰實在罪孽深重。」

邵延屏越發苦笑，「這都是我照顧不周，思慮不細，余負人中毒癲狂，我卻始終未曾想過他當真能傷得了唐公子，唉……」

阿誰凝視唐儷辭略顯蒼白的臉色，無論多麼疲憊、受了怎樣的傷，他的臉從來不缺血色，此時雙頰仍有紅暈，實在有些奇怪。

唐儷辭微微一笑，「是我自己不慎，咳……邵先生連日辛苦，唐儷辭也未幫得上忙，實在慚愧。」

邵延屏心道我要你幫忙之時你不見蹤影，此時你又躺在床上，一句慚愧就輕輕揭過，實在是便宜至極，嘴上卻乾笑一聲，「我等碌碌而為，哪有唐公子運籌帷幄來得辛苦？你靜心療養，今天的事絕對不會傳揚出去，我向你保證。」

唐儷辭本在微笑，此時唇角的笑意略略上翹，語聲很輕，卻是毫不懷疑地道：「今天的事……怎麼可能不傳揚出去？我既然說了不想傳揚出去，結果必定會傳揚出去……」

邵延屏張大嘴巴，「你你你……你故意要人把你重傷的事傳揚出去？」

唐儷辭眼簾微闔，「在劍會封口令下，誰敢將我重傷之事傳揚出去？但唐儷辭如果重傷，萬竅齋必定受影響，國丈府必定問罪善鋒堂，中原劍會就要多遭風波，說不定……麻煩太大還會翻船，我說的對不對？」

邵延屏額上冷汗差點沁出，這位公子爺客氣的時候很客氣，斯文的時候極斯文，坦白的時候還坦白得真清楚無情，「不錯。」

唐儷辭慢慢地道：「所以……消息一定會傳揚出去，只看在中原劍會壓力之下，究竟是誰有這樣的底氣，不怕劍會的追究，而能把消息傳揚出去……」

邵延屏壓低聲音，「你真的認定現在劍會中還有風流店的奸細？」

唐儷辭微微一笑，「你知道風流店攻上好雲山時，究竟是誰在水井之中下毒麼？」

邵延屏汗顏，「這個……」

唐儷辭道：「當時余負人和蔣文博都在避風林，是誰在水井中下毒，你不知道，我也不知道……」他低聲咳嗽了幾聲，「你不覺得這是個知道的好時機麼？」

邵延屏微微變色，的確，這是一個引蛇出洞的機會，但如果消息走漏，代價未免太大。

唐儷辭手按腹部，眉間有細微的痛楚之色，「我乾爹不會輕易相信我會死的消息，至於萬竅齋……你傳我印鑑，我寫一封信給——」他話說到此，氣已不足，只得稍稍停了一下。

阿誰一直注意著他臉色變化，當下按住他的肩，「你的意思邵先生已經明白，不必再說了。」

邵延屏連連點頭，「我這就去安排，你好生休息，需要什麼儘管說。」

唐儷辭閉目不動，邵延屏輕步離去。

「嗚哇……嗚嗚……」鳳鳳等邵延屏一走，立刻含淚大哭起來，拿著唐儷辭染滿血跡的衣裳碎片不住拉扯，「嗚嗚嗚……」阿誰將他抱了起來，輕輕拍哄，心中半是身為人母的溫柔喜悅，半是擔憂，大難不死之後能和兒子團聚當然很好，但唐儷辭為準備那一碗藥物無故重傷，除了擔憂之外，她心底更有一種無言的感受。

那一顆藥丸和那個瓷碗，是唐儷辭從隨身包裹裡取出來的，既然帶在身邊，說明他本來有預定的用途……而怕她流產之後體質畏寒，不能飲冷水，他稍憩之後，端著瓷碗要去廚房煮一碗薑湯來送藥，誰知道突然遭此橫禍。她輕輕嘆了口氣，她這一生對她好的人很多，愛她入骨的也是不少，但從沒有人如此細心體貼的對待她，而不求任何東西。

這就算是世上少見的那種……真心實意對你好，不需要你任何東西的人嗎？她從不認為自己有如此幸運，能遇見那樣的好人。而唐儷辭，也實在不似那樣無私且溫柔的人，更何況自己早已給不出任何東西……他何必對她如此好？

他是幾乎沒有缺憾的濁世佳公子，武功才智都是上上之選，甚至家世背景一樣人難匹敵，但……她從心底深深覺得，這個什麼都不缺的人，在他心底深處卻像是缺了很多很多，充滿了一種掙扎的渴望，縱然他隱藏得如此之深，她仍是嗅到了那種……同類的氣息。

她聰慧、理智、淡泊、善於控制自己，甚至……也能堅持住自己的原則，在再極端的環境中也不曾做過違背自己人生理念的事。在旁人看來她達觀、平淡、隨遇而安，甚至逆來順受，似乎遭遇再大的劫難都能從容度日，但她深深瞭解自己，就算隱藏得再自然再無形，克制得再成功把自己說服得再澈底，她都不能否認心底深處那種……對家的渴望。

從唐儷辭身上，她嗅到了相同的氣息，被深深壓抑的……對什麼東西超乎尋常的強烈的渴求，心底無邊無底的空虛，得不到那樣東西，心中的空虛越來越大，終有一天會把人連血帶骨吞沒。

他……到底缺了什麼？她凝視著他溫雅平靜的面容，第一次細細看到他左眉的傷痕，一刀斷眉，當初必定凶險，這個眾星環繞中的月亮，究竟遭遇過多少次這樣的危機、遇見過什麼樣的劫難？凝視之間，唐儷辭眉宇間痛楚之色愈重，她踉蹌把鳳鳳放回床邊的搖籃中，取出一方手帕，以水壺中的涼水浸透，輕輕覆在唐儷辭額頭。

窗外有人影一晃，一個灰衣人站在視窗，似在探望，眼色卻很茫然，「他……他死了麼？」

阿誰眉心微蹙，勉強自椅上站起，扶著桌面走到窗口，低聲道：「他傷得很重，你是誰？」

灰衣人道：「余負人。」

阿誰淡淡一笑，臉色甚是蒼白，「是你傷了他？」

余負人點了點頭，阿誰看了他的背劍一眼，青珞歸鞘，不留血跡，果然是一柄好劍，「你為什麼要傷他？」她低聲道：「前天大戰之後，他沒有休息……趕到避風林救我，又照顧我一日一夜未曾交睫，若不是如此……」她輕輕地道：「你沒有機會傷他。」

余負人又點了點頭，「我……我知道。」

阿誰多看了他兩眼，嘆了口氣，「你是余劍王的……兒子？」余負人渾身一震，阿誰道：「你們長得很像，如果你是為父報仇，那就錯得很遠了。」她平心靜氣地道：「因為余家劍莊劍堂裡的火藥，不是唐公子安放的，引爆火藥將余泣鳳炸成重傷的，更不是唐公子。」

余負人臉色大變，「妳胡說！世上人人皆知唐儷辭把他炸死，是他闖進劍莊施放火藥把他炸死，我——」

阿誰目有倦色，無意與他爭執，輕輕嘆了一聲，「余少俠，人言不可盡信。」她身子仍然虛弱，站了一陣已有些支持不住，離開窗臺，就待坐回椅子上去。

余負人自窗外一把抓住她的手，「且慢！是誰引爆劍堂裡的火藥？」

阿誰被他一抓一晃，臉色蒼白如雪，但神色仍然鎮定，「是紅姑娘。」

余負人厲聲道：「妳是什麼人？妳怎麼能知道得如此清楚？」

阿誰道：「我是柳眼的婢子，余劍王重傷之後，我也曾伺候過他起居。」她靜靜看著余負人，「你也要殺我嗎？」

余負人的臉色和她一樣蒼白如雪，忽聽他身後青珞陣陣作響，卻是余負人渾身發抖，渾然克制不住，「他……我……」他一把摔開阿誰的手腕，轉身便欲狂奔而去，院外有人沉聲喝止，是普珠上師，隨後有摔倒之聲，想必余負人已被人截下。阿誰坐入椅中，望著唐儷辭，余負人出手傷人，自是他的莽撞，但唐儷辭明知他誤會，為什麼從不解釋？

他為什麼要自認殺了余泣鳳？因為……他喜歡盛名，他有強烈的虛榮心，他天生要過眾星拱月的日子。阿誰輕輕嘆了口氣，鳳鳳本來在哭，哭著哭著將頭鑽在唐儷辭臂下，糊裡糊塗的睡著了。她看著孩子，嘴角露出微笑，她已太久太久沒有見過這個孩子，本以為今生今世再也無緣見到，方才醒來初見的時候，真是恨不得永遠將他抱在懷裡，永遠也不分開了。但……可以麼？她能帶孩子離開嗎？目光再度轉到唐儷辭臉上，突然之間……有些不忍，呆了一陣，仍是輕輕嘆了口氣。

院外。

余負人方寸大亂，狂奔出去，普珠上師和西方桃一直跟在他身後，只是他神色大異，尚不能出口勸解，此時趁機將他擋下。普珠袖袍一拂，余負人應手而倒，普珠將他抱起，緩步走向余負人的房間。身後西方桃姍姍跟隨，亦像是滿面擔憂，走出去十餘步，普珠突然沉聲問道：「剛才妳為何阻我？」

西方桃一怔，頓時滿臉生暈，「我……我只是擔心……」

一句話未說完，她輕輕嘆了一聲，掩面西去。普珠眼望她的背影，向來清淨淡泊的心中泛起一片疑問，這位棋盤摯友似有心事？但心事心藥醫，若是看不破，旁人再說也是徒然。他抱著余負人，仍向他的房間而去。

放下余負人，只見這位向來冷靜自若，舉止得體的年輕人緊閉雙眼，眼角有淚痕。

普珠道了一聲「阿彌陀佛」解開余負人受制的穴道：「你覺得可好？」

余負人睜開眼睛，啞聲道：「我……不知道該如何是好……」

普珠緩緩說話，他面相莊嚴，目光冷清，雖然年紀不老，卻頗具降魔佛相，「做了錯事，自心承認，虔心改過，並無不可。」

余負人顫聲道：「但我錯得不可原諒，我幾乎殺了他……我也不知為何會……」

普珠伸指點了他頭頂四處穴道，余負人只覺四股溫和至極的暖流自頭頂灌入，感覺幾欲爆炸的頭忽然輕鬆許多，只聽普珠繼續道：「你身中忘塵花之毒，一念要殺人，動手便殺人，雖然有毒物作祟，但畢竟是你心存殺機。」他平靜地道：「阿彌陀佛。」

余負人長長吐出一口氣，「我爹身陷風流店，追名逐利，執迷不悟，他……他或許也不知道，引爆火藥將他炸成那樣的人不是唐儷辭，而是他身邊的『朋友』。是我爹授意我殺唐儷辭……」他乾澀地笑了一笑，「我明知他在搪塞、利用我，但……但見他落得如此悲慘下場，我實在不願相信他是在騙我，所以……」

普珠面上並沒有太多表情，「你不願責怪老父，於是遷怒在唐施主身上，殺機便由此而起。」

余負人閉目良久，點了點頭，「上師靈臺清澈，確是如此，只可惜方才動手之前我並不明白。」

普珠站起身來，「唐施主不會如此便死，一念放下，便務須執著，他不會怪你的。」

余負人苦笑，「我恨不得他醒來將我凌遲，他不怪我，我更加不知該如何是好。」

普珠聲音低沉，自有一股寧靜穩重的氣韻，「該放下時便放下，放下，才能解脫。」隨這緩緩一句，他已走出門去。

放下？余負人緊握雙拳，他不是出家人，也沒有普珠深厚的佛學造詣，如果這麼輕易就能放下，他又怎會為了余泣鳳練劍十八年，怎會加入中原劍會，只為經常能見余泣鳳一面？對親生父親一腔敬仰，為之付出汗水心血、為之興起殺人之念，最終為之誤傷無辜，這些……是說看破就能看破的麼？他更寧願唐儷辭醒來一劍殺了他，或者……他就此衝出去，將余泣鳳生擒活捉，然後自殺。滿頭腦胡思亂想，余負人靠在床上，鼻尖酸楚無限，他若不是余泣鳳之子、他若不是余泣鳳之子，何必涉足武林、怎會做出如此瘋狂之事？

普珠返回大堂，將余負人的情況向邵延屏簡略說明，邵延屏鬆了口氣，他還當余負人清醒過來見唐儷辭未死，說不定還要再攢幾劍，既然已有悔意那是最好，畢竟中毒之下，誰也不能怪他。放下余負人一事，邵延屏又想起一事，「對了，方才桃姑娘出門去了，上師可知她要去哪裡？」

普珠微微一怔，「我不知。」

邵延屏有些奇怪地看著他，西方桃一貫與他形影不離，今天是怎麼回事，盡出怪事？普珠向邵延屏一禮，緩步回房。

有人受傷、有人中毒，邵延屏想了半晌，嘆了口氣，揮手寫了封書信，命弟子快快送出。想了一想，又將那人匆匆招回，另換了一名面貌清秀、衣冠楚楚、伶牙俐齒的弟子出去，囑咐不管接信那人說出什麼話來，都要耐心聆聽，滿口答允，就算他開下條件要好雲山的地皮，那也先答應了再說。

第十五章 琵琶弦外

青山如黛柳如眉，穿過重重森林，就看見山間村落，以及村落之中升起的嫋嫋炊煙。沈郎魂和柳眼在林海之中行走了七八日，在玉團兒引路和指點之下，安然無恙走出山林，並且柳眼身上的傷也好了四五分，不再奄奄一息。

踏出林海，沈郎魂望瞭望天色，只見是晨曦初起。柳眼傷勢雖有起色，但行動不便，沈郎魂又將他一路拖行，此時渾身惡臭，山林中的蚊蟲繞著他不住飛舞，觀之十分可怖。淡淡看了柳眼一眼，沈郎魂將他提起，縱身掠出樹林，在村口將他輕輕放下，露出一個極惡毒的微笑，翩然而去。

過不多時，有人從村裡趕牛而出，走過不幾步，「哎呀」一聲「這是什麼東西？」幾頭黃牛從柳眼身邊走過，「哞」的一聲叫喚，「啪啦」在柳眼身邊拉下不少屎來。柳眼自地上緩緩坐了起來，曦日之下，只見他滿面坑坑窪窪，全是血痂，尚未痊癒，猩紅刺眼，一雙眼睛睜開來卻是光彩盎然，黑瞳熠熠生輝，趕牛人「啊」的一聲慘叫，「你……你是什麼東西？還……還活著嗎？」

柳眼不答，冷冷地目光看著趕牛人，趕牛人倒退幾步，小心翼翼從他身邊繞過，忽地奔回村去，連那幾頭黃牛都不顧了。

未過片刻，村裡浩浩蕩蕩來了一群人，為首的膀闊腰粗，一張大嘴，「這就是你說的那個山妖？這山妖在村裡偷雞偷鴨、偷女人的衣服，今天肯定是被誰捉住，打了一頓，才變成這種模樣。大家誰被它偷過？」村裡人齊聲吆喝，隨著領首那大漢一拳下來，七八個年輕力壯的漢子咬牙切齒，圍住柳眼拳打腳踢，一時間只聽「砰砰」之聲不絕。原來此村窮困，每年出產的穀物糧食不多，但這幾年來連年遭受竊賊之苦，往往一家儲備一年的糧食，一夜之間不翼而飛，讓人好不痛恨；除了偷五穀，那竊賊還盜竊女子衣物，有時闖進稍微富庶的人家盜竊金銀首飾，只要稍微值錢的東西它都偷。數年之前的夜裡，有人和那竊賊照了一面，卻是個長著奇形怪狀面貌的山妖，自此村民不寒而慄，對偷盜之事也不大敢開口埋怨了。而今日趕牛人居然在村口一眼看見了這個「山妖」，豈非奇貨可居？

柳眼人在拳腳之下，只覺砰砰重擊之下五臟沸騰，氣血翻湧，身上的傷口有些裂開，斷腿劇痛無比，他一聲不吭，閉目忍受。

「喂！拿衣服的人是我，你們打他幹什麼？」有個蒼老的女聲傳來，村民突然停手，退開了幾步，柳眼抬手擦去嘴角的的血跡，看著那雙褐色的繡花鞋，那雙鞋子已經很舊了，繡花的痕跡卻很新，顯然鞋子本沒有繡花，是被人後來繡上去的，可見鞋子的主人很愛美，但那是玉團兒的鞋子。

眾村民只見一團灰影從樹林裡撲了出來，等到看清楚，眼前是一個滿臉皺紋的老太婆，身上穿著一件紫色外衫，腰繫褐色長裙。人群中突然有人叫了一聲，「他媽的那是我老婆的衣服！」頓時一片譁然，大家瞪著這突然出現的老太婆，心中不免揣測是不是這老太婆和地上的山妖聯手盜走穀物和衣物，聽她出口為山妖說情，兩人肯定是一夥的！

「這人沒從你們村裡拿走任何東西，我拿過三套衣裳，我娘在的時候拿過你們村的野桃和野杏兒。」玉團兒攔在柳眼面前，「不是他做的，要打就打我好了。」她腰肢纖細，手指肌膚細膩柔滑，雪白如玉，兩個村民掄著木棍本要上前就打，往她身上仔細一看，越看越是毛骨悚然，「妳……妳到底是人是鬼？我的媽呀！」其中一人將木棍一丟，「這是斷頭鬼！接著老人頭顱的女鬼！大家快跑，白日見鬼了！」頓時村民發一聲喊，四散開去，逃得無影無蹤。

玉團兒把柳眼扶了起來，嘆了口氣，柳眼冷冷地問：「我挨打關妳什麼事？」

玉團兒道：「本來偷東西的人就是我，他們打你當然是他們的不對。不過你這人真是個大壞蛋嗎？人家誤會你你為什麼不解釋？」聽她語氣，頗有埋怨之意。

柳眼突然冷笑一聲，「妳不過想要能救命的那種藥而已，如果我死了，妳永遠不知道那是什麼藥！」他轉過頭去，雖然血肉模糊的臉上看不出臉色，卻必定甚是鄙夷。

玉團兒皺起眉頭，「我早就忘了那什麼藥啦！一個人的臉被弄成這樣是很可憐的，何況你還是個殘廢，就算你真是個小偷，他們也不該打你啊。」

柳眼回過頭來，眼神古怪地看著她，「原來妳早已『忘了』？那妳跟著我做什麼？妳回妳的樹林裡去。」

玉團兒搖了搖頭，「你走不動，那個人又把你丟下不理，一個人坐在這裡不是很可憐嗎？而且你這麼髒這麼臭，我給你洗個澡，帶你回樹林裡好不好？」她越說越是高興起來，「我帶你回樹林裡，我們藏起來誰也看不到我們，臉長得再難看也不要緊了。」

柳眼冷冷地道：「我是個殺人無數的大惡人，妳不怕嗎？」

玉團兒凝視著他，「你又動不了，你要做壞事我會打你的。」言罷，伸手將柳眼提起，快步往樹林深處奔去。提不了幾步，柳眼比她高上太多，頗不方便，玉團兒索性將他抱起，幾個起落，穿過重重樹林，頓時到了一處池塘。

這是個泉眼所在，池塘深處突突冒著氣泡，池水清澈見地，水底下都是褐色大石，光潔異常，只有在遠離泉眼的地方才生有水草。玉團兒徑直將柳眼提起，泡入水中，從岸邊折了一把開白花的水草，撕破他的衣服，在他身上擦洗起來。柳眼本待抗拒，終是「哼」了一聲，閉目不理。過了片刻，玉團兒把柳眼身上汙垢血跡洗去，露出雪白細膩的肌膚，她的手慢慢緩了下來，怔怔看著柳眼光潔的肩和背，那蒼白略帶灰暗的肌膚，不帶瑕疵的肩和背，不知何故就帶有一種陰暗和沉鬱的美感，這個人分明在眼前，卻就是像沉在深淵之中、地獄之內……

「你以前……是不是長得很好看？」她低聲問。

柳眼淡淡地道：「不是。」

玉團兒的手指劃過他的眉線，「你是因為我長得很醜，怕我傷心所以騙我嗎？」她低低地問，「你以前一定長得很好看，可惜我看不到。」

柳眼一把抓住她的手，冷冷地道：「我從前長得好看，妳想怎麼樣？引誘我嗎？」

玉團兒睜大眼睛，「我只是覺得你以前長得很好看，現在變成這樣很可……」她又要把「很可憐」三個字說出來，柳眼手腕用力，將她拉了過來，一雙炯炯發亮的眼睛直直看著她，「我很可憐，至少我還可以活很長時間，而妳——就快要死了。」

玉團兒目中的光彩頓時黯淡下來，長長嘆了口氣。柳眼甩開她的手，冷冰冰地道：「去幫我找件衣服來。」玉團兒站住不動，目中頗有怒色，顯然對柳眼剛才那句大為不滿，柳眼仰躺水中，雖然腿不能動，一揮臂往後飄去，卻是頗顯自由自在。

過了一陣子，玉團兒道：「你真是個大惡人。」

柳眼冷冷地道：「妳要殺我嗎？」

玉團兒卻道：「一個大惡人變成這麼醜的臉，又變成殘廢，心裡一定很難過，我不怪你了，你等著我給你找衣服去。」言罷微微一笑，她轉身走了。柳眼在水中驀然起身，看著這怪女孩的背影，心裡突然惱怒至極，自水中拾起一塊石頭往岸上砸去，嘩啦一聲水花四濺，他竟然擲不到岸上。

過了一陣，柳眼浸泡在冷水中，卻是漸漸覺得冷了，待要上岸，卻衣不蔽體，要繼續留在水中卻是越來越覺寒冷。正在此時，一個人影在樹林間晃動，柳眼屏息沉入水中，以他現在的模樣不便見人，更無自保之力。沉入水中之後，他慢慢潛到一塊大石背後，半個頭浮出水面，靜靜的望著樹林。

樹林裡先冒出個中年男子的頭，頭頂心有些禿，本來戴了個帽子，現在帽子歪了半邊。他低伏著穿過樹叢，頗有些鬼鬼祟祟地東張西望，柳眼眼睛微瞇，這裡距離村落有相當距離，這人跑到這麼偏僻的地方來做什麼？再看片刻，那人突然直起身來，只見他背後背著一個包袱，懷裡抱著一樣東西，他將那東西輕輕放在地下，將包袱擲在一旁，開始脫衣服。柳眼眉頭皺起，這人——

「哇——」的一聲啼哭，被那中年男人放在地上的「東西」放聲大哭，聽那聲音卻是一個七八歲的小女孩，那中年男子急急脫去衣服，滿臉淫笑，「寶貝兒別哭，叔叔立刻要陪妳玩兒了……」言罷撲下身去，那女孩越發大哭，聲音淒厲至極。

「嘩啦」一聲水響，就如水中泛起了什麼東西，那中年男子「咦」了一聲，回過身來，只見身後池塘湧起了一個偌大漩渦，就如有什麼東西游得很近，卻突然沉了下去。他「呸」了一聲，仍是淫笑，「這裡竟有大魚，等咱們玩過以後，叔叔陪妳抓魚。」

那女孩大叫，「我不要！我要回家！我——嗚——」聽那聲息，是被人捂住了嘴。

「光天化日，朗朗乾坤，做事之前，也不查看一下環境，在荒山野嶺、鬼魅橫行之地辦這種事，真是毫無情調。」有個冰冷低沉的聲音緩緩地道：「世上罪惡千萬種，最低等下賤的，就是你這種人。」

那中年男子跳起身來，只見清澈見底的池水中一蓬黑髮飄散如菊，有人緩緩自水底升起，那顆頭露出水面只見坑坑窪窪猩紅刺眼，似乎沒有鼻子嘴巴，頓時魂飛魄散，「啊」的一聲慘叫，光著身體從樹叢中竄了出去，他來得不快，去得倒是迅捷無比。

「媽媽……我要媽媽……」地上的女孩仍在哭，哭得氣哽聲咽，十分可憐。

水裡的柳眼沉默了一陣，冷冷地道：「有什麼好哭的？衣服自己穿起來，趕快回家去。」

地上的女孩被他嚇得一愣，手忙腳亂穿起衣服，趴在地上看他，卻不走。

柳眼在水裡看著那女孩，那女孩約莫八九歲，個子不高，臉蛋長得卻很清秀，是個美人胚子，兩人互看了一陣，他問，「妳為什麼不走？」

那女孩卻問，「你是妖怪嗎？」

柳眼眨了眨眼睛，漠然道：「是。」

那女孩道：「我第一次看到妖怪，你和奶奶說的不一樣。」

柳眼不答，那女孩卻自己接下去，「你比奶奶說的還要醜。」

柳眼淡淡地道：「妳還不趕快回家？待會又遇見了那個壞人，我也救不了妳。」

那女孩站了起來，從地上拾起一塊小石子，突地往柳眼身上擲去，只聽「啪」的一聲，那小石子正中柳眼的額頭，她自己嚇了一跳，隨後咯咯直笑，很快往村莊方向奔去。

柳眼浸在水中，嘴邊擒著淡淡一絲冷笑，這就是所謂世人、所謂蒼生。他緩緩將自己浸入池塘之中，直沒至頂，本來全身寒冷，此時更身寒、心寒。這世界本就沒什麼可救的，能將他們個個都害死，才是一件賞心悅目的樂事，世人無知、無情、自私、卑鄙、愚昧……

一隻手伸入水中，突然將濕淋淋的他提了上來，玉團兒眉頭微蹙，「你在幹什麼？」

柳眼指尖在她手腕一拂而過，雖然並無內力，也令她手腕一麻，只得放手。柳眼仰躺水面，輕飄飄划出一人之遙，「衣服呢？」

玉團兒指著地上的包袱，「這些東西是哪裡來的？」

柳眼不理不睬，就當沒有聽見，仍問：「衣服呢？」

玉團兒怒道：「這些東西是哪裡來的？」

柳眼雙臂一揮，飄得更遠，玉團兒脾氣卻好，自己氣了一陣也就算了，從懷裡取出一團黑色布匹，「過來過來，你的衣服。」

柳眼手按石塊撐起身來，他本以為會瞧見一件形狀古怪的破布，不料玉團兒雙手奉上的卻是一件黑綢質地的披風，綢質雖有些黯淡，卻依然整潔。看了那披風兩眼，他自池塘一邊飄了過來，雙腿雖然不能動，他卻能把自己挪到草地上，濕淋淋的肩頭披上那件披風，未沾濕的地方隨風飄動，裸露著胸口。玉團兒似乎並不覺得瞧著一個衣不蔽體的男子是件尷尬的事，「這是我爹的衣服。」

柳眼眉頭一蹙，「那又怎麼樣？」

玉團兒道：「那是我爹的衣服，你不要穿破啦！」

柳眼雙手拉住披風兩端就待撕破，幸好他功力被廢雙手無力，撕之不破，玉團兒大吃一驚，一揚手給了他一個耳光，怒道：「你這人怎麼這樣？好端端的衣服為什麼要撕破？那是我爹的衣服，又不是你的。」

柳眼冷冷地道：「我想撕便撕，妳想打人就打人，妳我各取所需，有何不可？」

玉團兒打了他一個耳光，見他臉上又在流血，嘆了口氣，這人壞得不得了啦，但她總是不忍心將他扔下不管，返身在樹林裡拔了些草藥給他塗在臉上，「你這人怎麼這麼壞？」

柳眼淡淡地道：「我高興對誰好就對誰好，高興對誰壞就對誰壞，誰也管不著。」

玉團兒聳了聳肩，「你娘……你娘一定沒好好教你。」

不料柳眼冷冷地道：「我沒有娘。」

好雲山。

邵延屏苦苦等候了三日，好不容易等到那弟子回來，身後卻沒跟著人。

「怎麼了？神醫呢？」邵延屏大發雷霆，「快說！你到底是哪裡得罪了水神醫，他為什麼沒來？」

那劍會弟子臉色慘白，「邵先生息怒，我我我……我什麼都沒做，只是那位公子說……那位公子說……」

邵延屏怒道：「說什麼？」

那劍會弟子吞吞吐吐地道：「他……他說『最近運氣不好，要去靜慧寺上香，就算把好雲山整塊地皮送給他他也不來』。」

邵延屏怔了一怔，「他真是這麼說的？」

那人一張臉苦得都要滴出苦瓜汁來，「我哪敢欺騙邵先生，水公子說他先要去靜慧寺上香，然後要去宵月苑和雪線子吃魚頭，好雲山既遠又麻煩且無聊更有送命的危險，他絕對不來，死也不來。」

邵延屏喃喃地道：「既遠又麻煩且無聊更有送命的危險……聰明人果然逃得遠，唉，宵月苑的魚頭……」他出神嚮往了一陣，重重嘆了口氣，「罷了罷了，你去重金給我請個又老又窮的藥鋪夥計過來，越快越好。」

那劍會弟子奇道：「藥鋪夥計？」

邵延屏白眼一翻，「我覺得藥鋪夥計比大夫可靠，快去。」

三日時間，阿誰的身體已有相當好轉，照顧唐儷辭生活起居已不成問題。而唐儷辭的傷勢痊癒得十分迅速，似乎總有些神祕的事在他身上發生，就如當初蛇毒、火傷、內傷都能在短短幾日內迅速痊癒一樣，三日來他的傷已經頗有好轉，傷口也並未發炎，這對一劍穿胸這樣的重傷而言，十分罕見。但為了配合查明劍會內奸之事，唐儷辭每日仍然躺在床上裝作奄奄一息。余負人在房中自閉，三日來都未出門。邵延屏忙於應付那些前來接人的名門正派、世家元老，對江湖大局一時也無暇思考。而董狐筆、蒲馗聖、成縕袍、普珠上師和西方桃連日討論江湖局勢，頗有所得。

唐儷辭房中。

「啊——啊啊——嗚——」鳳鳳爬在桌上，用他那隻粉嫩的小手對著阿誰指指點點，阿誰輕輕撫摸他的頭，「長了六顆牙，會爬了，再過幾個月就會說話、會走了。」

唐儷辭微笑，「妳想不想帶他走？」

阿誰微微一震，「我……」她輕輕嘆了口氣，「想。」

唐儷辭唇角微抿，「郝文侯已死、柳眼被風流店所棄，不知所蹤，當時妳將他託付給我的不得已都已不存在，找一個青山綠水、僻靜無憂的地方，我給妳買一處房產，幾畝良田，帶鳳鳳好好過日子去吧。」

阿誰搖了搖頭，「我只想回洛陽，回杏陽書房。」

唐儷辭微微一笑，「那裡是是非之地。」

阿誰也微微一笑，「但那是我的家，雖然家裡沒有人在等我，卻還是想回去。」

唐儷辭閉上眼睛，過了一陣，他道：「我寫給妳修書一封，妳和鳳鳳回到京城之後，先去一趟丞相府，然後再回杏陽書房。」

阿誰眉頭微蹙，奇道：「丞相府？」

唐儷辭閉著的眼角微微上勾，有點像在笑，「去幫我辦一件事。」

阿誰凝視著他，「什麼事？」

唐儷辭睜開眼睛，淺笑旋然，「妳定要問得如此澈底？」

阿誰靜了一陣，輕輕嘆了口氣，「你不必為我如此，阿誰只是芸芸眾生中微不足道的一名女子，對唐公子只有虧欠，既無深厚交情、也無回報之力……」她明白唐儷辭的用意，他不放心她母子二人孤身留在洛陽，所以修書一封寄往丞相府，信中不知寫了什麼，但用意必定是請丞相府代為照顧，之所以沒有啟用國丈府之力，一則避嫌、二則是唐儷辭牽連風波太廣，國丈府必遭連累，丞相府在風波之外，至少常人不敢輕動。他為她如此設想，實在讓她有些承受不起。

「我確實有事要托妳走一趟丞相府，不一定如妳所想。」唐儷辭眼望屋梁，「妳不必把我想得太好，有一件事我瞞了丞相府三年，就為或許哪一天用得上趙普之力。雖然此時形勢和我原先所想差距太遠，但妳幫我走一趟，或許不但保得住妳和鳳鳳的平安、也保得住唐國丈的周全……」他柔聲道：「妳去麼？」

阿誰道：「你總有辦法說得人不得不去。」

唐儷辭微笑，「那就好，妳去把筆墨拿來，我現在就寫。」

阿誰訝然，「現在？我等你傷癒之後再走，你傷勢未愈，我怎能放心回洛陽？」

唐儷辭柔聲道：「妳要走就早點走，惹得我牽腸掛肚，哪一天心情不好，殺了你們母子放火燒成一把灰收在我身邊……就可以陪我一生一世……」他從方才平淡布局之語變到現在偏激惡毒之言，眼睛眨也不眨一下，就似理所當然，完全不是玩笑。

阿誰聽入耳中，卻是異常的安靜，過了好一陣子，她緩緩地道：「我……我心有所屬，承擔不起公子的厚愛。」

唐儷辭柔聲道：「我想殺了之後燒成一把灰的女子也不只妳一人，妳不必介意，更不必掛懷。」鳳鳳從桌上爬向唐儷辭那個方向，肥肥又粉嫩的手指對著唐儷辭不住指指點點，咿咿嗚嗚的不知說些什麼。阿誰把他抱起，親了親他的面頰，輕輕拍了幾下，本想說什麼，終是沒說。

在唐儷辭的心中，有許多隱祕。她不知道該不該出口詢問，那些隱祕和他那些不能碰觸的空洞糾結在一起，他的性格偏激又隱忍、好勝狠毒又寬容溫柔，所以……也許表面上他沒有崩潰，並不代表他承受得起那些隱祕。

「拿紙筆來。」唐儷辭道。

能回杏陽書房，本該滿心歡愉，阿誰起身把鳳鳳放在床上，去拿紙筆，心中卻是一片紊亂，沉重至極。等她端過文房四寶，唐儷辭靜了一會，「罷了，我不寫了。」

阿誰咬住下唇，心頭煩亂，突道：「你……你用意太深，你讓我……讓我……如何是好？」

唐儷辭見她實在不願如此受人庇護，又受他重托不得不去，毫無歡顏，所以突然改變主意不再托她寄信。但他不托她送信，自然會假手他人，這結果都是一樣，只不過或許做得不留痕跡、不讓她察覺而已。這番苦心她明白，但無故連累他人保護自己已是不願，何況唐儷辭如此曲折布置用心太苦，她實在是承擔不起、受之有愧。

「妳要回家，我就讓妳回家。」唐儷辭牙齒微露，似要咬唇，卻只是在唇上一滑而過，留下淺淺的齒痕，「妳不願幫我送信，我就不讓妳送；妳要帶走鳳鳳，我就讓妳帶走；妳想要怎樣便怎樣。」他臉上沒有什麼表情，語氣也很平淡，「妳卻問我妳要如何是好？」

阿誰眼眶突然發熱，她從小豁達，不管遭受多少侮辱折磨幾乎從未哭過，但此時眼眶酸楚，「你……你……究竟想要我怎樣對你？我……我不可能……」

唐儷辭幽幽地道：「我想要妳從心裡當我是神、相信我關心我、保證這輩子會為了我去死、在恰當的時候親吻我、心甘情願爬上我的床……」

阿誰「啊」的一聲，那文房四寶重重跌在地上，墨汁四濺，她臉色慘白，「你……你怎麼可以說出這種話？」

唐儷辭抬起頭幽幽地看著她，眼瞳很黑，他的臉上沒有表情，她卻看見他眼眸深處在笑、一種隱藏得很深的瘋狂的笑，「這就是男人的實話，一個男人欣賞一個女人，難道不是要她做這些事？那些強迫妳的男人又難道不是逼妳做這些事？難道妳以為男女之間，真的可以陽春白雪琴棋詩畫而沒有半點肉欲？」

「你——」阿誰低聲道：「這些話……是真心的麼？」

唐儷辭道：「真心話。」

阿誰深深的咬住嘴唇，「這些事我萬萬做不到，唐公子，明日這就告辭了，我一生一世記得公子的恩德，但求日後……不再有麻煩公子之處。」她拾起地上的文房四寶，端正放回桌上，抹去了地上墨汁的痕跡，抱起鳳鳳，默然出房。

唐儷辭望著屋梁，眼眸深處的笑意斂去，換之是一種茫然的疲憊，就如一個人走了千萬裡的路程，歷盡千辛萬苦，滿面滄桑卻仍然不知道要往何處去、不知何處才是他能夠休憩的地方。過了好一陣子，他極輕極輕的嘆了口氣，從床上坐了起來，取過紙筆，在信上寫了兩三句話，隨即將信疊起，放在自己枕下。他再照原樣躺好，閉上眼睛一動不動。

「唐公子、唐公子。」過了一陣，窗外有人低聲輕喚，唐儷辭不言不動，窗外那人反覆叫喚了十幾聲，確定唐儷辭毫無反應，突地將一物擲進房中，隨即離去。那東西入窗而來，並沒有落地的聲音，唐儷辭眼簾微睜，掃了它一眼，只見那是一隻似蜂非蜂、似蝶非蝶的東西，翅膀不大，振翅不快，所以沒有聲息。這就是傳說中的「蠱」麼？或只是一種未知的毒物？他屏息不動，那東西在房裡繞了幾圈，輕輕落在被褥上，落足之輕，輕逾落葉。

那東西在他身上停了很久，沒有什麼動靜，唐儷辭心平氣和，靜靜躺著，就如身上沒有那一隻古怪的毒物。足足過了一柱香時間，那東西尾巴一動，尾尖在唐儷辭被上落下許多晶瑩透明的卵，隨即有許多小蟲破卵而出。這許多透明小蟲在身上亂爬的滋味已是難受，何況那還是一些不知來歷的毒物，這種體驗換了他人定是魂飛魄散，唐儷辭卻仍是不動，看著那些小蟲緩緩在被褥上扭曲蠕動。

「唐——」門外突地進來一個滿頭大汗的紫衣人，卻是邵延屏，一腳踏進房中，眼見那隻怪蟲，大吃一驚，「那是什麼東西？」

唐儷辭目光往外略略一飄，邵延屏心領神會，接著大叫一聲，「唐公子！唐公子！來人啊！這是什麼東西？」在他大嚷大叫之下，那隻怪蟲翩翩飛走，穿窗而去。邵延屏往自己臉上打了兩拳，鼻子眼圈頓時紅了，轉身往外奔去，「唐公子你可千萬死不得……」在他大叫之下，很快有人奔進房來，第一個衝進房來的是蒲馗聖，只見唐儷辭僵死在床，臉色青紫，身上許多小蟲亂鑽亂爬，突地有一隻自床上跌下，「嗒」的一聲地上便多了一團黏液。他大叫一聲倒退五步，雙臂攔住又將進房的成縕袍，「不可妄動，這是負子腸絲蠱，該蠱在人身產卵，其蟲隨即孵化，鑽人血脈，中者立死，全身成為幼蟲的肉食，幼蟲吃盡血肉之後咬破人皮爬出，最是可怖不過！」

成縕袍冷冷地道：「我只見許多幼蟲，又不知他死了沒有，讓我進去一探脈搏。」

蒲馗聖變色道：「那連你也會中毒，萬萬不可！」

兩人正在爭執，邵延屏引著一位年紀老邁的大夫快步而來，「病人在此，這邊快請。」

那老大夫一見房裡許多蟲，臉色頓時就綠了，「這這這……」

邵延屏不理他「這」又「那」什麼，一把把他推了進去，「那是什麼東西？」

那老大夫邁入房中，伸手一搭唐儷辭脈門，「這人早已死了，你你你大老遠的把老夫請來看一個死人，真是荒謬……這人四肢僵硬、脈搏全無、身上長了這許多蛆……」

他急急自屋裡退了出來，「這人老夫醫不好，只怕天下也沒有人能醫好，節哀吧。」

邵延屏苦笑看著唐儷辭，「怎會如此？」

蒲馗聖長長的嘆了口氣，「唐公子不知在何處中了負子腸絲蟲，那是苗疆第一奇毒，中者死得慘烈無比，唐公子才智縱橫竟喪於如此毒物之下，實在是江湖之哀、蒼生之大不幸。」

邵延屏笑都快笑不出來了，「現在人也死了，那些蟲怎麼辦？」

蒲馗聖道：「只有將人身連蟲一起焚毀，才不致有流毒之患。」

邵延屏道：「這個、這個……讓我再想想。」

成縕袍皺起眉頭，事情變化得太快，一時之間他竟不敢相信，唐儷辭真的死了？像他如此這般人物，就這麼死了？目光往唐儷辭臉上看去，那臉色的的確確是一個死人，胸腹間也沒有絲毫起伏，但……他總覺得有些什麼地方不對。邵延屏低聲囑咐大家不可將唐儷辭已死的消息傳揚出去，大家照常行事，他今晚便派人搭造焚屍爐，明日午時便將唐儷辭的屍身焚毀。眾人點頭而去，邵延屏將唐儷辭房門關起，命兩個弟子遠遠看守，千萬不可進去。

此時是日落時分，未過多久，夜色降臨，星月滿天。

邵延屏去了成縕袍房裡嘀嘀咕咕不知說些什麼，阿誰尚未得知唐儷辭「已死」，但她今夜也並無去看唐儷辭的意思，普珠上師和西方桃也尚未得知此事，知情的那位老夥計又已被邵延屏送下山去，今日善鋒堂裡一切如常，無人察覺有什麼變故。

「撲撲」兩聲，看守唐儷辭房門的兩人突地倒地，一條黑影倏然出現在門前，輕輕一推，房門應手而開。趁著清亮的月光，那黑影瞧見唐儷辭的屍體仍然在床上，那些透明小蟲都已不見，而被褥上留下許多細細的孔洞，顯然蟲已穿過被褥進入唐儷辭肉體之中，不禁長長吐出一口氣，心中仍有些不大放心，伸手去摸他的脈門。

觸手所及，一片冰冷，唐儷辭果然已經死了。黑衣蒙面人低低哼了一聲，抽身欲退，突地那隻「已死」的手腕一翻，指風如刀，剎那黑衣人的脈門已落入死人的掌握！黑衣人大驚失色，揚掌往唐儷辭身上劈去，唐儷辭指上加勁，黑衣人這一掌擊在他身上毫無力道，只如輕輕一拍。只見幽暗的光線之下，那死人仍舊閉著眼睛，突地勾起嘴角笑了一笑，這一笑，笑得黑衣人全身冷汗，「你——你沒死——」

「你說呢？」唐儷辭睜開眼睛柔聲道，他一睜開眼睛便坐了起來，右手扣住黑衣人的脈門，左手五指伸出，卻是罩在黑衣人面上，「你說我是要把剛才那些小蟲統統塞進你嘴裡？還是要就這麼五根手指從你臉上插進去、然後把你的眼睛、鼻子、嘴巴、牙齒、眉毛統統從你臉上拉出來？還是……」他那五指自黑衣人臉上緩緩下滑，五根柔膩細緻的指尖自喉頭滑自胸口，「還是——」他尚未說「還是」什麼，那黑衣人已慘然道：「你想要如何？」

「我其實沒有想要什麼，」唐儷辭柔聲道：「蒲馗聖蒲前輩，你可知我等你這一天、已是等了很久了？」

那黑衣人尚未自揭面紗，突聽他點破身分，更是驚駭，「你——」

唐儷辭道：「我什麼？我怎會知道是你是麼？」他右手一拖，蒲馗聖撲通一聲在他床前跪下，唐儷辭左手在他頭頂輕拍，「風流店夜攻好雲山那一夜，誰能在水井中下毒？第一、那夜他要人在善鋒堂；第二、他要懂毒；第三、他要武功高強——因為那聰明絕頂的下毒人運用陰寒內力凝水成冰，將溶於水的毒物包裹在冰塊之中，然後丟進井裡——這就導致了冰溶毒現之時，井邊無人的假像。但這人其實也並不怎麼聰明，現在是盛夏，將毒藥包裹於冰塊之中，那夜善鋒堂有幾人能做到？那夜善鋒堂又有幾人是毒藥的大行家？所以蒲前輩你便有偌大嫌疑。」

蒲馗聖啞口無言，「你——」

唐儷辭柔軟的手掌在他頸後再度輕輕一拍，「我什麼？呵……依我的脾氣，只要有一點嫌疑，說殺便殺，該扭斷脖子便扭斷脖子……但畢竟現在我在做『好人』哪……你戰後收下風流店驅使的本該是你的毒蛇，蛇對你也太溫順，這點太易暴露——所以我猜你主子對你此舉必定不是十分讚賞，所以你要另闢蹊徑，在主子面前立功——所以你就派人施放毒蟲意圖殺我……」他輕笑了一聲，「我若是你主子，早就一個耳光打得你滿地找牙。唐儷辭若是這麼容易就死，你主子為何要苦心孤詣潛入中原劍會，他何不如你一樣扯起一塊黑布蒙面，闖進我房裡將我殺了？他潛伏得如此高超絕妙，偏偏有你這樣的手下給他丟臉獻醜，真是可憐至極。」

聽到此處，蒲馗聖反而冷笑一聲，「胡說八道！我主子遠在千里之外，我還當你真的料事如神，原來你也是亂猜。中原劍會中本有蔣文博和我兩人服用那九心丸，所以不得不聽令風流店，此外哪有什麼主子？可笑！」

唐儷辭聞言在他後腦一拍，「呆子！」隨即輕輕的對著蒲馗聖的後頸吹了口氣，蒲馗聖只覺後頸柔柔一熱，全身寒毛都豎了起來，只聽他道：「你不知情，說明你死不死、暴露不暴露，你的主子根本不在乎，他不會救你，因為他沒有保你的理由。」

蒲馗聖渾身冷汗，唐儷辭對他笑得很愉快，右手放開了他的脈門，屈指托腮，「我不殺你──你主子還等你將我重傷快死的消息傳出去，然後你被人發現，然後你才能死……」

蒲馗聖臉色慘澹，「我……我……」

唐儷辭柔聲道：「就算邵延屏不揭穿你，你那聰明絕頂的主子也會揭穿你，這事就是一場遊戲，而前輩你麼……不過是個必死的棋，大家玩來玩去，誰都把你當成一條狗而已。」

蒲馗聖突地在他床前「撲通」一聲跪下，「公子救我、公子救我！我不想死、我不想死……我是受那毒藥所制，內心深處萬萬不想這樣……」

唐儷辭食指點在自己鼻上，慢慢地道：「你……找了一種世上最惡毒的毒蟲來要我的命，現在你卻求我救你的命？」

蒲馗聖跪在地上，月光越發明亮，照得他影子分外的黑，呆了半晌之後，他大叫一聲，轉身衝了出去。

屋裡月光滿地，黑的地方仍是極黑，蒲馗聖奔出之後，突地有人冷冷地道：「原來言辭當真可以殺人，我從前還不信。」這說話的人自屋梁輕輕落下，絲毫無聲，正是成縕袍。

唐儷辭紅唇微抿，「你來做什麼？」

成縕袍微微一頓，「我……」

唐儷辭潤澤的黑瞳往他那略略一飄，「想通了為什麼我沒有中毒？」

成縕袍長長吸了口氣，「不錯，你運功在被褥之上，那毒蟲難以侵入，並且烈陽之勁初生小蟲經受不起，在被上停留稍久，就因過熱而死。」

唐儷辭微微一笑，「不只是過熱而死，是焚化成灰。」

成縕袍道：「好厲害的剛陽之力，你的傷如何了？」

唐儷辭不答，過了一陣，輕輕一笑，「我不管受了什麼傷，只要不致命，就不會死。」

成縕袍的目光在他身上上下一轉，「你天賦異稟，似乎百毒不侵。」

唐儷辭道：「你遺憾你百毒俱侵麼？」

成縕袍微微一怔，「怎會？」

唐儷辭目光流轉，自他面上掠過，他覺得他言下別有含意，卻是領會不出，正在詫異，卻見唐儷辭微微一笑，「夜已深了，成大俠早些休息去吧，我也累了。」

成縕袍本是暗中護衛而來，既然唐儷辭無事，他便點頭持劍而去。

黑夜之中，唐儷辭緩緩躺回床上，哈……百毒不侵……這事曾經讓他很傷心，只是此時此刻，卻似乎真的有些慶幸，似乎快要忘了……他曾經怨恨自己是個怪物的日子。有許多不為人知的往事突然清晰，許多暗潮在心中壓抑不住，他坐了起來，房中牆上懸著一把琵琶，那是邵延屏專門為他準備的，用意自是針對柳眼的黑琵琶。此時他將琵琶抱入懷中，手指一動，叮咚數聲，深沉嗚響如潮水湧起，漫向了整個善鋒堂。

阿誰抱著鳳鳳在她自己房裡，鳳鳳吮著手指，已快睡了，她疊好明日要帶走的衣物，已要就寢，突聽一聲弦響，如暗潮潛湧剎那漫過了她的心神。她驀然回首，一時間思緒一片空白，只怔怔的望著弦響來的方向。

成縕袍尚未回房，本待在林中練劍，突聽一聲弦響，說不上是好聽還是不好聽，他緩步向前，凝神靜聽。

邵延屏仍在書房中煩惱那些無人來領的白衣女子該如何是好？也是聽這一聲弦響，他抬起頭來，滿心詫異，那夜風流店來襲的時候他千盼萬盼沒盼到唐儷辭的弦聲，為什麼今夜……

普珠和西方桃仍在下棋，聞聲兩人相視一眼，低下頭來繼續下棋，雖然好似什麼都未變，但靜心冥思淡泊從容的氣氛已全然變了。

整個善鋒堂就似突然靜了下來，人人懷著各種各樣的心思，靜聽著弦聲。

「怎麼……誰說我近來又變了那麼多？誠實，其實簡單得傷人越來越久。我麼……城市裡奉上神臺的木偶，假得……不會實現任何祈求。你說，你卑微如花朵，在哪裡開放、在哪裡凋謝也不必對誰去說；你說，你雖然不結果，但也有希望、也有夢啊是不必煩惱的生活；我呢，我什麼都沒有說，人生太長、人生太短，誰又能為誰左右？」唐儷辭低聲輕唱，唱得很輕、很輕，只聽見那琵琶弦聲聲聲寂寞，「我不是戲臺上普渡眾生的佛，我不是黃泉中迷人魂魄的魔，我坐擁繁華地，卻不能夠棲息，我日算千萬計，卻總也算不過天機……五指千謎萬謎，天旋地轉如何繼續……」這一首歌，是很久很久之前，他和方周合奏的第一首歌，叫做〈心魔〉。

阿誰靜靜地聽，她並沒有聽見歌詞，只是聽著那叮咚淒惻的曲調，由寂寞逐漸變得慷慨激越，曲調自清晰驟然化為一片凌亂混響，像風在空吹、像有人對著牆壁無聲的流淚、像一個瘋子在大雨中手舞足蹈、像一個一個喝過的酒杯碎裂在地，和酒和淚滿地淒迷……她急促的換了口氣，心跳如鼓，張開嘴卻不知道要說什麼，以手捂口，多年不曾見的眼淚奪眶而出，而她……仍不知道自己為什麼哭？

只是因為他彈了琵琶嗎？

成縕袍人在樹林中，雖然距離唐儷辭的房間很遠，以他的耳力卻是將唐儷辭低聲輕唱的歌詞聽得清清楚楚，聽過之後，似懂非懂，心中詫異這些顛三倒四不知所云的語言，究竟是什麼意思？但聽在耳中並不感覺厭煩，踏出一步，他張開五指，低頭去看那掌紋，多年的江湖歲月在心頭掠過，五指千謎萬謎，究竟曾經抓住過什麼？而又放開了什麼？

邵延屏自也是聽到了那歌聲，張大了嘴巴半晌合不攏嘴，他也曾是風流少年，歌舞不知瞧過多少，再有名的歌伎他都請過，再動聽的歌喉他都聽過，但唐儷辭低聲唱來信手亂彈，琵琶聲淒狂又紊亂，潰不成曲，卻是動人心魄。聽到癡處，邵延屏搖了搖頭，長長吐出一口氣，常年辛勞壓在心上的塵埃，就如尋到了一扇窗戶，忽而被風吹得四面散去，吐出那口氣後，沒有了笑容，不知該說些什麼。

有時候，有些人脫下了面具，反而不知道如何是好。而唐儷辭，他是戴著各種各樣光怪陸離的面具，還是其實從來都沒有戴過？

普珠和西方桃仍在下棋，琵琶聲響起之後，西方桃指間拈棋，拈了很久。

普珠道：「為何不下？」

西方桃道：「感慨萬千，難道上師聽曲之後毫無感想？」

普珠平淡地道：「心不動、蟬不鳴，自然無所掛礙，聽與不聽，有何差別？」

西方桃輕輕嘆了口氣，「我卻沒有上師定力，這曲子動人心魄，讓人棋興索然。」

普珠道：「那就放下，明日再下。」

西方桃放下手中持的那枚白子，點了點頭，突地問，「我還從未問過，上師如此年輕，為何要出家？」

普珠平靜地道：「自幼出家，無所謂年幼、年邁。」

西方桃道：「原來如此，上師既然自幼出家，卻為何不守戒？」

普珠號稱「出家不落髮，五戒全不守」，作為嚴謹的少林弟子，他實是一個異類。

「戒，只要無心，無所謂守不守，守亦可、不守亦可。」普珠淡淡地道。

西方桃明眸流轉，微微一笑，「但世人猜測、流言蜚語，上師難道真不在意？」

普珠道：「也無所謂，佛不在西天，只在修行之中，守戒是修行、不守戒也是修行。」

西方桃嫣然一笑，「那成親呢？上師既然不守戒，有否想過成親？」

普珠眼簾微闔，神態莊嚴，「成親、不成親，有念頭既有掛礙，有掛礙便不能潛心修行。」

西方桃微笑道：「也就是說，若上師有此念頭，就會還俗？」

普珠頷首，「不錯。」

西方桃嘆道：「上師一日身在佛門，就是一日無此念了。」

普珠合十，「阿彌陀佛。」

長夜寂寂，兩位好友信口漫談，雖無方才下棋之樂，卻別有一番清淨。

琵琶聲停了，善鋒堂顯得分外寂靜，唐儷辭的房裡沒有亮燈，另一間房裡的燈卻亮了起來，那是余負人的房間。他已把自己關在屋裡三夜四日，邵延屏每日吩咐人送飯到他房中，但余負人閉目不理，已餓了幾日。幸好他不吃飯，酒卻是喝的，這三日喝了四五壇酒，他的酒量也不如何，整日裡昏昏沉沉，就當自己已醉死了事。邵延屏無暇理他，其他人該說的都已說了，余負人仍是整日大醉，閉門不出。

但琵琶聲後，他卻點亮了油燈，從睡了一日的床上坐了起來，呆呆地看著自己的雙手。他的雙手在顫抖，點個油燈點了三次才著，看了一陣，他伸手去握放在桌上的青珞，一握之下，青珞咯咯作響，整柄劍都在顫抖，「噹」的一聲，他將青珞扔了出去，名劍摔在地上滑出去老遠，靜靜躺在桌下陰影最黑之處。余負人在桌邊又呆呆坐了很久，望著桌上擺放整齊卻早已冰冷的飯菜，突地伸手拾起筷子，據桌大吃起來。

邊吃、邊有熱淚奪眶而出，他要去唐儷辭房裡看一眼，而後重新振作，將余泣鳳接回來，然後遠離江湖，永遠不再談劍。

唐儷辭靜靜的躺在屋裡，懷抱琵琶，手指猶扣在弦上，那床染過毒蟲的被子被他擲在地上，人卻是已經沉沉睡去，恣意興擾了別人的休息，他縱情之後即便睡去，卻是對誰也不理不睬。

第十六章 碧雲青天

洛水故地，在碧落十二宮舊地，一處氣勢恢弘裝飾雅致的殿堂正在興建，宛郁月旦和碧漣漪正在巡視工程進度，許多工匠或雕刻木柱、或起吊屋梁，十分忙碌。宛郁月旦雖然看不見，但聽那敲鑿之聲也大概可以想像是怎樣興盛的場景，碧漣漪邊走邊簡單的轉述江湖局勢，唐儷辭在好雲山大勝風流店，俘獲風流店紅白衣役使百餘人，柳眼被沈郎魂劫走失蹤等等。現在江湖中最為重要的事，是九心丸的解藥，就算風流店完敗，沒有尋獲解藥也無法解決九心丸流毒無窮的難題。宛郁月旦微笑靜聽，並不發表什麼意見，緩步行來，即使路上有什麼木料、石塊等障礙他也能一一跨過。江湖中風起雲湧，唐儷辭翻雲覆雨，風流店一敗塗地，於宛郁月旦而言都只是微微一笑，就如他跨過一塊磚瓦、衣袂鞋襪俱不沾塵。

「宮主，有一位姑娘求見。」一位青衣弟子面上帶著少許詫異之色，向宛郁月旦道：「我已向她說明宮主有事在身，不便見客，她說她是風流店的軍師，要和宮主商談江湖大事。」

宛郁月旦眼角的褶皺微微一舒，「原來是風流店紅姑娘，請她到碧霄閣稍等，上茶。」

青衣弟子訝然道：「宮主您真要見她？可是她……她不知是真是假，萬一是計……」

宛郁月旦溫和的微笑，「那請碧大哥陪我走一趟。」

碧漣漪點了點頭，兩人一起緩步而去。

碧霄閣是碧落宮這偌大一片殿堂中最高的一處樓閣，已經建好月餘，宛郁月旦在巡看工程之餘，偶有會客都在碧霄閣中。此樓白牆碧瓦，高逾五丈，潔淨淡雅，雖沒有什麼精細出奇的花紋，卻自有一份高潔瀟灑。一位白衣女子臨窗而立，膚白如雪，眉黛若愁，遠遠觀來，自成風景。碧漣漪陪宛郁月旦緩步而來，抬頭望見，心頭忽而微微一震，說不上什麼滋味，心神若失。他在碧落宮中護衛兩代宮主，共計三十三年，向來盡忠職守，別無他念，此時忽然興起的一絲傾慕之心，無關是非善惡，只純粹為了那一眼的驚豔。

紅姑娘臨窗遠眺，目光所在卻都在宛郁月旦身上，高閣之下微笑而來的人果然是如傳聞中一樣纖弱稚嫩的溫柔少年，她秀眉微蹙，究竟要用什麼樣的說辭，才能讓宛郁月旦助她一臂之力？宛郁月旦是什麼人？梟雄。面對梟雄，她最好說的是實話。

不過多時，宛郁月旦拾階而上，身邊一位碧衣人俊朗瀟灑，看模樣應當是傳說中的「碧落第一人」碧漣漪。紅姑娘頸項微抬，對宛郁月旦頷首示意，卻不行禮，「宛郁宮主，久仰大名，今日一見的確名不虛傳。」

宛郁月旦好看的眼睫微微上揚，有人遞上兩杯清茶，宛郁月旦先在椅上坐下，微笑道：「紅姑娘請坐。」

碧漣漪在他身後站著，目不轉睛地看著紅姑娘。紅姑娘卻是目不轉睛地看著宛郁月旦，

「宛郁宮主待我如上賓，可見碧落宮名揚九霄之上，並非是僥倖，當今天下能平心靜氣見我一面之人不多。」

「呵，紅姑娘何等人物……」宛郁月旦道：「遠上碧落宮要說的話，必定是值得一聽的。」

紅姑娘端起茶喝了一口，「不錯，我遠道而來，只為向宛郁宮主說明風流店的真相，並希望得宛郁宮主一臂之助。」

宛郁月旦微笑道：「哦？紅姑娘希望得我宮一臂之助，可有合適的理由？」

紅姑娘道：「九心丸的解藥，算不算一個好理由？」

宛郁月旦略靜半晌，過了一陣，他柔聲道：「九心丸的解藥的確是一個很充分的理由，但紅姑娘為何不求助於中原劍會，而要求助於我碧落宮？相信這樣的理由，劍會邵先生要比我感興趣得多。」

紅姑娘盈盈一笑，「只因我相信九心丸的解藥，對於碧落宮的幫助要比對中原劍會大得多，好雲山上是中原劍會力敗風流店，宛郁宮主如當真有心回歸中原立王天下，九心丸的解藥是一顆兵不血刃的好棋。」

宛郁月旦眼角好看的褶皺微微一舒，「這個……」

紅姑娘輕輕嘆了口氣，她秀雅清絕的眉目頓時湧起了一種抑鬱之色，「實不相瞞，風流店遭逢大亂，主人受人排擠陷害，已失去行蹤。如今主持店內大事的已不是主人，而究竟是什麼人，我也不大清楚。」她抬起頭來，凝視著宛郁月旦，「九心丸是主人親手所製，所以要得解藥，必定要主人親手煉製。我希望得碧落宮一臂之助，尋回主人，碧落宮得九心丸的解藥，掃蕩風流店稱王天下，只要在得藥之後放任主人離去，我願自此為始盡心盡力輔佐碧落宮稱王天下，縱使粉身碎骨，在所不惜。」她朗朗而談，一字一句皆是出於肺腑，「我之所言，句句出於至誠，若有欺騙之處，上蒼罰我今生今世不能再見主人之面、永遠不知道他的安危下落，日日夜夜不能安睡，直至老死。」

她竟然發下如此毒誓，並且如此淡雅自持的年輕女子，在外人面前絲毫不掩飾自己對「主人」的傾慕愛戀之情，為他萬里奔波、為他背身投敵、為他甘冒奇險，癡情厚意絕非常人所能想像。而對這般女子而言，實在沒有比「今生今世不能再見主人之面、永遠不知道他的安危下落，日日夜夜不能安睡，直至老死」更為惡毒的毒誓了。

宛郁月旦柔聲道：「貴主人可是黑衣琵琶客柳眼？」

紅姑娘頷首：「宮主若當真識得他，就知道他其實不是壞人，所作所為一半是偏激使然、一半是受人利用。」

宛郁月旦道：「原來如此。」

世上有人為柳眼所作所為辯護，只怕一百人中有九十九人覺得荒謬可笑，宛郁月旦卻是誠心誠意的說了一句「原來如此。」紅姑娘微微一怔，只覺和此人說話，一不會擔心被反駁諷刺、二不會厭惡他身居高位、三不會畏懼他變臉動手，這位名動江湖素有鐵血之稱的碧落宮主，談吐之間令人如沐春風，心情平靜。長長吐出一口氣，她又淡淡喝了口茶，「風流店究竟是如何興起，我並不明瞭，三年之前我做客芽船茶會，結識了風流店下一位白衣女郎，一絲好奇之心讓我涉入其中，自此不能自拔。當年我在風流店飄零眉苑故居，見到了前所未見的奇妙機關、匪夷所思的毒藥怪蟲，還有幾位談吐武功都不俗的蒙面人。我雖非江湖中人，卻也略解江湖中事，知道是遇上了奇人，但並不知道他們面貌如何、是何姓名。其中有一人黑帽蓋頭黑紗蒙面，那一日是我好奇，在他專心作畫的時候突然揭去了他的面紗……」她的語聲微微一頓，過了一陣子才低聲道：「而後我呆了很久，低下頭的時候才看見他畫了一個骷髏。」

「他就是柳眼？」宛郁月旦很有耐心的柔聲問，雖然答案呼之欲出。

紅姑娘點了點頭，「他就是柳眼，他……是一個美男子。」

宛郁月旦微笑道：「傳聞柳眼驚豔之相，能為千百女子為他傾倒，那必定是世上少有的容貌了。」

紅姑娘低聲道：「但……他眼裡別有一種缺憾，似是人生之中缺少了最重要的東西，讓他一生都不會快樂，我想我那時……很想成為能讓他展顏歡笑的那個『東西』。」她輕輕嘆了口氣，「當時他是風流店的客人，而那時風流店的真正主人究竟是誰，我至今也不知道。未過多時，柳眼就開始為風流店配製毒藥，風流店中的白衣、紅衣女郎越來越多，初成規模的同時，那些蒙面人卻一個一個漸漸失去蹤跡，柳眼成了風流店的主人，而東公主撫翠、西公主西方桃，甚至白素車、紅蟬娘子這等人物卻一一加入風流店，我一直懷疑這些新入門的貴人中有幾人便是當年的蒙面人，但至今未能查清究竟是誰。不管是誰，交替身分的用意只在讓柳眼成為眾矢之的，成為代罪之羊，真正的罪人潛伏幫眾之中，只讓人嗅到氣息，卻看不見臉，最為可怕的事莫過於此。」

「紅姑娘的意思是好雲山之戰正好印證此點——有人將柳眼作為棄子拋出局外，風流店輕易大敗乃是另有所圖，是麼？」宛郁月旦一雙清澈好看的眼睛似乎真的凝視著紅姑娘，那認真而稍微有些稚嫩的神態讓人說起話來分外自信和順暢，紅姑娘幽幽嘆了口氣，「不錯，敗了的只是柳眼，不是風流店，江湖贏了假相，卻只怕會輸給真相。」

宛郁月旦眉頭略揚，「姑娘以為何謂真相？」

「真相……就是誰也不知道這件事的主謀會做到哪一步……」紅姑娘幽幽地道：「或許……風流店和柳眼都只不過是他的一步棋，一步隨便就可以拋棄，只是當作墊腳的棋。他究竟是誰？真正圖謀的是什麼？日後又將會怎樣？要多少人為他而死才足夠？宛郁宮主，我不想與這樣的人為敵，但此時不為敵，日後真相破裂之時，只怕已無還手的餘地。」她眼波淒然望著宛郁月旦，「九心丸的解藥、風流店的真相、江湖未來的隱患加小紅一條命，換主人一身平安，宛郁宮主你……換是不換？」

宛郁月旦眼睫悄悄的上抬，過了一陣，他道：「這個……就算我答應了妳，也是騙妳的。」

紅姑娘渾身一震，宛郁月旦也輕輕地嘆了口氣，「有些人一生能不能平安，非但不是妳我說了算數，只怕也不是世人說了算數，也不是他自己說了算數的……」他很溫柔的再嘆了一口氣，「謀士只能謀一時之勢……」

「宛郁宮主……」紅姑娘站了起來，撲通一聲在他面前跪了下去，「那不談局勢，小紅求你救他一命！就算是宮主你大慈大悲，發宏願救一世人。」

她這一跪，碧漣漪吃了一驚，宛郁月旦伸手將她扶起，「我能幫妳尋人，但不能幫妳救他。」

紅姑娘的淚水奪眶而出，已是喜極而泣，「多謝宮主！」

碧漣漪看在眼中，搖了搖頭，如此一個癡情女子，卻是誤入歧途，當真可惜了。

會談之後，宛郁月旦交代宮中弟子為紅姑娘安排一處客房，若有柳眼的消息他會前來通知，至於風流店錯綜複雜的內幕，他要她寫成信箋，列明疑點和可能，寄往好雲山。紅姑娘一一答允，碧漣漪將她送到客房，看了她一眼，飄然離去。

紅姑娘入住客房，情不自禁長長吐出一口氣，宛郁月旦真是難以撼動，饒是她真情流露哭成如此模樣，也不能博得他絲毫同情，思路依然冷靜清晰。如此人物，必定要為尊主除去，她站在窗前靜靜的思索，不管風流店中究竟是誰在搗鬼，只要柳眼活一天，她就要為他奪回風流店控制之權，然後為他奪取天下。

天下……是一個充滿誘惑的詞，誰能相信婢女小紅會有染指天下之心？她卻是在很小的時候就已有了，只是當年有心染指天下是為自己，而現在是為自己深愛的男人。她從小就很聰明，誰都贊她聰明，聰明的意思就是她會比普通人更輕易能做成自己想做的事。

從武夷山脈向北走，大半個月的路程就邁入蘇州姑蘇山。蘇州為春秋吳國都城，越王滅吳之後歸屬越國，楚國又滅越，又歸屬楚國，秦始皇一統天下後，此地為會稽郡，設吳縣。五代陳禎明元年，設為吳州，領吳縣、嘉興、婁縣三縣。隋開皇九年，因此地太湖之畔有姑蘇臺，故改吳州為蘇州，蘇州之名由此而來。

蘇州城內人流潮湧，這日是六月十九，觀音大士生辰，前往西園寺、寒山寺、北塔報恩寺等著名寺廟上香的人絡繹不絕，沿途之上擺攤賣香的小販也是生意興隆。一輛馬車在人群之中沿著山道緩緩往東山靈源寺前行，別人前來為觀音進香看熱鬧無不歡天喜地，這輛馬車默默前行，趕車的目光呆滯臉色臘白，車身掛著黑色簾幕，讓人絲毫看不出其中究竟坐的什麼人。

有人留意這輛馬車已經很久了，這人姓林名逋，錢塘人，乃是江淮一帶著名的名士，這日也正是雇了一輛馬車要前往東山靈源寺，不過他不是前去上香，而是前去品茶。前面那輛黑色馬車與他同路，自杭州前往蘇州，一路同行時常相遇，車中人始終不曾露面，更不曾與他打過半句招呼。但讓他好奇的不只是這馬車陰森怪異，而是沿途上這輛馬車所經之處，不少富貴人家遺失財物，而沿途之上的著名醫術高手都曾受邀到馬車中一會，不知這馬車裡坐的究竟是什麼人？究竟是竊賊，還是病患？

一匹身帶花點的白馬慢慢走在林逋馬車之旁，他回頭一看，是一位容貌秀美的紫衣少女默默騎馬而行，她的鞍上懸著一柄長劍，在人群中分外突兀，許多人側目觀看，心裡暗暗稱奇。這位少女卻是雙目無神，臉色蒼白，放任馬匹往前行走，要去往何處她似乎並不在意。林逋望瞭望前邊的黑色馬車，再看了看身邊的紫衣少女，越看越奇，難道今日靈源寺內有什麼大事要發生？

未過多時，已到靈源寺門。林逋下車付了銀錢，緩步往後山行去，洞庭西山靈源寺後，有野茶林，樹林中桃、杏、李、梅、柿、桔、銀杏、石榴、辛夷、玉蘭、翠竹等等與茶樹相雜而生，故而茶味清香馥鬱，與別處不同。他遠道而來，一半是靈源寺中青岩主持請他前來品茶，一半是為了一觀這世上罕有的奇景。但他緩步行入後山，那梅花點兒的白馬也咯噔咯噔踏著碎步跟了上來，而那輛黑色馬車在窄小山徑中行走困難，不知如何竟也入山而來。僻靜的後山道上，林逋一人獨行，心裡暗暗詫異。未過多時，馬車領先而行，超過兩人揚長而去，那紫衣少女的馬兒卻慢了下來，默默行了一陣，只聽馬上少女幽幽嘆了口氣，「先生……先生獨自前往這荒涼之所，敢問所為何事？」

林逋微微一怔，他未曾想到這位失魂落魄的紫衣少女會先開口，「此地是在下舊遊之地，純為遊山玩水而來，不知姑娘又是為何來此？」

紫衣少女翻身下馬，牽馬而行，幽幽地道：「我……我麼……做了平生從未想過的壞事，無處可去，聽說洞庭東山靈源寺內有一口靈泉，能治人眼疾、心病，所以……前來看看。」她低聲嘆了口氣，「先生既然是舊遊客，能否為我引路？」

林逋欣然道：「當然，泉水就在山中，但此時天色已晚，此去路途甚遠，荒涼偏僻……」

紫衣少女道：「我不怕妖魔鬼怪。」

林逋看了她鞍上的劍鞘一眼，心道年紀輕輕的女子身佩一柄長劍能防得了什麼盜賊？他雖然剛到弱冠之年，足跡卻已踏遍大江南北，最近朝廷又待興兵北上，世道有些亂，盜賊興盛，雖然東山仍屬遊人眾多之地，卻也難保安全。但這位姑娘似有傷心之事，他有些不忍婉據。

「那山中的靈泉，可是真靈麼？」紫衣少女問。

林逋微笑道：「山中觀日月，冷暖自知之。妳說靈便靈、妳說不靈便不靈，妳之不靈，未必是人人不靈；人人皆靈，未必是妳之靈。」

紫衣少女黯淡的雙眸微微一亮，「先生談吐不俗，敢問姓名？」

林逋道：「不敢，在下姓林，名逋，字君複。」

他只當這位紫衣少女不解世事，多半不知他在江淮的名聲，卻不料她道：「原來是黃賢先生，無怪如此。」

林逋頗為意外，「姑娘是哪位先生的高徒？」

他是大裡黃賢村人，自幼離家漫遊，友人戲稱「黃賢先生」。

「我……」紫衣少女欲言又止，「我姓鐘，雙名春髻。」她卻不說她師父究竟是誰。

林逋微笑道：「姓鐘，姑娘不是漢族？」

鐘春髻幽幽地道：「我不知道，師父從來不說我身世。」

林逋道：「在閩南大山之中，有佘族人多以鐘、藍為姓。」

鐘春髻呆呆地出了會神，搖了搖頭，「我什麼也不知道，這世上的事我懂得的很少。」

能知曉「黃縣先生」，她的來歷必定不凡，卻為何如此失魂落魄？林逋越發奇怪，突地想起一事，「鐘姑娘和方才前面那輛黑色馬車可是同路？」

鐘春髻微微一怔，「黑色馬車？」

她恍恍忽忽，雖然剛才黑色馬車從她身邊經過，她卻視而不見，此時竟然想不起來。

林逋道：「那輛馬車行蹤奇特，我怕坐的便是盜賊。」言下他將那馬車的古怪行徑細訴了一遍。鐘春髻聽在耳中，心中一片茫然，若是從前，她早已拔劍而起，尋那馬車去了，但自從在飄零眉苑刺了唐儷辭一針，逃出山谷之後，她便始終不知道自己在做什麼，數日前沒了盤纏，竟在路邊隨意劫了一戶人家的金銀，又過了兩三天她才想到不知那戶人家存下這點銀子可有急用？但她非但劫了，又已順手花去，要還也無從談起。此時聽林逋說到「盜賊」，她滿心怔忡，不知自己之所作所為，究竟算不算他口中的「盜賊」？她現在究竟是個好人、還是壞人？

林逋見她神色古怪，只道她聽見盜賊心中害怕，便有些後悔提及那黑色馬車，正各自發呆之際，突然山林深處傳來一聲尖叫，是女子的聲音。林逋吃了一驚，鐘春髻聞聲一躍上馬，微微一頓，將林逋提了起來放在身後，一提馬韁兩人同騎往尖叫聲發出之處而去。林逋未及反應人已在馬上，大出意料之外，這位嬌美柔弱的少女竟有如此大的力氣。

梅花兒俊蹄狂奔，不過片刻已到剛才發出尖叫之處，但人到之後，鐘春髻全身大震，卻是呆在當場，一動不動。林逋自馬上翻身下來，只見眼前一票紅衣人將一位黑衣蒙面女子團團圍住，一輛黑色馬車翻到破碎在地，車夫已然身首異處，而高高的樹梢上有一人一手攀住樹枝，懸在空中飄飄蕩蕩，地下紅衣人各持刀劍，正待一擁而上將這兩人亂刀砍死。林逋眼見如此情形，臉色蒼白，有人屍橫就地，如此慘烈的情景是他平生僅見，要如何是好？是轉身就逃、還是衝上前去，徒勞無益的陪死？

那一手懸在樹上的人露出半截手臂，蓋面的黑帽在風中飄拂，那露出的半截手臂雪白細膩，帶著一種說不出的妖魅蠱惑之意，這人不就是……不就是那日樹林之中給她一瓶毒藥、要她針刺唐儷辭的那個人麼？那日針刺唐儷辭之後，她反覆細想，自然明白這人教她針刺唐儷辭絕非出於好意，而是借她之手除去勁敵。鐘春髻面如死灰，手按劍柄，這人受人追殺，她要如何是好？

紅衣人包圍住的那個黑衣女子手中持著一柄長刀，長刀飛舞，她一刀刀砍向身周紅衣人，奈何武功太差，絲毫不是對方敵手，落敗受傷只是轉眼間事。鐘春髻呆呆地看著這場面，顯然那黑衣人身受重傷，否則豈會讓如此一群三角貓的角色欺負到如此地步？只要她不救、只要她不出手相救，這兩人不消片刻就屍橫在地，而她——而她針刺唐儷辭的事、她那自私醜陋的心事就再也沒人知道——

「噹」的一聲，那黑衣蒙面女子長刀落地，紅衣人一腳將她踢翻在地，就待當場刺死。而有人已爬上樹去，一刀刀砍向黑衣人攀住的那根樹枝。眼見此景，鐘春髻一咬牙，手腕一翻，劍光直奔身側與她一同前來的林逋。林逋渾然沒有想到會有如此一劍，「撲」的一聲長劍貫胸而入，震驚詫異地回過頭來，只見與他同來的紫衣少女收劍而起，頭也不回的駕馬而去，梅花兒快蹄如飛，剎那已不見了蹤影！

為什麼？林逋張大嘴巴，仰天倒下，她為什麼……天旋地轉之前，他突然明白——因為她想見死不救、而在場唯一知道她見死不救的人只有自己，所以她殺人滅口。

好狠的女子……

正當林逋昏死過去之時，樹林中有人嘆了口氣，「好狠的女人。」隨這一聲嘆息，那群紅衣人紛紛倒退，林中樹葉紛飛，片片傷人見血，「啊」的幾聲慘叫，那些被樹葉劃開幾道浮傷的紅衣人突然倒地而斃，竟是剎那間中了劇毒，其餘紅衣人眼見形勢古怪，不約而同發一聲喊，掉頭狂奔而去。

「春園小聚浮生意，今年又少去年人。唉……想要隨心所欲的過日子，真是難、難、難，很難，難到連走到大和尚寺廟背後，也會看到有人殺人放火……阿彌陀佛。」樹林之中走出一位手揮羽扇的少年人，臉型圓潤，雙頰緋紅，穿著一身黃袍，手中那柄羽扇卻是火紅的羽毛。黃衣紅扇，加之暈紅的臉色，似笑非笑輕浮的神色，來人滿身都是喜氣，卻也滿身都是光彩奪目，無論是誰站在他身旁都沒有他光芒耀眼。

「你是誰？」從地上爬起的那名黑衣蒙面女子低沉地問，聽那聲音卻似很老。

黃衣人揮扇還禮，「在下姓方，草字平齋，綽號『無憂無慮』，平生少做好事，救人還是第一樁。」

那黑衣女子躍起身來將懸在空中的黑衣人抱下地來，「你救了我們，真是多謝你啦！」

方平齋道：「不必客氣，馬有失蹄、人有錯手、方平齋也會偶爾救人。」

那黑衣女子道：「那你想要我們怎麼報答你？」

黃衣紅扇方平齋哈哈一笑，「如果你們倆肯把蒙面紗取下來給我看上一眼，就算是報答我了。」

那黑衣女子卻道：「我不要。」

這黑帽蒙面的男子自然是柳眼，而這武功極差的蒙面女子便是玉團兒了。她本不願離開森林，但柳眼說能治她怪病的藥物必須使用茶葉、葡萄籽、月見草、紫蘇籽等等東西煉就，為了煉藥，兩人不得不從大山裡出來。而出來之後，那一路上盜竊之事自然是這兩人所為，玉團兒心思單純一派天真，柳眼言出令下她便出門偷盜，雖然心裡覺得不對，但也沒有太過愧疚之意，畢竟她偷得不多、又都偷得是大戶人家。而邀請名醫前來就診更是理所當然，玉團兒的罕世奇症令不少大夫嘖嘖稱奇，流連忘返，但無論是哪家名醫卻都治不好這早衰之症。就這麼一路北上，漸漸到了蘇州，倒也平安無事，今日突然被一群紅衣人圍攻，聽前因後果卻是不久前被玉團兒偷盜過的一戶人家雇來出氣的殺手。這等人若在柳眼當年自是吹一口氣嚇也嚇死了他們，但虎落平陽，今天如果沒有方平齋突如其來插入一腳，兩人非死不可。

「妳不要？」方平齋紅扇一飄，「那就是說——妳在誘惑我非看不可了。」

地上林逋生死不明，他卻只一心一意要看兩人的真面目，果然是視人命如草芥。黑衣女子猶豫了一下，「你要是把地上那人也救了，我就給你看。」

方平齋「嗯」了一聲，「那人又不是我殺的。」

黑衣女子道：「你再不救他他就會死了。」

方平齋不以為意，卻聽柳眼冷冷地道：「諒他也救不活。」

他頓時「哎呀」一聲，笑道：「方平齋無所不通無所不會，救這麼區區一個書生有什麼困難？困難的是你這句激將並不能激到我。」他那紅豔豔的羽扇又揮了兩三下，「這樣吧，我不看你的臉，我要看他的臉，只要他把面紗自己撩起來，讓我看個清楚，我就把地上這人帶走。」

黑衣玉團兒推了柳眼一下，柳眼撩起面紗，冷冷地看著這位「無憂無慮」方平齋。方平齋果然「哎呀」一聲，卻是面露笑意，「好漢子，我敬你三分，地上這個人我帶走了。」他將地上的林逋提起，黃影一晃，已不見了蹤影。

「他為什麼非要看我們的臉？」玉團兒很困惑，「我們便是因為長得不好看才蒙面，他明明知道，為什麼還要看？」

柳眼淡淡地道：「因為這人喜歡出風頭，越是正常人不做的事他偏偏要做，大家都以為他應該這樣，他就偏偏要那樣。剛才他出手救人不是因為他善良，是他看見鐘春髻見死不救，他就偏偏要救，妳明白麼？」

玉團兒點了點頭，「他以為你不相信他會守信救人，所以他偏偏要守信、偏偏要救人。」

柳眼冷冷地道：「我的確不相信他會守信，他救不救人我也不關心，要死的又不是我。」

玉團兒卻道：「但如果沒有你那樣說話，他肯定是不肯救人的啦！」

柳眼眼睛一閉，淡淡的道：「妳愛怎麼想就怎麼想，現在快離開這裡，這不是什麼好地方。」

玉團兒將他背在背上，快步往山林深處奔去，「剛才那位紫色裙子的姐姐為什麼要殺人呢？明明她和那書生是同路的。」

柳眼仍是淡淡地道：「她？她是個極端自私、又愛做夢的女人，不過她會殺人滅口，真是出了我的意料，了不起啊了不起，雪線子教的好徒弟。」

玉團兒仍問，「她為什麼要殺人滅口？」

柳眼今日出乎意料的有耐心，仍是淡淡地答，「因為她是白道江湖女俠，今日見死不救的事一旦傳揚出去，她就無法在江湖中立足了。」

玉團兒又問，「她為什麼不救你？」

柳眼道：「她做了一件傷天害理的事，世上沒幾人知道，其他人不會說，她怕我說出去。」

玉團兒道：「這也是殺人滅口啊……她究竟做過幾件壞事？」

柳眼冷冷地笑，「人只消做過一件壞事，自己又不想承認，就要做上千萬件壞事來遮掩……」

說話之間，兩人已奔入洞庭東山深處，只見滿目茶樹雜各色果樹而生，越行入深處越聞芳香撲鼻，沁人心脾，吸入肺中就似人全身都輕了。

玉團兒在一處山泉前停下，「你身上的傷還痛嗎？」

柳眼不答，玉團兒將他輕輕放下，揭開他的蓋頭黑帽，以泉水輕擦他臉上的傷疤，經她這麼多天耐心照顧，柳眼臉上的傷口已經漸漸痊癒，猙獰可怖的疤痕和疤痕邊緣雪白細膩的皮膚形成鮮明的對比，望之越發觸目驚心。看著他冷漠的神色，玉團兒心情突然不好了，「你為什麼不理我？」柳眼冷冷地看她，仍然不答。她頓了一頓，「你……你從前長得好看的時候，肯定有很多人喜歡你、關心你，是不是？」過了一陣，依然沒有回答，玉團兒怒道：「你為什麼不理我？我長得不好看，我關心你照顧你你就不稀罕嗎？」

「如果是我求妳的，妳關心照顧我，我當然稀罕。」柳眼冷冷地道：「是妳自己要關心照顧我，又要生氣我不稀罕，我為何要稀罕？莫名其妙。」

玉團兒怔了一怔，自己呆了半晌，長長嘆了口氣，「你自己的命，你也不稀罕嗎？」

柳眼道：「不稀罕。」

玉團兒默默坐在一邊，托腮看著他，「我真是不明白，你是一個壞得不得了的大惡人，卻沒有什麼大的志向，連自己的命都不稀罕，那你稀罕什麼？為什麼要帶我從山裡出來呢？」

「我一生只有一件事、只恨一個人，除此之外，毫無意義。」柳眼索然道：「帶妳從山裡出來，是為了煉藥。」

玉團兒低聲問，「你為什麼要為我煉藥？」

不知為何，她心裡突然泛起了一股寒意，對柳眼即將開口之言懷有一種莫明的恐懼。

柳眼淡淡地道：「因為這種藥是一種新藥，雖然可以救妳的命，我卻不知道吃下去以後會對身體產生什麼其他影響。」

玉團兒怒道：「你就是拿我試藥！你、你、你……我娘當我是寶貝，最珍惜我，你卻拿我來試藥！」

柳眼冷冷地看著她，「反正妳都快要死了，如果沒有我救妳，妳也活不過明年此時。」

玉團兒為之語塞氣餒，呆呆地看著柳眼，實在不知該拿這人怎麼辦，這人真是壞到骨子裡去了，但她總是……總是……覺得……不能離他而去、也不能殺了他。

「哎呀呀，我又打攪美人美事了，來得真不是時候，但我又來了。」茶林裡一聲笑，黃衣飄拂，紅扇輕搖，剛才離去的那名少年人牽著一匹白馬，馬上背著昏迷不醒的林逋，赫然又出現在柳眼和玉團兒身後，「我對你們兩個實在很有興趣，罷了罷了，捨不得離開，只好大膽上前攀交情，看在剛才我救了你們兩條命的份上，可以把你身邊的石頭讓給我坐一下嗎？」

「方平齋。」玉團兒睜大眼睛，「你為什麼要跟著我們？」

方平齋笑道：「因為我很無聊，你們兩人很有趣，並且──我雖然救了這個人的命，但是我不想照顧他。」

玉團兒一眼望去，只見林逋胸口的傷已被包紮，白色繃帶上塗滿一些鮮黃色的粉末，不知方平齋用了什麼藥物，但林逋臉色轉紅，呼吸均勻，傷勢已經穩定。柳眼淡淡看了方平齋一眼，方平齋嘴露微笑，紅扇搖晃，「你叫什麼名字？」

柳眼淡淡地道：「我為何要告訴你？」

方平齋端坐在他面前另外一塊大石上，「哎呀！名字是稱呼，你不告訴我，難道你要我叫你阿貓或者阿狗，小紅或者小藍麼？」

柳眼道：「那是你的事。」

「嗯──你的聲音非常好聽，是我聽過最好聽的男人的聲音，你旁邊那位是我聽過最難聽的女人的聲音，我的耳朵很利。」方平齋用紅扇敲了敲自己的耳朵，「既然你不肯告訴我你的名字，你又穿的是黑色衣服，我就叫你小黑，而你旁邊這位，我就叫她小白。」

玉團兒仍在關心馬背上的林逋，聞言道：「我叫玉團兒。」

方平齋充耳不聞，談笑風生，「小白，把馬背上那位先生放下來，他身受重傷再在馬背上顛簸，很快又要死了。」

玉團兒輕輕把林逋抱下，讓他平躺在地上，「我叫玉團兒。」

「黑兄，我能不能冒昧問下，你是做了什麼傷天害理慘絕人寰的事，又是什麼人如此有創意和耐心，把你弄成這種模樣？哎呀呀，我的心實在好奇、很好奇、好奇得完全睡不著呀。」方平齋搖頭道：「我實在萬分佩服把你弄成這樣的那個人。」

柳眼不理不睬，玉團兒卻道：「天都沒黑，你怎麼會好奇得睡不著？」

方平齋道：「呃——有人規定一定要天黑才能睡覺嗎？」

玉團兒怔了一怔，「說得也是。」

方平齋轉向柳眼，「我剛才聽見，你說你一生只有一件事、只恨一個人，如果你告訴我好聽的故事，讓我無聊的人生多一點點趣味，我就替你去殺讓你怨恨的那個人，這項交易很划算哦，如何？」

柳眼淡淡地道：「哦？你能千里殺人麼？」

方平齋紅扇一揮，哈哈一笑，「不能但也差不多了，世上方平齋做不到的事，只怕還沒有。」

柳眼道：「把我弄成這樣的人，叫沈郎魂。」

方平齋怔了一怔，「這樣就完了？」

柳眼淡淡地道：「完了。」

方平齋道：「他為什麼要把你傷成這樣？你原來是怎樣一個人？講故事要有頭有尾，斷章取義最沒人品、沒道德了。」

柳眼閉上眼睛，「等你殺完了人，我再講給你聽。」

方平齋搖了搖頭，紅扇背後輕搧，「頑固、冷漠、偏執、怨恨、自私、不相信人——你真是十全十美。」聽到這裡，玉團兒本來對這黃衣人很是討厭，卻突然噗哧一聲笑了出來。方平齋哈的一聲笑，「我的話一向很精闢，不用太感動。黑兄不肯和我說話，小白，告訴我你們兩個到洞庭東山靈源寺來做什麼？說不定我心情太好，就會幫妳。」

「我們到東山來採茶煉藥。」玉團兒照實說，「我得了一種怪病，他說能從茶葉裡煉出一種藥物治我的病。」

方平齋「哦」了一聲，興趣大增，「用茶葉煉藥還是第一次聽說，有趣有趣，你們兩個果然很有趣，那我們現在即刻搭一間茅草屋，以免晚上風涼水冷。」他說幹就幹，一句話說完，人已竄進樹林，只聽林中枝葉之聲，他已開始動手折斷樹枝，用來搭茅屋。玉團兒和柳眼面面相覷，柳眼眼神漠然，無論方平齋有多古怪他都似乎不以為意，玉團兒卻是奇怪至極——世上怎會有這種人？別人要煉藥，他卻搭茅草屋搭得比誰都高興？

黃昏很快過去，在夜晚降臨之前，方平齋已經手腳麻利的搭了一間簡易的茅屋，動作熟練至極，就如他已搭過千百間一模一樣的茅屋一般。玉團兒一邊幫忙一邊問，方平齋卻說他一輩子從來沒有搭過茅屋。不管他有沒有搭過，總之星月滿天的時候，柳眼、玉團兒、林逋和方平齋已躺在那茅草屋裡睡覺了。鼻裡嗅著茶林淡雅的香氣，而聽潺潺的水聲，四人閉目睡去，雖是荒郊野外，卻居然感覺靜謐平和，都睡得非常安穩。

第二天清晨，林逋緩緩睜開眼睛，一時間只覺頭昏眼花，渾然不知身在何處，呆了好半晌才想起昨日突如其來的一劍，雖說和鐘春髻相交不深，但這劍委實令他有些傷心。他以真心待人，卻得到如此回報，那位貌美如花的紫衣少女竟然出手如此狠辣，世人說知人知面不知心，真真是人心難測。再過片刻，他驟然看到一把紅豔豔的羽扇在自己面前飄來蕩去，一張圓潤紅暈的少年人的臉正在自己眼前，只聽他道：「恭喜早起，你還沒死，不必懷疑。」林逋張開了嘴只是喘氣，半句話說不出來，黃衣紅扇人一拂衣袖，「耶——你不必說話，我也不愛聽你說話，你安靜我清淨，你我各得所需，豈不是很好？」

林逋滿腹疑惑的躺著看他，這人究竟是誰？昨天到底是發生了些什麼事？他年紀雖輕，見識卻廣，心知遇上奇人，處境危險，便不再說話。目光轉動，只見身處之地是一個茅屋，身下也非被褥，而是樹葉石塊鋪成的草窩，身旁一位黑衣人盤膝而坐，面罩黑帽，看不見面目，另一位黑衣女子卻在攪拌漿土，似乎要燒制什麼巨大的器皿。而那位黃衣紅扇人高坐一旁，看得繞有興味，「哈哈，燒一口一人高的陶缸，採百斤茶葉，只為煉一顆藥丸，真是浪費人力金錢的壯舉，不看可惜了。」

玉團兒賣力的攪拌泥漿，要燒制偌大的陶缸，必須有磚窯，沒有磚窯這陶罐不知要怎麼燒制？林逋心裡詫異，那黑帽蒙面人手中握著一截竹管，注意力卻在竹管上，右手拿著一柄銀色小刀，正在竹管上輕刻，似乎要挖出幾個洞來。林逋心念一動：他在做笛子？

「抱元守一，全心專注，感覺動作熟練之後手腕、肩部、腰力的變化，等泥水快乾、黏土能塑造成形之時，再來叫我。」柳眼不看玉團兒攪拌泥漿，卻冷冷地道。

方平齋笑道：「哈哈，如果你只是要可塑之泥，剛才放水的時候放少一些不就完了？難道人家不是天仙絕色，你就絲毫不憐香惜玉麼？可嘆可嘆，男人真是可憐的生物。」

林逋心道可憐的明明是這位姑娘，卻聽方平齋自己接下去大笑道：「哈哈，這位躺著的一定很奇怪為什麼男人真是可憐的生物？因為世上男人太多，而天仙絕色太少，哎呀僧多粥少很可憐哦。」

玉團兒卻道：「我知道他在教我練功夫，攪拌泥漿並不難，不要緊的。」她在樹林中挖掘了一個大坑，拔去上面的雜草，直挖到露出地下的黏土，然後灌入清水，以一截兒臂粗細的樹枝攪拌泥漿。柳眼要她將清泉水灌滿大坑，卻又要她攪拌得泥水能塑造成形，分明是刁難，她也不生氣。

這位蒙面女子心底純善，看起來不是壞人，如果她不是惡人，為什麼要和兩個看起來就不像好人的人同路？林逋神智昏昏，正在思索，突聽一聲清脆，幾聲笛音掠空而起，頓時他心神一震，一顆心狂奔不已，竟不受自己控制，「哇」的一聲吐出一口鮮血，他即刻昏死過去。方平齋「哎呀」一聲跳了起來，臉色微變，「你——哈哈，好妙的笛音！好奇妙的人！好奇異奧妙的音殺！黑兄你——留的好一手絕技，讓小弟我大大的吃驚了。」

柳眼手中竹笛略略離唇，淡淡看了方平齋一眼，「好說。」

方平齋手按心口，「這一聲震動我的心口，黑兄既然你已斷腳毀容，留這一手絕技稱霸武林也沒有什麼意思，不如傳給了我，我替你稱霸天下，殺人盈野，彌消你心頭之恨如何？」

他含笑而言，玉團兒驀然轉頭，抗議之言尚未開口，卻聽柳眼冷冷地道：「哈！如果我心情好，說不定就會傳你。」

方平齋笑容滿面，紅扇揮舞，「哎呀呀，言下之意，就是從此時此刻開始，我就要費盡心思討好你擁戴你尊重你保護你愛慕你將你當成天上的月亮水裡的仙子手心的珍珠熱鍋裡的鴨子，只怕一不小心你會長了翅膀飛了？」

柳眼眼睛微閉，「隨便你。」

方平齋搖頭嘆道：「好冷漠的人，真不知道要拿什麼東西才能撼動你那顆冷漠、殘忍、目空一切卻又莫名其妙的石頭心了，真是難題難題。」他一邊說難題，一邊站了起來，走到林逋身邊探了一眼，「好端端一名江淮名士，風流瀟灑的黃賢先生，就要死在你冷漠殘忍、目空一切卻又莫名其妙的笛聲下，你難道沒有一點惋惜之心？說你這人鐵石心腸，真是冷漠殘忍、目空一切……」

他還待說下去，柳眼舉笛在唇，略略一吹，一聲輕嘯讓方平齋即刻住嘴。

玉團兒不耐煩地道：「你這人真是囉嗦死了，快把這位先生救活過來，他都快要死了，你還在旁邊探頭探腦，你自己才是鐵石心腸。」

方平齋「唉」的一聲，手按心口，搖頭晃腦，「愛上一樣東西，就是要為它付出所有，方平齋啊方平齋，對老大你最有溫柔與耐心，所以——還是乖乖聽話吧。」言下一揚指點中林逋幾處穴道，一掌抵住他後心為他推宮過血，再餵了他一粒藥丸。

「我餓啦。」玉團兒攪拌泥漿，過了片刻突然道：「方平齋你去打獵。」

方平齋救了林逋第二次之後，老老實實依靠在茅屋裡閉目養神，不再多話，此刻啊了一聲，笑如春風，「自然，老大要吃飯，我這個打下手的即刻去辦，放心，我這個人除了不通音律之外，煎炒煮炸樣樣皆通，是世上罕見的妙鏟奇才。」

玉團兒道：「煎炒煮炸？可是晚上我們要燒烤啊，用不上鍋鏟。」

方平齋咳嗽一聲，「耶——燒烤是超乎煎炒煮炸的上層廚藝，對煎炒煮炸我是『皆通』，對燒烤我是『精通』，晚上你們就會吃到絕世罕見的美味，美味到知道自己從前吃過的都是垃圾、是次品，甚至是廢品。」

玉團兒道：「你很囉嗦啦！快去吧。」

方平齋嘆了口氣，紅扇一拍額頭，起身離開，自言自語，「我的風流妙趣還是第一次如此不受歡迎，真是令人欣慰的新經驗、平心靜氣，我要欣慰、欣慰。」

未過多時，方平齋提著兩隻野雞悠悠返回，卻聽柳眼橫笛而吹，吹的不知是什麼曲子，夜風吹來，他遮臉的黑帽獵獵而飄，看不見神色，只聽滿腔淒厲，如鬼如魅、如泣如訴，一聲聲追憶、一聲聲悲涼、一聲聲空斷腸。玉團兒仍在攪拌泥漿，側耳聽著，似是嘆了口氣。林逋心中卻生出淡泊之意，只覺人生一世而已，活得如此辛苦又何必？懷有如此強烈的感情，執著著放不開的東西，痛苦悲傷的難道不是自己？百年之後誰又記得這些？人都會死，天地仍是這片天地，短短人生的恩怨情愁那是何等狹隘渺小，何苦執著？

「一池春水綠於苔，水上花枝竹間開。芳草得時依舊長，文禽無事等閒來。」他輕輕吟了兩句詩，閉目養神，不再說話。

「哦……哈哈。」方平齋提著野雞進門，「我聽到——」

玉團兒不耐煩地揮揮手，打斷他的話，「我不要聽，你說起來沒完沒了，去殺雞，我來生火。」

方平齋以手掩口，「啊……」雖然不是第一個人說他囉嗦，卻是第一個人、並且是一個女人還是一個很醜的女人開口打斷他的話，真是沒面子沒人品沒天理沒天良沒可奈何啊！他搖了搖頭，愛上別人押箱底的東西，總是命苦，命比黃連拌苦瓜還苦。

好雲山，善鋒堂內。

「唐公子，碧落宮傳來一封書信。」邵延屏手持一封書信，輕敲唐儷辭的房門。前幾日阿誰母子已經啟程離去，前往洛陽，邵延屏派了幾名劍會女弟子護送前去，目前平安無事。而阿誰去後，唐儷辭經過七八日靜養，傷勢已經無礙，萬竅齋聽聞主人重傷，各種療傷聖藥、千奇百怪價值連城的防身辟邪之物源源不斷送上善鋒堂，雖然萬竅齋非江湖派門，氣勢卻是壓得邵延屏有些抬不起頭來。但比之萬竅齋的殷勤關切，國丈府卻是悄無聲息，彷彿唐儷辭不是國丈府的義子一般。

「書信？」唐儷辭倚在床上，白色綢裳珍珠為飾，天氣仍有些熱，但季節已漸入秋，他的衣領袖角綴有輕柔細密的白色貂絨，襯以明珠，更是精緻秀雅。床榻被褥甚至桌椅餐盤也都統統換了新的，此時他倚在一張梨花木貼皮瑞獸花卉床上，擁著一床雪白無暇輕薄溫暖的蠶絲織被，桌子是小八角嵌貝繪花鳥太師茶几，桌上擱著紫檀三鑲玉如意，放的酒壺是犀角貔貅紋梨形壺。雖然唐儷辭的神色談吐與房裡沒有這些東西時並無不同，但每次邵延屏踏入這個房間心頭總有無形的壓力，皇帝的龍床錦榻錦衣玉食只怕也不過如此而已吧。

「碧落宮傳來的書信，內容如何我還沒看。」邵延屏將一封剛剛由快馬送來的書信遞給唐儷辭，「此信想必不是宛郁月旦所寫，哈哈。」

唐儷辭放下手裡卷著的那本《三字經》，拆開書信慢慢地看，信上字跡娟秀整潔，但他看得極慢。邵延屏探頭過去已看了兩三遍唐儷辭還沒看完，過了好一會兒，唐儷辭收起書信，微微一笑，「好雲山之戰不見紅姑娘的蹤跡，原來身在碧落宮。」

邵延屏大皺其眉，「她求宛郁月旦救柳眼，說風流店中另有陰謀，但此女外表柔弱心性刁滑，她說的話十句只怕不能信得一兩句，宛郁月旦是真的要幫她救人麼？」

唐儷辭道：「就算沒有紅姑娘上門求救，宛郁月旦一樣要找柳眼的下落，現在江湖之中誰不在找柳眼的下落？找到柳眼才能找到九心丸的解藥，有解藥才能救命。」他挺身下床，「紅姑娘找上碧落宮，除了希望得到柳眼的消息之外，我想多半另有目的。宛郁月旦寄信給我，是提醒我局面出現了新的變化。」

「另有目的？什麼目的？暗殺宛郁月旦？」邵延屏聳了聳肩，「就憑她一個嬌滴滴不會武功的小姑娘……」

唐儷辭側身看了他一眼，「也許，真的是。」

邵延屏嘆了口氣，「真的麼？你若反駁我說決不可能，我倒還安心些。」

唐儷辭自身後紫檀櫃中取出一個雜絲水晶盆，盆裡有洗淨的水果若干，並且這些水果形狀顏色怪異，邵延屏前所未見，他將果盤放在桌上，「這是異國他鄉遠道而來的水果，滋味雖不如何，但有養生之效，請用。」

邵延屏伸手拿了一個咬了口，滋味倒還香甜，「你以為那位紅姑娘當真會暗殺宛郁月旦？」

「碧落宮和劍會合圍風流店的局面已很明顯，如果柳眼當真被人找到，難道碧落宮和劍會真的有可能饒他不死？」唐儷辭微笑道：「退一步說，就算我並無殺人之心，但天下皆以為其人不可活——這種局面一旦形成，柳眼絕無生機。所以要救柳眼，要先破除這種合圍之勢，再令天下大亂，人人自危，柳眼就有活下去的契機和縫隙。為了他這一線生機，紅姑娘選擇殺宛郁月旦也在情理之中，但宛郁月旦何許人也？他必定也很清楚關鍵所在，紅姑娘心計過人，她會如何做，我還真猜不出來。」

邵延屏口嚼水果，含含糊糊地道：「那關於信裡所說的風流店內訌之事，有幾成可信？」

唐儷辭道：「十成。」

邵延屏嚇了一跳，唐儷辭白衣絨袖，略略倚在鎦金人物花卉櫥上的神色既是慵懶、又是秀麗、更是笑意盎然，「邵先生見過宛郁月旦本人沒有？」

邵延屏道：「自然見過。」

唐儷辭輕輕一笑，「那你會在宛郁月旦面前說謊麼？」

邵延屏道：「不會。」

唐儷辭衣袖略拂，洗骨銀鐲在他雪白的袖間搖晃，襯托得衣裳分外的白，「那便是了，紅姑娘聰明絕頂，在這種事上絕對不會做得比你差的。」

邵延屏不以為意，哈哈一笑，「說的也是，關於那封信上提到的風流店幕後主使，唐公子可有腹案？」

唐儷辭唇角微勾，「我……」他欲言又止，輕咳了一聲，「此事言之尚早，徒亂人意，妄自猜測只會讓劍會人心惶惶，不談也罷。」

邵延屏連連點頭，「好不容易擊敗風流店，若是提出主謀未死，只怕誰也無法接受，你我心知就好。」

唐儷辭頷首，邵延屏轉身正要離開，突然道：「對了，桃姑娘給了我一個錦囊，說是她向白馬寺方丈求來的，要我轉交給你。」

唐儷辭眉頭微蹙，隨即一揚，「錦囊？」

邵延屏從懷裡取出一個桃紅色繡有並蒂蓮花的小小錦囊，臉上泛起一絲鬼祟的微笑，「我當這位姑娘對普珠有點意思，原來她對你也——哈哈……」他將錦囊放在桌上，「先走了，你慢慢看。」

洛陽白馬寺……唐儷辭打開錦囊，錦囊中沒有一字半句，卻是一束黑色長髮，嗅之，沒有半點氣味。真是耐人尋味的好禮物，他眼簾微垂，神思流轉，將錦囊棄在桌上，拂袖出門。

水霧瀰漫，善鋒堂景色如仙，一人平肩緩步，徐徐走過唐儷辭房外，兩名劍會弟子在走廊路過，見人都行了一禮，「普珠上師。」普珠微一點頭，龍行虎步而過。

劍會弟子贊道：「上師果然如傳聞，雖然不落髮不受戒，卻是堂堂正正的佛門高僧，看到他我總像看到活生生的羅漢。」

另一人連連點頭，「唐公子溫文爾雅、智計出眾，普珠上師武功高強、精研佛法，成大俠、董長老等人也都是高手中的高手，劍會現在實力強勁，前所未有啊。」

「邵先生。」邵延屏將信箋交給唐儷辭之後，負手在自己花園裡溜達遊玩，享受難得的清閒，尚未吐得兩口大氣，普珠推門而入，聽他那一成不變的沉穩聲調，邵延屏就有嘆氣的衝動，回身微笑，「普珠上師，無事不登三寶殿，有什麼重要的事發生了？」

普珠平靜地道：「沒有，只是此間事情已了，我想應該向劍會辭行，返回少林寺了。」

邵延屏「啊」了一聲，「聽說少林近來要召開大會，解決方丈之位懸而未決之事，你可是為這件事回去？」

普珠頷首：「少林即將召開一月大會，全寺大字輩和普字輩的僧侶共計三十八人參加武功與佛理的比試，各人各展所長，由全寺僧侶選擇一人作為方丈。」

邵延屏「噫」了一聲，「那豈不是變成比武鬥嘴大會？哪個武功高強、舌燦蓮花，哪個就能成為少林方丈？」

普珠搖了搖頭，淡淡地道：「比武論道只為各展所長，勝敗並不重要，全寺僧侶也不會以勝敗取之。」

邵延屏道：「少林寺的想法真是超凡脫俗，就不知有幾人有你這樣的覺悟……啊，得罪得罪，上師靈臺清明，當不會計較我無心之言。對了，那位桃姑娘呢？」他問道：「可是隨你一起走？」

普珠微微一怔，「她自來處來，往去處去，我乃出家之人，無意決定他人去留。」

邵延屏道：「哈哈，說的也是。少林寺若有普珠上師為方丈，是少林之幸。」

普珠淡淡地道：「哈！只要是靜心修業、虔心向佛之人，無論誰做主持，有何不同？」他道了一聲阿彌陀佛，轉身而去，背影挺拔，步履莊嚴，一步步若鐘聲鳴、若蓮花開，佛在心間。

少林寺要開大會選方丈，看來近期江湖的焦點，不會在風流店與中原劍會，而要在少林寺了，屆時前去旁觀的武林人想必數以千計。邵延屏心思盤算到時能否找個藉口去看熱鬧，有偌大熱鬧而看不到，豈非暴殄天物？

而此時此刻，西方桃房中，一人踏門而入，她正要出門，一隻手橫過門框，將她攔在門內。西方桃退後一步，那人前進一步，仍是橫袖在門，袖口雪白絨毛，秀麗的微笑絲毫看不出其人十來天之前曾經身受重傷，正是唐儷辭。西方桃明眸流轉，「不知唐公子突然前來所為何事？」

唐儷辭道：「來謝桃姑娘贈錦囊之情。」

西方桃盈盈一笑，「唐公子客氣了，舉手之勞，何足掛齒？」

唐儷辭出手如電一把將她右手扣在牆上，欺身直進，一張秀麗的臉龐赫然壓近，他雙眸凝笑，臉泛桃花，本是溫柔多情的眉眼，湊得如此近看卻是有些妖邪可怖，「你把他藏在哪裡？」

西方桃驟然被他扣在牆上，並不震驚畏懼、也不生氣，仍是淺笑盈盈，「唐公子在說什麼，恕我聽不懂。」

唐儷辭紅唇上勾，卻並不是在笑，使那微微一勾顯得詭異非常，「普珠不在，只有你我二人，再演下去未免落於二流了。」

西方桃嫣然一笑，「你真是行事出人意料，能和唐公子為敵、為友，都令人不枉此生。你問我將那人藏在哪裡——我卻想知道你以為——那束頭髮是誰的？」

她仰頭迎著唐儷辭的目光，眼波流轉，嬌柔無限。唐儷辭扣住她的右手順牆緩緩下拉，一個人右手抬高反背在牆，被人往下壓落，若是常人早已疼痛難當，再拉下去必定肩頭脫臼，但西方桃神色自若，滿面春風，絲毫不以為意——於是右手被直拉至腰後，唐儷辭的氣息撲面而來，扣人在牆的姿勢，變成了摟人入懷的相擁。

只是肩頭軟骨被翻轉了整整半圈，除了當事兩人，誰也瞧不出來。唐儷辭對這等曖昧姿勢絲毫不以為意，俯身越發靠近，張口欲答之時，紅唇微動，觸及了西方桃的左耳，「頭髮是你的頭髮，人麼……你將池雲藏在哪裡？」

西方桃只覺左耳酥麻，半張臉都紅了起來，咬唇吃吃地笑，「哎呀你……你真是……你怎知是池雲？為何不問你那天生內媚秀骨無雙的阿誰姑娘？我看你對她是用情至深，怎麼卻涼薄如此？」

唐儷辭低聲地笑，震動她的耳廓，「你如果能確定我對她『用情至深』，就不會擒拿池雲，不是麼？畢竟生擒阿誰比生擒池雲容易得多。」

西方桃嘆道：「我的確不知你對她『用情至深』究竟是真情還是做戲，如果你是做戲給我看，我貿然出手拿人，萬一你排下計策讓邵延屏做黃雀，我豈不是白白殺人麼？」她俏眼流波，雙頰紅暈，「但池雲卻必定是你重要的人，看你今天如此，就知道我沒錯。」

「讓他孤身一人去追沈郎魂和柳眼，的確是我失策。」唐儷辭柔聲道：「我那時心煩意亂，忘了還有你這頭失心瘋的人妖在身後，導致他落單被擒，這完全是我的過失——」他以額頭與她相貼，一股真氣自眉心印堂直透西方桃腦中，「說，你把他藏在哪裡？」

西方桃淺笑嫣然，運氣回抵，兩人俱是驚世駭人的內力修為，都是偏激怪異的左道邪功，就在兩人額頭緊貼的分毫之地衝擊、相撞、回流，如此鬥法驚險之處遠勝於手掌相抵，稍微不慎便是真氣爆腦而亡。但看唐儷辭和西方桃攬腰交頸，貼額而笑，怎知其中殺機畢露，凶險異常？只聽西方桃柔聲道：「換功大法好烈的真氣，真是了不起得很，你之所得遠勝柳眼，難怪幾次三番他都鬥不過你……想知道池雲在哪裡？可以……你殺了邵延屏，我就告訴你他在哪裡……」

唐儷辭淺笑，真力更是澎湃而出，烈若炎刀，「哈！我殺了邵延屏，你就可以化身中原劍會之主了麼？要中原劍會認『女子』為主，可是非常困難。」

西方桃化解他一派無前的烈焰之力，卻顯得游刃有餘，「舉世無雙的謀略，妙不可言的一步棋，豈能事事讓你猜到。」

唐儷辭道：「萬一我不去殺邵延屏，卻殺了普珠呢？」

此言一出，西方桃內息微亂，顯然是吃了一驚，唐儷辭頓占上風，西方桃臉色轉白，烈陽真力震得她頭昏目眩，雙耳疼痛異常，「你——」

唐儷辭柔聲道：「普珠正要回去參加少林方丈大會，以他的才識、武功、佛學根基，被選為方丈想必不難，再加上你為他稍微鋪路，少林普珠得方丈是十拿九穩。而你已在他身上花費許多功夫，等他當上方丈號令少林，你那溫柔情網一收，他突然發現人生無你不可，情根深種回頭已晚，方丈之身犯下大錯，就算普珠真是現世羅漢肉身菩薩，也逃不出你指掌之間。少林寺就是你入主中原劍會一大強援，我是不是神機妙算，料事如神呢？」

「你……你真是令人意外得很，像你這樣風流美貌心思狠毒的偽君子，為什麼非要和我作對？如果是你助我，世上事無不簡單容易得多，你不這樣覺得麼？」西方桃凝神運氣，漸漸將唐儷辭的烈陽真力抵住，「你我雖非一類人，卻相差不遠。」

唐儷辭露齒一笑，「我為什麼要和你作對？這天下蒼生本來與我無干——但是你——你收留柳眼教他武功，你要他煉製九心丸陷他於萬劫不復，你讓他當風流店主人讓他成為江湖眾矢之的，然後你讓他在好雲山大敗讓他淪為喪家之犬！阿眼心思簡單脾氣頑固，他不懂他這一步一步的不歸路是你一早為他安排，他也許根本不會恨你只會恨我——你說我為什麼要和你作對？」他唇齒輕張，咬住西方桃的左耳，「嗯……」

「別咬……」西方桃輕笑，「哎呀，得罪也已經得罪了，無可奈何。」她的內力並非剛陽之力，但也非陰冷，自成一派，與唐儷辭傳來的真氣相抵並不勢弱，究竟修為如何，難以猜測。

「普珠對我重要得很，莫要發狠說要殺人，這樣吧，我也不要你殺邵延屏，我告訴你他在哪裡——三天之內，你若不能把他救出來，那便不能怪我了。」

唐儷辭的牙齒放開，唇齒卻仍在她耳上，觸耳酥麻溫熱仍在，氣息更是動人心魄，「他在哪裡？」

「此去向北三十里，西風園茶花樹下，有一處地牢。」西方桃滿臉紅霞，左耳溫熱，連左手都酸軟無力，水汪汪的眼睛輕輕瞟了唐儷辭一眼，「唐公子調情的手段當真是……讓我佩服得很。」唐儷辭微微一笑，放開她的右手，緩緩抬頭，順勢一捋她的下巴，飄然而去。

他手指柔膩而有力，西方桃倚牆站著，輕撫自己的臉，臉上的嬌紅漸漸消失。這人和柳眼不同，柳眼不過憑著先天相貌和性格的優勢，能令女子傾心，而他……深諳自己身上每一處優點，動則有效，絕不做無意義之舉，所謂調情聖手不過如此。看來對唐儷辭，萬萬不能使用美人計，西方桃輕輕一笑，真是隻刁滑狠毒的白毛狐狸，讓人有些無從下手啊。

走廊之外，普珠剛剛走過，他沒瞧見西方桃屋裡兩人相依相偎，攬腰吻耳的熱烈場面，在不久後路過的成縕袍卻是看見了。

第十七章　三天之內

洞庭東山。

茶林深處。

「為什麼要考驗我能不能一手飛百葉？小白，我無限懷疑是黑兒沒有耐心等妳去採茶，又想到我這個不要錢不化緣不叫苦不喊累不還嘴不後悔的未來弟子不用可惜，所以叫我替妳採茶啊。」方平齋手揮紅扇，「幸好我是萬事皆通無所不能的方平齋，區區手飛百葉，雕蟲小技，雖然江湖上少有人能練成，但是……」

玉團兒雙手拍在黏土捏就的巨大胚罐上，凝神運氣，欲以烈陽之力將黏土燒為陶罐。此法已經被方平齋反覆批判了十來次，說就算江湖一流高手，苦練剛陽之力數十年的前輩高人也未必能拍土成陶，玉團兒這樣一個根基淺薄的小姑娘，就算在這裡拍上三十年也造不出一個陶罐。但柳眼充耳不聞，玉團兒拍壞一個胚罐，他就叫她推倒重來，到如今已是第八個胚罐了。聽聞方平齋滔滔不絕，自吹自擂，玉團兒打斷他的話，「什麼叫手飛百葉？」

「手飛百葉，就是以掌中的氣勁、暗器、兵器、流水、火焰、樹葉等等，任何東西皆可，一手對外揚出很小的動作，就能從百步之外一棵大樹上打下整整一百片樹葉來。」方平齋坐在茅屋最陰涼的一個角落，紅扇對玉團兒一揮一指，「也就是妳苦練三十年也練不成的一門奇功，而對我——那就是舉手之勞。」

柳眼坐在一旁，淡淡地道：「既然是舉手之勞，你就多舉幾下，採回百斤茶葉來。」

方平齋紅扇一背，「我實在很好奇，你要那麼多茶葉幹什麼？她又不是牛又不是羊又不是驢子更不是騾子，要煉一顆藥給她，需要將百斤茶葉煉百斤草木灰麼？」

柳眼閉上眼睛，「既然不懂，就不要多問。」

方平齋連連搖頭，「耶，敏而好學，不恥下問，你不告訴我原因，我可是會睡不著的。我睡不著說不定夜裡就會在外面吟詩作對，長嘯高歌，以發洩心中的不安。」

柳眼淡淡地道：「你確定要聽？」

方平齋頷首點頭，「要聽一定要聽，非聽不可。」

柳眼道：「茶葉，尤其是新鮮的綠茶含有大量多酚類化合物，可以利用層析的方法分離提純，然後我就獲得一系列酚羥基。經過一個非常複雜的公式，綜合其他的東西，我可以得到 FTIs。」

方平齋紅扇揮舞，「為什麼你說的每個字我都聽懂，但你說的話我卻聽不懂？『阿福踢愛死』是什麼東西？」

柳眼冷冷地道：「FTIs 就是 farnesyl 轉移酶抑制劑。」

方平齋奇道：「罰你轉移沒一隻雞？『阿福踢愛死』就是『罰你轉移沒一隻雞』？哈

哈，原來她的病只要吃一隻雞就會好，那你我何必在這裡採茶？去再捉兩隻野雞，讓她一個人吃下去，病就好了。」

柳眼不去理他，閉目養神，FTIs 可以治療兒童早衰症，修飾發生錯誤的蛋白，讓早衰的細胞恢復常態，這就是玉團兒的救命藥。在這種時代要製備 FTIs 是非常困難的，但如果他不嘗試，這世上沒有任何人能夠救她。

過了一會兒，他睜開眼睛，方平齋仍在一旁閒坐，並不去採茶。玉團兒蒙面黑紗飄動，第九個胚罐又將失敗，她渾身汗流浹背，黑色的衣裙緊緊貼在背後，勾勒出美好的曲線。活著當真有這麼重要？千百年後，你照舊是無人相識的荒屍一具，誰也不會記得你、誰也不會懷念你，不求活得轟轟烈烈的人，曾經活著與不曾活過，其實沒有什麼差別，但……雖然他想得到這許多，為何仍要救她，連他自己都不明白。

林逋昏昏沉沉的躺在地上，他的傷口雖然被敷上上好的金瘡藥，但畢竟是被利刃入胸，不過兩日就發起高燒來，此時傷口發炎，全身高熱，已一腳踏入鬼門關。

靜了很久，柳眼低低地道：「他死了沒有？」

方平齋道：「沒有，但是快了。」

柳眼道：「把他抱過來。」

方平齋道：「抱過去也是死，不抱也是死，所以我不抱，這個人我又不認識，又不是我殺的，我很抱歉說實話說死話說不吉利的話，但事實就是如此。」

柳眼低沉地道：「他不會死。」

方平齋「嗯」了一聲，站了起來轉了個圈，黃衣飛揚，興致勃勃，「你說他不會死我一定說他會死，如果沒有我和你抬杠豈不是顯不出你這位曠世神醫救死扶傷的手段？嗯……他傷得這麼重又身無武功，結果一定會死。」

「玉團兒。」柳眼低聲道：「去樹林裡拾一些青色發黴的果子回來。」

玉團兒應聲而去，未過多時，拾了十來個發黴的果子，兜在裙擺中帶了回來。柳眼從果子中選了一個，乃是一種爬蔓的甜瓜，在瓜上發黴處仔細查看，只見那黴上掛著幾滴金黃色的水珠，他小心翼翼將那金黃色水珠取下，要玉團兒仔細敷在林逋胸口傷處。方平齋詫異地看他，這金黃色的水滴難道是療傷聖藥？區區微不足道的幾滴水珠，又能如何了？

但事情大出方平齋意料之外，那幾滴水珠滴落傷口，林逋的傷竟出乎意料的快速痊癒起來，之後每日玉團兒都尋獲幾個發黴的果子，經柳眼辨認之後，取出金黃色水珠，為林逋敷上。一個月之後，奄奄一息的林逋居然精神振作，能夠起身行走了。柳眼此人不是大夫，不會診脈看病，更不會針灸推拿，但何者能製為藥、何藥能治何病，他瞭若指掌，如此精通藥理而非醫術的人，方平齋平生僅見。

一個月時間過去，玉團兒仍舊未煉成那個陶罐，但身法武功卻已進步不少。林逋傷勢將愈，這下提出，他在東山不遠處有處房產，邀請三人到他家中暫住，至於這一人高的大缸，他會設法購買，也不必玉團兒如此辛苦。柳眼沒有拒絕，當下四人離開茶林，動身前往林逋在東山的房產。

山中日月自古長，柳眼自此深居林逋家中，為玉團兒煉藥。他煉藥初成，卻不知道這幾天江湖風湧浪急，發生了數件大事，而其中最大的一件，就是有人宣稱知道柳眼的下落——並且，如果有人能請少林寺未來方丈向他磕三個響頭，並為他作詩一首，他就告訴那人柳眼的下落。

柳眼隱居洞庭東山茶林的同時，唐儷辭卻從好雲山上下來了。

他上好雲山的時候，是余負人輕裘馬車，千里迢迢送上來的，並且池雲沈郎魂左右為護，邵延屏成縕袍等人坐堂相迎，何等轟轟烈烈。他從好雲山上下來卻是踏著月色，在夜深人靜、伸手不見五指的時刻，越牆而出，直奔好雲山北方。

好雲山北去三十里地，是一座荒無人煙的大山，在深夜之中更顯陰森可怖。就算是白天要在這一座大山之中找到所謂「西風園」已是很難，何況夜黑如墨，伸手不見五指。唐儷辭一身華麗的軟綢白衣，足踏雲紋鞋，負袖望著眼前這座黑壓壓的大山。

「西風園茶花樹下，有一處地牢。」

這是一個提示，也是一個陷阱，但他不得不來。就像上次他闖進菩提谷飄零眉苑，吃盡苦頭去找方周的屍體，這一次，計策仍是一樣的計策，而他也仍舊來了。

唐儷辭負袖仰望眼前的大山，看了一陣子，往前踏了一步，身形一起，正要往前奔去。身後突然有人道：「唐……唐儷辭……」

唐儷辭腳步一頓，「你實在不該跟著我。」

他身後那人搖了搖頭，「你要到哪裡去？」

月光之下，這人青衣空手，臉色蒼白，但神色還算鎮定，卻是余負人。

唐儷辭回身微微一笑，「我出來走走。」柔和的月光映照在他的臉上，其人眉目如畫，更顯風神如玉。

余負人道：「出來走走，未免也走得太遠，你的傷……」他說到「你的傷」三字，整張臉突然漲得通紅，青筋爆起，過了好一會兒才苦澀的接下去，「你的傷尚未痊癒，不宜走這麼遠。」

唐儷辭見他神色怪異，眼角上飄，挑起了一絲笑意，緩步走了回來，伸手一拍他的肩，「余少俠……」

余負人入耳這三個字幾乎驚跳起來，唐儷辭目中含笑越發明顯，「這幾天心情好麼？」

余負人苦笑，不知該如何回答，卻見唐儷辭緩緩伸出手來，食指微抬，掠起他一縷頭髮，柔聲道：「你欠我一條命……」月光之下，這張秀麗至極的紅唇突然說出這句話來，結結實實的把余負人嚇了一跳，渾身上下起了一陣寒意，心中對這人懷有的愧疚悔恨突然之間化為疑惑不安，竟一時呆在當場。

唐儷辭一笑轉身，「回去吧，你情緒未定，又未帶兵器，深更半夜在荒山野嶺四處亂闖，若是遇到了危險，你要如何應付？」他白衣素素，就待踏入黑暗之中。

余負人站在當地，不知是該留下還是離開，突地忍不住道：「你……你深更半夜，在荒山野嶺到處亂闖，究竟在做什麼？」

唐儷辭本已一腳踏入林中，聞言又退了一步，似有些無可奈何，「以你的聰明智慧，難道不明白有些事不該問？」

余負人沉默了一陣，深深吸了口氣，「你可是在冒險？」

唐儷辭微微一笑，「不錯。」

余負人道：「為了什麼？」

唐儷辭嘆了口氣，溫和地看著他，「看來你是不肯回去，罷了罷了，若是把你打昏在地，我又怕不知被誰劫去。有人告訴我池雲落單被擒，就關在這座山裡，三天之內要是救不出來，就會有性命之憂。」

余負人吃了一驚，「什麼……池雲被擒？誰給的消息？是真是假？」

唐儷辭道：「多半是真。此地必然有諸多陷阱，要是消息走漏，劍會必定人心惶惶，妄自揣測是誰擒走池雲，熱血善良之輩又會到這裡來自投羅網，說不定會有不少人妄死在裡面，所以……」

余負人道：「所以你才半夜三更，趁無人之時孤身前來救人。」

唐儷辭微微一笑，「既然你不肯回去，那麼……」他轉身向前，「跟著我來吧。」

余負人陡覺熱血上湧，池雲被擒，唐儷辭孤身救人，他豈能不全力相助？

「我——我欠你一條命，」他沉聲道：「今夜之事，余負人拼死也要救池雲出困！」

唐儷辭人在前面，也不知他聽到沒有，白影一晃，已踏入了山林之中。余負人緊跟在後，不消片刻，月光被樹冠遮去，樹林之中真正難以視物，幸好兩人內力精純，才能順利行走。林裡夜寐的鳥雀呀呀驚飛，還有些不知名的動物也都悄悄避開，兩人走出二三十丈，不得已唐儷辭引燃懷中碧笑火，提在手中用以照明，只見這樹林荒涼原始，滿地斷樹、藤蔓、蛛網、苔蘚、還有些形狀古怪的蟲蛇在燈下緩緩爬行，似根本沒有路。但在荒涼至極的林間卻有人以朱砂為記，在樹幹上、大石上、藤蔓上畫了幾處箭頭，鮮紅朱砂，夜中燈下觀來，就像凝血一樣，觸目驚心。

「看這箭頭所指，似乎是一路向山頂走去。」余負人低聲問，「跟著走嗎？」

唐儷辭往四周看了看，「這是些什麼東西？」

箭頭所畫的樹幹、大石等等上都攀爬著一些古怪的藤蔓，藤蔓纖細，枝葉捲曲，火光下看來似乎枝葉都是黑色，在藤蔓上生長著一些紫黑色的漿果。唐儷辭拾起一塊石頭往那箭頭上一擲，只聽撲的一聲輕響，石子震動藤蔓，那紫黑色漿果突然裂開，自裂口處飄出少許黑色煙霧。余負人和唐儷辭雙雙屏息，但仍嗅到一股淡淡的甜香，這漿果顯然不是什麼好東西，兩人身形一起，遠遠避開箭頭之處，躍上樹梢。

「西風園茶花樹下，有一處地牢。」唐儷辭低聲自語，仰頭望月，這座山迎向西風的方向，在東方，而茶花……必須日照，那就是在山的陽坡。

余負人聞言眉頭一揚，「那應該是在陽坡，你為何不往陽坡去？」

唐儷辭眉頭微蹙，陽坡、陽坡……

「我……」

余負人往前一步，「怎麼？」

唐儷辭衣袖輕揮，「沒什麼，走吧。」

余負人看了唐儷辭一眼，有些奇怪，西風園茶花樹下，分明在陽坡，他為何不往陽坡去？唐儷辭眼前卻是閃過菩提谷中，寫著方周名字的墓碑，那塊充滿陽光的雪白沙地，開滿奇異的花朵，那塊布滿墓碑的寂靜墳地，就在陽坡。陽坡……陽坡燦爛的陽光下，如血的奇異藤蔓，盛開著雪白的花朵，碎裂腐敗的屍身、寄生在屍身上的各種蛆蟲，也就在那明媚的陽光之下扭動……空氣中摻雜著惡臭和芬芳的氣味……「咯啦」一聲輕響，唐儷辭足下一頓，余負人吃了一驚，凝神觀顧四面八方，卻不見有敵人出現，心中一凜：他是怎麼了？

「換了是你，你會在陽坡設下什麼埋伏？」唐儷辭一頓之後，步履加快，往陽坡奔去，雪白頎長的身影，在夜間似是從容自若。

余負人跟隨其後，身形亦是卓然不群，「我……或許會列出重兵，在前往陽坡的路上攔截你，將你截殺在半途之上。」

唐儷辭負袖在後，微微一笑，「哈！你不擅心機。」

余負人道：「如果是你，你會如何？」

唐儷辭輕描淡寫地道：「我會先殺了池雲，擒抓數十名人質震懾來人，令他不敢輕舉妄動，不能盡展所長，然後在通向地牢的沿途撒下毒藥布下毒蛇，列出手中最強戰力，把守每一個入口，在地牢底下埋下數百斤炸藥。等來人穿過毒藥毒蛇，打過車輪戰，如果還僥倖未死到達地牢，必已是身心俱疲，再看到池雲的屍體，必定大受打擊，然後——」

余負人聽得冷汗淋淋而下，「然後？」

唐儷辭淡淡地道：「然後我脅持部分人質離去，再引爆地牢底下的炸藥，將整座山頭連同山上的男男女女、花花草草一起夷為平地，炸得乾乾淨淨，寸草不生。」

余負人張口結舌，駭然道：「你……你……」

唐儷辭微微一笑，「我什麼？」

余負人苦笑道：「你怎能想出如此惡毒的計策？」唐儷辭道：「要殺人，自然就要做得澈底。」余負人越發苦笑，但你是想出如此惡毒的計策對付你自己，如那生擒池雲的敵人和你一樣想法，你我豈有生還之望？而你既然想得到如此惡毒的計策，仍舊孤身一人前來，是你對自己太有信心、還是……你是……

你是為義之一字可以赴湯蹈火、殺身取義的人麼？

余負人跟在唐儷辭身後，這人……實在不像。

陽坡轉眼即到，兩人沿山坡一步步登上。陽坡處的草木生長更為旺盛，兩人劈藤蘿向前，經過數處山澗，明月當空，眼前突然出現一處空地。

「小心！」余負人伸手一攔唐儷辭，「五星之陣！」

只見這處空地本是一片密林，有人將樹林齊齊砍去一片，只留下二尺來長的樹樁，空地形作五星之行，一股淡雅宜人的芳香不知從何而來，隨風四散。

唐儷辭嘆了口氣，「何謂五星之陣？」

余負人道：「此陣傳自西域，聽聞陣中奇詭莫測，變數橫生，多年之前有許多江湖名俠葬身此陣，故而名聲響亮，但也已銷聲匿跡江湖多年了。」

唐儷辭道：「我不懂陣法。」

余負人仍將他擋在身後，「我先為你一探虛實。」言下一躍上陣，五星木樁上霎時起了一陣微風，風中芬芳之氣越發濃郁，卻不見任何敵人的蹤跡。

余負人心中微凜，這五星之陣傳說紛紜，他也只是聽師父說過，從未親眼見過，陣中芳香之氣究竟是什麼？是有人藏身於此，還是什麼奇特毒物？正在他凝神之間，陡然眼前五星之角火焰升起，剎那之間，他已身陷火海之中！哈的一聲震喝，余負人縱身躍起，雙袖掃起疾風，往五星正中、香氣最盛之處撲去。唐儷辭人在陣外，眼眸微動，不對！只見五星陣中乍然衝起二丈來高的焰火，余負人往陣中雙掌齊出，卻是咯啦一聲似有什麼東西破裂，芳香之氣大盛，被周圍火焰引動，爆炸開來。余負人全身起火，隨轟隆爆炸之氣沖天飛起，唐儷辭如影隨形，一把將余負人接住，隨即橫飛倒躍，離開五星之陣。

余負人身上的火焰隨之襲滅，口角掛血，臉色蒼白，這陣中的火焰並不厲害，厲害的是那瞬間爆破之力，震傷他的內腑。

「唐公子……此陣不合五行，十分厲害……」

唐儷辭探手入懷，取出一粒白色藥片，塞入他口中，隨即將一物按在余負人手心，「先給自己上藥，坐到一邊靜坐調息。」

余負人駭然，「你想做什麼？」

此陣如此厲害，難道他沒有看見前車之鑑，又要孤身闖陣？唐儷辭微微一笑，「這是一個五芒星，從上頂到右下一筆劃成為召喚術，召喚火之靈，中心五角之形為惡魔之門，其中囚禁惡魔。所以你往頂角走去，陣中起火，你往陣心衝去，它化為爆炸。五芒星以結束筆作準，右下為火、右上為水、左下為地、左上為風、上頂為靈，所以由左下起點畫到頂點，為收式，可以出陣。」他躍上左上五星之角，足踏畫星之途，果然平安無事走到對面頂點，隨即返回，「如何？」

余負人驚喜交集，卻是滿腹疑竇，「但你不是說自己不懂陣法？此陣如此奇特，為何你卻能瞭若指掌？」

唐儷辭立足夜風之中，白衣獵獵，站得很近，在余負人眼中卻是縹緲遙遠，只聽他道：

「這不是陣法，這是一種傳說。西域人相信這種圖形能夠防止妖魔鬼怪的侵犯，並且能將惡魔封印在五星的中心，所以流傳廣泛。五星的一角各自代表一種能力，而這個所謂『陣法』，只不過在努力表現西域五星所表達的涵義。你闖入陣中，引發火焰之力，就告訴我五角所代表的方向，知道方向，就知道出路。」

余負人嘆了口氣，「若非你博學廣識，大家在陣中亂闖，不免死在奇奇怪怪的機關之下。你為何對西域傳說如此瞭解？」

唐儷辭唇角微勾，「你可以佩服我。」

余負人一怔，突地灑然一笑，要說佩服，還當真起了那麼一點佩服之意，低頭看他按在自己手裡的東西，是一方黃金雕龍的小盒，打開盒蓋，裡面是剩餘的一些黑色藥膏，當下塗抹在自己被火焰燒傷之處。片刻之後，余負人敷藥完畢，盒中的藥膏也已用完，唐儷辭隨手一擲，將那價值不斐、精雕細琢的黃金龍盒丟在雜草從中，衣袖一背，「走吧。」

兩人通過五星之陣，對岸是一條河流，河流之上有一座橋。

「輕易通過五星之陣，唐儷辭果然名不虛傳。」一聲長笑，一人手持雙刀，自橋那端威風凜凜的走了過來，「在下『七陽刀』賀蘭泊，唐公子雖然風流瀟灑，在下也很佩服公子威名，但今夜不能讓公子從此通過，還請見諒。」這人方臉濃眉，身高八尺，相貌堂堂，卻不是什麼猥瑣奸險之輩。

「賀蘭泊，七陽刀威震一方，並非奸險小人，唐公子貴為中原劍會之客，亦是江湖中流砥柱，你深夜攔路，所為何事？」余負人朗聲道：「看在劍會情面，請讓路。」

賀蘭洎雙刀交架，「我知道唐公子深夜上山，是為救人，為朋友能赴湯蹈火，賀某也是十分佩服，但事關無奈，今夜此路，卻是不能讓。」

余負人眉頭深蹙，「既然你知道唐公子前來救人，為何不讓？」

賀蘭洎道：「我平生有一大敵，『浮流鬼影』陰三魂，陰三魂殺我兄弟，毒我妻兒，奪我寶物，此仇不共戴天，現在此人被囚禁西風園茶花牢中，唐公子前去救人，必定破牢，牢中除了唐公子的朋友，尚有許多江湖惡霸、武林奸賊，一旦茶花牢破，禍害無窮，所以——」

余負人與唐儷辭相視一眼，唐儷辭微笑，「不知這茶花牢是何人所建，其中囚禁何人？」

賀蘭洎哈哈大笑，「茶花牢是前任江湖盟主江南豐當年所留，江湖中人敬他功業，故而一旦擒拿江湖要犯，多囚禁在茶花牢。茶花牢地點隱祕，本來少有人知，最近卻不知為何，知曉的人突然增多，囚禁的人犯也是越來越多啊。」

唐儷辭溫和地道：「但池雲必定不是茶花牢應當囚禁的江湖要犯，他被關入牢中，難道你們沒有疑問？」

賀蘭洎搖頭道：「看守茶花牢的人不是我，詳情不知，我等只知受人通知，說唐公子近來會來劫獄，茶花牢能入不能出，一旦牢破，無可補救，所以雖然唐公子高風亮節在下深感欽佩，卻不能為一人之失，讓眾多江湖要犯破牢而出。」他目中有愧疚之色，「池雲之事我等會想辦法處理，但今夜萬萬不能讓唐公子破牢。」

唐儷辭的白衣在夜風中獵獵飄動，零落的銀髮在鬢邊揚起，「那你能否告訴我，他現在如何了？」

賀蘭泊一怔，「這個……」

池雲人在茶花牢中，這件事他也是今日知情，究竟情況如何，他也不清楚，「池雲究竟為何入牢，情況如何，我也不甚清楚，應當無事。」

唐儷辭微微一笑，「無罪之人因何入牢、如何入牢、入牢之後情況如何？你一概不知，何以自居正義？這樣曖昧不清的江湖公義，豈能讓人心服？茶花牢中，還有多少如池雲一般冤屈之人，你可知情？」他語調溫文儒雅，平淡從容，卻說得賀蘭泊臉色微變，「這——」

余負人沉聲道：「七陽刀讓路！我不想和你動手。」

賀蘭泊雙刀互撞，當的一聲響，「賀某抱歉之至，如果你們非要闖路，只好得罪了。」

余負人踏步向前，一身青衣雖受火焚有所破損，卻仍是氣度不凡，「那讓我先領教斬鬼七陽刀了！」

賀蘭泊不再客套，雙刀一前一後，掠地而來，刀刃破空之聲響亮至極，顯然在雙刀之上功力深湛、非同一般。余負人足踏七星，他身上帶傷，不待纏鬥，一出手就是絕學，一掌「混元分象」往賀蘭泊胸前拍去。雙方一觸之下，掌勁觸及雙刀，只聽劈啪作響，似是冷刀插入了油鍋一般。賀蘭泊雙刀揮舞，縱橫開闔，氣勢磅礴，余負人這一掌卻是連破雙刀，只可惜掌力近胸而止，無法再往前一步傷敵。賀蘭泊雙刀急收，正待暗叫一聲僥倖，余負人衣袖隨掌而起，後發而致，輕飄飄拂中他胸口，賀蘭泊一呆，大叫一聲，口吐鮮血仰後就倒。

袖風落，余負人立在月下，卻是卓然不群。唐儷辭「啪、啪」擊掌兩聲，微微一笑，不再理睬倒地昏迷的賀蘭泊，當先往橋後密林中闖去。余負人緊隨其後，心下擔憂——果然如唐儷辭所料，地牢裡關的不止池雲，尚有不計其數的江湖要犯，這些人就是那主謀的人質和把柄，今夜西風園茶花牢之會，實在是危險萬分。茶花牢能破麼？若是不能破，如何救人？若是破了，如何收場？生擒池雲的究竟是誰，竟然能把人困在茶花牢中？

密林中亮起了兩排火光，唐儷辭人在前面，「嗒」的一聲輕響左足落在左邊第一把火把之上，余負人一怔之下，跟著踏上右邊火把，兩人身形如電，只聽一陣風聲掠過，林中火把全熄，又複陷入一片黑暗。余負人估算自己總計踏滅二十三支火把，這火把插在地上，並無人看守，究竟是何用意？正在疑惑之間，前邊乍現人影，翻飛縱橫，為數不少，余負人提氣就待出手，卻是胸口一陣劇痛，方才內傷未愈，竟是真力不調。而耳邊只聽「啪啪」一連串微響，白影在黑暗之中似是轉了幾圈，人影頓時不動。

唐儷辭一聲輕笑，「走吧。」

余負人跟在他身後走過，只見密林中十來個手持黑色短刀的黑衣人僵在當場，手中比劃著各種奇異古怪的姿勢，自是被人點了穴道。唐儷辭在踏滅火焰一瞬出手，打亂敵陣，竟能出手如此之快之准，令人難以想像。余負人額頭冷汗淋淋，以唐儷辭的武功，自己能傷他一劍，更是難以想像。

「累了麼？」唐儷辭右手在他肋下一托，帶著他往前疾掠，余負人不甚通暢的內息驟然運轉自如，縱躍之勢也流暢起來，「不礙事。」唐儷辭托著他起落飛掠，不再說話，身形是少見俐落敏捷。兩人闖出未及百丈，驟然劍光閃爍，一劍自密林中當面劈來，怪的是劍勢險峻，卻無聲無息。唐儷辭衣袖一拂，來劍受他袖風所擋，偏向一邊，驀地密林中第二劍霍的帶起一聲驚人的尖嘯，直刺余負人胸口——來人竟是手持雙劍，並且這兩劍劍刃都比尋常長劍長了三尺，導致劍已出、人卻未見，仍然藏身樹林之中。

余負人匆匆避過一劍，失聲道：「神吟鬼泣無雙劍——是『鬼神雙劍』林雙雙！林大俠你為何——」

他一句話還未說完，林中一人躍出，左右手各持一劍，左手劍劍刃細長輕軟，銀光閃閃；右手劍色作青黑，劍刃寬闊，其中三環作空，那古怪的尖嘯正是此劍發出。來人叫做「林雙雙」，像個女子的名字，人也生得白麵細眉，但滿面陰沉沉的，自是談不上英俊，更說不上風神俊朗。但莫看此人陰陽怪氣，卻是位列劍會第六名的劍手，「鬼神雙劍」威震江湖，傳聞雙劍齊出，總共只敗過一次。余負人是劍會晚輩，一共也只見過林雙雙一次，此時突然見他現身擋路，不由得失聲驚呼。

林雙雙冷冷盯了唐儷辭一眼，「要闖茶花牢，先做我劍下之鬼。」

唐儷辭探手入懷，摸出一柄粉色匕首，正是小桃紅。

林雙雙道：「我是雙劍，你只有一劍，若是兩人一起上，就算扯平了。」他躲在林中出劍偷襲，本來有損高手身分，現在他說出此話，卻又是泱泱大度，自視甚高。

唐儷辭拔出小桃紅，卻是橫臂遞給余負人，微微一笑，「鬼神雙劍為何要擋我去路？中原劍會正逢風急雲湧，前輩身居劍會第六，卻為何不在好雲山？」他溫雅地發問，問的尋常的問題，言外之意卻是銳利如刀。

林雙雙陰森森地道：「你是懷疑我對中原劍會落井下石，故意針對你唐儷辭了？」

唐儷辭踏前一步，柔聲道：「不錯。」

林雙雙劍指山頂，冷冷地道：「你可知牢中囚禁多少人？」

唐儷辭秀麗的微笑，再踏一步，負袖半轉身，側看林雙雙，「我不必知道牢中囚禁多少人，我只消看前輩在如此午夜衣著整齊、傢伙在身、恰到好處的出現在這荒山野嶺，就知道前輩必定是故意針對唐儷辭——否則——難道林大俠林前輩你今夜守在這雞不下蛋鳥不拉屎的鬼地方，完全是愛好而已？」他負在背後的衣袖略略一抖，袂角風中長飄，「針對唐儷辭，難道不是對中原劍會落井下石——而對劍會落井下石就表明你和風流店利益相合……」

「黃口小兒，胡說八道！」林雙雙冷冷地道：「就憑你如此刁滑，劍會就不該聽命於你！茶花牢中近來要犯甚多，我應牢主之請，前來相助護衛，有何不對？」

唐儷辭柔聲道：「那茶花牢主是害怕誰來劫獄——而需動用到前輩您呢？」

此言一出，林雙雙頓時語塞，怒道：「你——」

唐儷辭微微一笑，「我料事如神、聰明絕頂？」這話一說出口，林雙雙左手銀劍刺出，彈向唐儷辭胸口，右手劍尖嘯聲淒厲至極，疾撲他咽喉要害！

余負人手握小桃紅，見狀變色，林雙雙雙劍之威他曾經見過一次，和余泣鳳足堪一戰，只是劍術雖高，功力分作兩半，雙劍之力不如單劍，被余泣鳳斷劍敗落。但敗落不代表林雙雙劍術不高，神吟鬼泣無雙劍卻是當今世上最高的劍術之一！左手陰勁右手陽勁，內力截然相反，世上少有人及。唐儷辭雙手空空，面對江湖中最快最狠和最令人心神動搖的劍鳴，只見銀劍突地劍刃一晃，竟筆直往林雙雙右手青劍彈去。林雙雙急催內勁，銀劍劍刃陡然變直，雙劍攻勢如奔雷閃電，已斬到唐儷辭身上！唐儷辭飄身急退，余負人握住小桃紅的掌心一片冷汗，只見白影晃動，林雙雙劍尖如蝗，急追唐儷辭飄忽的身影，只聽劍嘯如泣，鬼哭狼嚎，哀鳴滿天，四周樹葉簌簌而下，宛如暴風疾雨。

那劍風激落的樹葉打在身上，竟是徹骨生疼。唐儷辭疾勢避退，林雙雙愈攻愈急，雙劍陰陽兩分，越打越是如行雲流水，氣貫如虹。正當樹葉狂舞、劍氣如龍之時，乍然間一聲尖銳至極的哨聲破空而起，林雙雙啊的一聲啞聲呼叫，變色道：「這是——」唐儷辭翩然轉身，手中握著一把銅笛，方才銅笛掠空一聲響，震破催魂劍嘯，僅僅是空笛掠風就能破劍嘯，林雙雙當然震驚，若是讓他吹奏起來，那還了得？當下雙劍加勁，風雷之聲大作，夜空中狂風疾掃，恍若雙龍盤旋流轉，欲將唐儷辭吞沒殆盡。

余負人眼見唐儷辭銅笛出手，心道人人皆說唐儷辭能抗柳眼音殺之術，果然不假，這一聲怪音和柳眼的音殺毫無二樣，是同門功夫；眼見林雙雙劍走龍蛇，他是劍道中人，心中雖是希望唐儷辭速戰速決，卻不知不覺為林雙雙劍法所吸引，竟是越看越是入神。唐儷辭銅笛揮舞，招架林雙雙雙劍之攻，余負人靈臺一片清澈，漸漸目中只有雙方招式身法，再快的移動、再詭變的路數他都能看得清清楚楚，心領神會，在這短短時刻之中，對武學的領悟卻是更深了一層。

「叮——」一聲清脆的金鐵交鳴之聲震碎攻守平衡的局面，余負人心中那片寧靜清澈隨之乍然爆裂，剎那頭腦一片空白，只聽耳邊「叮叮噹噹」一連串急促的金鐵之聲，那聲音不是兵器交加，卻是一連串輕重緩急有致的鳴奏之聲，衝擊入耳胸口震痛，竟似承受不了這種震響。

林雙雙雙劍驟然對上唐儷辭如此強勁的反擊，銅笛敲上雙劍，雙劍劍質不同，發出的聲音也不相同，唐儷辭連進八步，林雙雙卻是倒退了十步。那似樂非樂的敲擊聲震心動肺，退了十步之後，林雙雙口角帶血，淒笑一聲，「好笛！果然是好笛！三十八年來，我還未聽過這麼好的笛子！唐儷辭，這是什麼武功？」

唐儷辭握笛微笑，「我以為——這個曲子你應該已經聽過，並且在這個曲子下吃過虧，是麼？」他低唇輕觸銅笛，「以鬼神雙劍的根基，不必後退十步，除非——你心有所忌，知道這段曲子後面……會敲出什麼東西來，所以——你怕。」

林雙雙「唰」的一聲將那青劍歸鞘，拭去嘴角的血跡，「呸！笑話！」

他手持單劍，「唰」的一劍刺出，並不服輸，但也不再給唐儷辭敲擊雙劍的機會。唐儷辭唇觸銅笛，一聲柔和至極的笛音隨之而出，這笛音的節奏韻律和方才他在雙劍敲擊所發出的聲音一模一樣，但不知為何真正吹奏出來卻是柔和低調，而這柔和的笛音聽在耳中，令人一口氣喘不過來，竟是壓抑至極。

余負人聽入耳中，只覺頭昏眼花，胸口真氣沸騰欲散，勉強站穩，雙眼看去一片昏黑。林雙雙首當其衝，哇的一聲一口鮮血噴了出來，手中劍招不停，仍是衝了上去。唐儷辭笛音再低，幾於無聲，壓抑之感更為明顯，余負人抵擋不住，坐倒在地，林雙雙銀劍下垂，幾欲脫手，正在兩人全力抵抗笛音之際，突地林中有人影一晃，一位蒙面黑衣人躍出伸手將林雙雙撈起，揚手點中他後心兩處穴道，隨即放手。唐儷辭笛音一停，余負人鬆了口氣，凝目望去，只見唐儷辭目不轉睛地看著那黑衣人，眉頭微蹙。

音殺之術，倚靠施術者高明的音律之術和聽者對樂曲的領悟，激起自身真力氣血震盪，反攻丹田和心脈。而這林中出現的黑衣人點中林雙雙後心兩處穴道，阻止氣血逆湧心脈，雖然是封住鬼神雙劍五成功力，卻是救他一命，並且破音殺之術，這個人是誰？余負人手握小桃紅，這人就是好雲山一役中出現的那個黑衣人，始終不曾露出真面目、又在半途消失不見的那個黑衣人，勿庸置疑，他是風流店的人。

風流店的人出手救林雙雙，果然中原劍會第六支劍「鬼神雙劍」林雙雙和風流店也脫不了干係，余負人心中一寒：如果是風流店中人擒走池雲，如何能將他關入茶花牢中？除非——除非那人在江湖白道中極有分量，要不然便是——便是茶花牢的牢主也……涉入其中。此事牽連太廣，從山腳到茶花牢的路不長，但卻如千山萬水，可望而不可及。

樹林中，唐儷辭和那黑衣人仍在對視，林雙雙銀劍在手，臉露冷笑之色，彷彿在說你唐儷辭失了音殺之術，還剩下什麼？唐儷辭握笛在手，眼睫微垂，月色映在他臉頰上，映得那平素溫雅的眉眼都黑冷起來，「好冷靜的高手。」

那蒙面黑衣人不答，炯炯目光自面紗後射出，右手一提，擺了個起手式，那意思很清楚，便是他要和林雙雙一起阻止唐儷辭上山。「我見過你一次、今日是第二次，武當派的高手。」唐儷辭道：「第三次讓我見到你，如果還不能認出你是誰，你就是真正的高明。」他銅笛遞出，「只要你還有第三次的機會。」此話說罷，林雙雙冷冷一笑，似乎覺得唐儷辭正在癡人說夢。

余負人驟然回首，只聽樹林中規律整齊的腳步聲傳來，唐儷辭微微嘆了口氣，只見背後一人負劍緩步而來，渾身邋遢的模樣，正是自劍莊爆炸之後死裡逃生的余泣鳳！

林雙雙、黑衣人、余泣鳳成三角包圍唐儷辭和余負人，余負人一絲苦笑上臉，這種陣勢，只怕三角之內連一隻螞蟻都爬不出去。

「動手吧。」唐儷辭輕輕吸了口氣，緩緩吐出，「今夜要殺我之人，想必不只尊駕三位。」

林雙雙尖聲冷笑，「哈哈，聽說唐儷辭聰明絕頂，以你自己猜想，殺你的最好人選——是誰呢？」

唐儷辭微微一笑，「先動手吧，動手了，不論什麼結果，你我彼此接受就是。」余泣鳳暗啞地道：「好氣魄！」他森然轉向余負人，「你要和我動手嗎？」

余負人臉色煞白，「你——我有話和你說。」

余泣鳳劍指余負人，「咳咳，我叫你殺人，你卻一路將他護到這裡，咳咳……你那孝心都是假惺惺，都只是在騙我，逆子！」

余負人氣得渾身發抖，「你……真正在你劍堂埋下炸藥將你炸成這般模樣的不是唐儷辭，而是紅姑娘！你已是身敗名裂，再和風流店同流合汙，只能為人利用至死！毀容瞎眼，還不能讓你醒悟麼？難道殺了唐儷辭，就能讓你的眼睛復明麼？能讓你回歸劍王的名望地位麼？」余泣鳳劍垂支地，「咳咳……你懂什麼，逆子！我連你都殺——」

此話一出，唐儷辭衣袖一背，明眸微閉，身後掠過一陣微風，吹動他銀髮輕飄，儀態沉靜。余泣鳳一言未畢，手中那柄黑黝黝如拐杖一般的長劍往前遞出，劍風動，唐儷辭風中輕飄的銀髮乍然斷去，這種劍勢的張狂磅礴，與狂蘭無行的八尺長劍相類，卻比之更為浩蕩。黑衣人輕飄飄一雙手掌已印到唐儷辭身後，方才唐儷辭說他是「武當派的高手」，他沒有作聲，此時這一掌輕若飄絮，果然是武當嫡傳綿掌，並且功力深湛至極。林雙雙銀劍一指，森森指正余負人胸前，青劍似發未發，令人琢磨不透。

王劍綿掌一齊攻到，唐儷辭身形旋轉，反手一掌，「啪」的一聲和黑衣人對了一掌。那黑衣人噫了一聲，後退半步，衣髮揚起，唐儷辭這一掌浩然相接，氣度恢宏，沒有絲毫弄虛作假，掌力雄渾真純，實力深沉。前頭余泣鳳一劍刺至，唐儷辭橫笛相擋，只聽「叮」的一聲，聲震百丈內外，人人心頭一震。然而黑衣人、余泣鳳皆非等閒之輩，受挫一頓之後，默契頓生，劍刃掌影越見縱橫犀利，唐儷辭銅笛揮舞，一一招架，他以一人之力對抗兩大高手，竟是絲毫不落下風。余負人看了一眼，胸中豪氣勃發，喝了一聲，「讓路！」小桃紅豔光流閃，和林雙雙戰作一處。

月影偏東，漆黑的密林之中，尚有數十雙眼睛靜靜地看著這場酣鬥，數十張黑漆漆的長弓、數十支黑漆漆的短箭架在林中，拉弦的手都很穩，一寸一寸、一分一分、無聲無息地拉著，再過片刻，就是滿弦。

箭尖所向，不止是唐儷辭、還有余負人，甚至……是林中這塊不足兩丈的空地的每分每寸。

「叮叮叮」之聲接連不斷，唐儷辭面對余泣鳳和黑衣人越來越見融洽的夾擊，漸漸趨於守勢，銅笛和長劍相交的時間越來越短，招架得越來越急、越來越快，也就表示劍刃越是近身了。余負人空有相助之心，但便是只餘五成功力的林雙雙也非易與之輩，絲毫不得分神。便在這剎那之間，黑衣人一掌拍出，堪堪及唐儷辭的後心，尚未發力，唐儷辭一聲悶哼，往前踉蹌了幾步。黑衣人一怔，他尚未發力，唐儷辭怎會受傷？一瞬間尚未明白，林中嗖嗖數十支黑箭齊發，射向踉蹌而行的唐儷辭，餘箭所及，連黑衣人、余泣鳳和林雙雙都不得不出手擋箭。便在這片刻之間，余負人只覺腰間一緊，唐儷辭一把將他夾住，身形一起如掠雁驚鴻穿過黑衣人、余泣鳳和林雙雙三人組繞，直往密林中落去。

「啊！」密林中箭手黑箭已發，要待搭箭已來不及，黑衣人恍然，當下和余泣鳳林雙雙大喝一聲，三劍一掌全力往唐儷辭後心劈去！黑暗之中，唐儷辭一身白衣煞是好認。余負人變色，世上有誰擋得住這三人聯手一擊？雖說久戰也必落敗，但冒險闖關只有死得更快！腦中念頭尚未轉完，只聽「霍」的一聲驚天震響，黑衣人、余泣鳳和林雙雙三劍一掌一起擊在了一大片乍然揚起的紅色布匹上，那東西似綢非綢，又滑又韌，黑衣人撤回綿掌，只見林雙雙劍刺在布匹上，竟是絲毫無損，而余泣鳳出劍何等威力，卻也只在布匹上刺出了一個核桃大小的洞來。三人見形勢不對，紛紛後退，只見紅色布匹一揚而去，隨唐儷辭消失於密林之中。

方才三人齊攻之時，唐儷辭白衣之後乍然揚起對稱的偌大兩片紅色布匹，刀劍不傷、夾帶沛然浩蕩的內家真力，完全遮去三人視線，就如驀然背上振起了一雙鮮紅色的巨大翅膀。這紅色布匹不但接住三人合力一擊，還擋去密林中射來的暗箭，不知是什麼東西，並且質地輕柔至極，隨唐儷辭一閃而去。

「那是什麼東西？」林雙雙駭然道。黑衣人搖了搖頭，沉默不語。

余泣鳳咳嗽了幾聲，「嘿嘿！想不到唐儷辭身懷至寶，難怪他有恃無恐，這東西在身，刀劍難傷，要殺他，只有放棄刀劍、動用拳腳。」

林雙雙陰惻惻地道：「若是護身寶甲，豈有這麼寬闊、又這麼長的一塊？那明明是一塊布匹。」

余泣鳳冷眼看他，知他所想，冷冷地道：「不錯，若是你得到剛才那塊紅布，至少能做成兩件寶甲，價值連城。」林雙雙眼中，已露出貪婪之色。

密林之中，唐儷辭身後紅布揚起，往前疾掠而去，漫長寬闊的紅布一揚即落，他並不回頭，一抖手那紅布在他身上纏繞了幾圈，掩去白衣之色，渾然隱入了密林黑暗之中。余負人被他有力的手牢牢夾住，一起全力往山頭趕去，一邊心中驚駭——他是幾時察覺林中有箭陣？又是哪裡來的信心能接三人合力？他這背後倏然打開的紅布究竟是什麼？

「飄紅蟲綾，一塊世上獨一無二的綾羅。」唐儷辭似乎知道他在想什麼，突地柔聲道：「刀劍難傷，若非是余泣鳳的劍，任誰也無法在它上面劃出一道痕跡來。」

余負人拍拍他的手，示意自己傷得不重，足能跟上他的速度，唐儷辭放手，他與他並肩疾奔，一邊道：「原來你早已算好了退路，這塊蟲綾竟然能化去武當綿掌的掌勁、消去鬼神雙劍的劍氣，實在了不起。」

唐儷辭微微一笑，「它只不過很長而已，被我真力震開，抖出去有十來丈長，武當綿掌又不是劈空掌力，十來丈外的武當綿掌和鬼神雙劍能起到什麼作用？」

在背後飄紅蟲綾被他真力震開的同時，唐儷辭已經攜人撲出去十來丈，因為紅綾障目，所以三人合擊估計錯誤，攻擊落空，一瞬間的地域錯覺，一瞬間的誤差，幾乎創造了一個武林神話。

余負人吐出一口氣，「你是在賭一把運氣。」

唐儷辭微笑道：「不錯。」

余負人道：「萬一失敗了，萬一他們沒有受紅綾影響，立刻追上來，你怎麼辦？」

唐儷辭柔聲道：「我除了會賭，還會拼命。」

拼命？余負人默默向前賓士，心中再度浮起了那個疑問：他是為了義之一字，可以赴湯蹈火、殺身取義的人麼？

山頂轉眼即到，所謂茶花牢在茶花樹下，要找入口，必須先找到茶花樹。但兩人尚未看見什麼茶花樹，便看見了山頂地上一個大洞。

其實也不是很大的洞，是一個比人身略大的一個洞穴，呈現天然漏斗形狀，在山頂處的開口較大，而往山中深入的一端洞口較小，若是有人不小心滑入洞中，必定直溜溜掉進底下的漏斗口中，一下子就滑進山腹中去了。余負人和唐儷辭走近那洞穴，只見洞穴映著月光的一面赫然刻著三個血紅大字「茶花牢」，而在「茶花牢」三字中間，一道白色劃痕直下洞內，不知是什麼含意。

「茶花牢……這就是茶花牢。」余負人咳嗽幾聲，「咳咳……不親身下去，根本不能知道底下的情況。」

唐儷辭目光流轉，這裡四野寂靜，不見半個守衛，草木繁茂猶如荒野，只是生得整齊異常，都是二尺來長，卻並沒有看見什麼茶花。

「你在看什麼？」余負人提一口氣，平緩體內紊亂的真氣，他方才受爆炸所傷，內息始終不順。

「茶花。」唐儷辭道。

「茶花？」余負人皺眉，林雙雙三人不消片刻就能趕到，唐儷辭不下牢救人，卻在看茶花？唐儷辭的目光落在洞口一處新翻的泥土上，「這裡本有一棵茶花樹。」

余負人咳嗽了幾聲，「咳咳……那又如何？我爹他們很快就會追來……」

唐儷辭的目光移到不遠處一塊大石上，「那裡……有利刃劃過的痕跡。」

余負人轉目看去，的確不遠處的石頭上留著幾道兵器劃痕，「有人曾在這裡動手。」一句話說完，突覺後心一熱，唐儷辭左手按住他後心，一股真力傳了過來，這一次不是攜他跳落茶花牢，而是推動他真力運轉，剎那間連破十二大穴，受震凝結的氣血霍然貫通，耳邊只聽唐儷辭道：「石頭上有銀屑，劃痕入石半寸，是池雲的一環渡月。茶花樹連根拔起，草木被削去一截，顯然不是一環渡月所能造成的後果，再加上洞內這一道刀痕……」他幽幽地道：「說明什麼呢？」

余負人低聲道：「有人……和池雲在這裡動手，池雲不敵，被逼落洞中。」說出這句話來，他心頭沉重，「天上雲」何等能耐，是誰能逼他跳下茶花牢？又是在怎樣的情形之下，他才會跳落茶花牢？

「說明跳下去的時候，他並沒有失去反抗之力，仍以一刀抵住山壁，減緩下降之勢。」

唐儷辭慢慢地道：「將偌大一片荒草整齊削去一截，以及將茶花樹連根拔起，不像同一人所為，我猜那是幾人聯手施為，茶花牢外，畢竟是牢主的天下……」余負人為之毛骨悚然，是誰能在茶花牢外聚眾將池雲逼落牢中？莫過茶花牢主。

「哈哈，僅憑幾道痕跡，就能有這樣的猜測，讓我是要說唐公子你聰明絕頂，還是愚蠢至極？」明月荒草之中，一道灰色人影影影綽綽的出現，「茶花牢天下重地，就算是我逼落池雲，難道你要犯天下之大不違，擊破茶花牢頂，放出江湖重犯，只為救池雲一人？」來人淡淡地道：「當然，若你要全朋友之義，自己跳下去陪他，也無不可。每日三餐的飯食，茶花牢絕對為唐公子準備周全。」

「哦？」唐儷辭解開纏身的紅綾，將它收入懷中，「聽你這樣的口氣，是有必殺的信心了？」

余負人凝視來人，來人面上戴著一張雪白的面具，似是陶瓷所造，卻不畫五官，就如一張空臉，「你是什麼人？中原武林哪有你這號人物？自稱茶花牢主，簡直貽笑大方。」

瓷面人負手闊步而來，「哈哈，黃口小兒，小小年紀就敢妄言中原武林人物……可笑可嘆。」他手指余負人，「你是余泣鳳的兒子，我不與你一般見識，要殺人也該讓他親自動手，至於你麼——」他抬起另一隻手，食指指向唐儷辭，「唐公子修為智慧，足堪一戰，出手吧！老夫領教你換功大法、音殺之術！」

夜風吹，星垂四野，皓月當空。

唐儷辭銅笛在手，橫臂將余負人輕輕一撥，推到身後，「出劍吧。」

夜風清涼，略帶初秋的寒意。

在唐儷辭夜闖茶花牢的同時，普珠收拾好了簡單的行囊，正待明日動身返回少林寺。二更時分，他如往常一樣閉目靜坐，靈心證佛，真氣運行之下聽力敏銳至極，似乎可以聽到方圓百丈之內的絲毫聲息。蟲鳴風響，窗櫺吱呀，萬物聲息輪回之音，是妙樂，也是佛音，說不定……也是心魔，只看證佛人如何理解、如何去做。

突然之間，似從極遠極遠之處傳來低柔的歌聲，有人在唱歌，「怎麼……誰說我近來又變了那麼多？誠實，其實簡單得傷人越來越久。我麼……城市裡奉上神臺的木偶，假得……不會實現任何祈求……」聲音溫柔低婉，似有些悵然，有些傷心，正是西方桃的聲音。

這是那一天唐儷辭唱過的歌，普珠那夜聽的時候，入耳並不入心，但今夜突然聽見，立刻便記了起來，不想只是那夜聽過一次，西方桃便已全部記下。盤膝坐課，耳聽她幽幽地唱，「……我不是戲臺上普渡眾生的佛，我不是黃泉中迷人魂魄的魔，我坐擁繁華地，卻不能夠棲息，我日算千萬計，卻總也算不過天機……五指千謎萬謎，天旋地轉如何繼續……」唱者依稀幾多感慨，三分淒然，普珠本欲不聽，卻是聲聲入耳，字字清晰，待要視作清風浮雲，卻有所不能，僵持半晌，只得放棄坐課，睜開了眼睛。

「噯……」歌唱完了，遙遙傳來一聲輕輕的嘆息，隨即悄然無聲。普珠下床走了幾步，站在房中，望著明月，繼續坐息也不是，不繼續坐息也不是，總而言之，他是睡不著了。

一道人影自普珠窗外走過，普珠凝目一看，卻是成縕袍，一貫冷漠的眉間似有所憂，一路往邵延屏房中走去。

是什麼事要成縕袍半夜三更和邵延屏私下約談？普珠並未追去，一貫澄澈的心境突然湧起了無數雜思，一個疑念湧起便有第二個疑念湧起，她……她為何要唱那首歌？那首歌很特別麼？究竟唱的是什麼？她為何聽過一次便記得？自己又為何也生生記得？她為何不睡？成縕袍為何不睡？邵延屏為何不睡？愕然之中，只覺心緒千萬，剎那間一起湧上心頭，普珠手按心口，額頭冷汗淋淋而下，一顆心急促跳動，不能遏止。過了片刻，普珠默念佛號，運氣寧神，足足過了大半個時辰方才寧定下來，緩緩吁出一口氣，他是怎麼了？

二更近三更時分，天正最黑，邵延屏苦笑的靜坐喝茶，他在等成縕袍，已經等了兩個時辰，喝了五六壺茶，去光顧了幾次馬桶，成縕袍再不來，他就要改喝酒了。

「篤篤」兩聲，「進來。」邵延屏吐出一口氣，「成大俠相邀，不知有何要事？」今日下午，成縕袍突然對他說出一句「子夜，有事。」，就這麼四個字，他便不能睡覺，苦苦坐在這裡等人。但成縕袍要說的事他卻不能不聽，能讓他在意的事，必定十分重要。

成縕袍推門而入，邵延屏乾笑一聲，「我以為你會從窗戶跳進來。」

成縕袍淡淡地道：「我不是賊。」

邵延屏打了個哈哈，「我這房子有門沒門有窗沒窗對成大俠來說都是一樣，何必在意？敲門忒客氣了，坐吧。」

成縕袍坐下，「明日我也要離開了。」

邵延屏點了點頭，好雲山大事已了，各位又非長住好雲山，自然要各自離去，「除了要離去之事，成大俠似乎還有難言之隱？」不是難言之隱，豈會半夜來說？

成縕袍淡淡地看了他一眼，「我要回轉師門看望師弟。」

邵延屏張大嘴巴，這種事也用半夜來說？只得又打了個哈哈，「哈哈……說得也是，劍會耽誤成大俠行程許久，真是慚愧慚愧。」

成縕袍端起茶杯喝了一口，突然道：「今日——」

邵延屏問道：「什麼？」

頓了一頓，成縕袍道：「今日——我看到唐儷辭和西方桃在房裡……」

他暫時未說下去，意思卻很明顯，邵延屏一口茶噗的一聲噴了出來，「咳咳……什麼？」

成縕袍淡淡接下去，「在房裡親熱。」

邵延屏摸出一塊汗巾，擦了擦臉，「這個……雖然意外，卻也是唐公子的私事。唐公子風流俊雅，桃姑娘貌美如花，自然……」

成縕袍冷冷地道：「若是私事，我何必來？西方桃來歷不明，她自稱是七花雲行客中一桃三色，而一桃三色分明是個男人，其中不乏矛盾之處。她能在風流店臥底多年，為何不能在劍會臥底？唐儷辭年少風流，要是為這女子所誘，對中原武林豈是好事？」

邵延屏順了順氣，「你要我棒打鴛鴦，我只怕做不到，唐公子何等人物，他要尋覓風流韻事，我豈能大煞風景？」

成縕袍冷冷地道：「明日我便要走，西方桃此女和普珠過往密切，又與唐儷辭糾纏不清，心機深沉，你要小心了。」

邵延屏又用汗巾擦了擦臉，「我知道了，這實在是重任，唉……」

成縕袍站起身來，轉身便走，一邁出房門便不見了蹤影，身法之快，快逾鬼魅。

邵延屏苦笑著對著那壺茶，唐儷辭和西方桃，事情真是越來越複雜、越來越古怪了，這位公子哥當真是看上了西方桃的美貌？或是有什麼其他原因？若他當真和西方桃好上了，那阿誰又算什麼？要他派遣十位劍會女弟子將人送回洛陽，又要董狐筆親自送一封信去丞相府，唐儷辭為阿誰明保暗送，無微不至，難道只是一筆小小風流帳而已？這位公子哥心機千萬，掌控江湖風雲變幻，仍有心力到處留情，真是令人佩服。

慢慢給自己斟了杯茶，邵延屏把玩著茶杯，茶水在杯中搖晃，閃爍著燈光，忽然之間，他自杯中倒影看到了一雙眼睛——乍然回頭，一道人影自窗沿一閃而逝，恍如妖魅。邵延屏急追而出，門外空空蕩蕩，風吹月明，依稀什麼都沒有，但方才的確有一雙眼睛在窗外窺探，並且——很有可能在成縕袍和他說話的時候，那雙眼睛就在！是誰能伏在窗外不被他們二人發現？是誰會在半夜三更監視他們二人的行蹤？是誰敢竊聽他們的對話？若那真是個人，那該是個怎樣駭人的魔頭？邵延屏心思百轉，滿頭起了冷汗，想起白天宛郁月旦信裡所說風流店主謀未死之事，頓時收起笑意，匆匆往唐儷辭房中趕去。

幾個起落，闖進唐儷辭屋內，邵延屏卻見滿屋寂靜，不見人影，唐儷辭竟然不在！月光自門外傾瀉入內，地上一片白霜，突而黑影一閃，邵延屏驀然回首，只見一人黑衣黑帽蒙面，衣著和柳眼一模一樣，靜悄悄站在門口，無聲無息，只有一股冰涼徹骨的殺氣陰森森的透出，隨風對著邵延屏迎面吹來。

糟糕！邵延屏心下一涼，退了一步，他沒有佩劍，普珠和成縕袍已生離去之心，唐儷辭蹤影不見，眼前此人顯然功力絕高，這般現身，必有殺人之心。

如何是好？

「出劍吧。」唐儷辭橫笛將余負人擋在身後，溫和地道。

夜風颯颯，吹面微寒，天分外的黑、星月分外的清明，余負人有心相助，卻知自己和唐儷辭所學相差甚遠，只得靜立一邊，為他掠陣。

「第一招。」瓷面人腰間佩劍，他卻不拔劍，雙掌抱元，交掠過胸，五指似抓非抓、似擒非擒，虛空合扣，翻腕輕輕向前一推，「大君制六合。」余負人距離此人尚有十步之遙，已覺一股逼人的勁風撲面而來，竟似整個山頭西風變東風，一招尚未推出一半，已是氣為之奪。唐儷辭緩步向前，面對如此威勢的雙掌，他竟然迎面而上，出掌相抵。單掌推出，只聽空中輕微的劈啪作響，地上草葉折斷，碎屑紛飛，瓷面人雙掌一翻，剎那之間已是三掌相抵！余負人臉色陡變，只聽「砰」的一聲悶響，三掌相接，並未如他想像一般僵持許久，而是雙方各退一步，竟是平分秋色！瓷面人贊道：「好功夫！換功大法果然是驚世之學，《往生譜》果然是不世奇書。讓老夫猜上一猜，教你武功的人，可是白南珠？」

余負人聞言心中一震，不久前引發江湖大亂，殺人無數的惡魔，竟是唐儷辭的師父？唐儷辭退勢收掌，負手微笑，「前輩也是不同凡響，居然能在一招之間就看出我師承來歷。」

他這麼說，便是認了。余負人吁了口氣，白南珠最多不過比唐儷辭大上幾歲，又如何做得了他的師父？瓷面人哈哈大笑，「縱然是白南珠也未必有你這一身功夫！當年殺不了白南珠，現在殺你也是一樣，看仔細了，第二招！」他右拳握空疾抓，右足旋踢，啪的一聲震天大響，竟是一擊空踢，口中冷冷喊道：「良佐參萬機。」

唐儷辭旋身閃避，這一踢看似臨空，卻夾帶著地上眾多沙石、草葉、樹梗，若是當作空踢，勢必讓那蘊勁奇大的雜物穿體而過，立斃當場！一避之後，瓷面人長劍出鞘，一聲長吟，「大業永開泰——」劍光耀目，其中三點寒芒攝人心魂，余負人駭然失色——瓷面人這劍竟然是一劍三鋒！同一劍柄之上三支劍刃並在，劍出如花，常人一劍可以挽起兩三個劍花，他這一劍便可挽起八九個劍花，伏下七八十個後著！唐儷辭人在半空，尚未落地，瓷面人這一劍可謂偷襲，但聽銅笛掠空之聲，「噹噹噹」三響，唐儷辭已與那三花劍過了一招，借勢飄遠，微笑道：「這明明是短刀十三行，韋前輩另起名字，果然是與眾不同。」瓷面人一滯，唐儷辭口稱「韋前輩」，余負人「啊」的一聲叫了起來，臉上微微變色，「韋悲吟！」

這戴著瓷面具，手握長劍卻施展短刀功夫的怪人，竟是韋悲吟！聽說這人在江南山莊一戰中傷在容隱聿修二人手下，隨後失蹤，結果竟然是躲在這裡當了什麼茶花牢主，委實匪夷所思，其中必有隱情。韋悲吟的武功天下聞名，當年容隱聿修兩人聯手方才重傷此人，此時唐儷辭一人當關，能倖免於難麼？

韋悲吟劍刃劈風，短刀招式即被看破，他不再佯裝，「唰唰唰」三劍刺出，唐儷辭在三招之內看破他身分，此人非殺不可！正在韋悲吟三劍出、化為九劍的同時，三條人影極快自樹林中躍出，將唐儷辭團團包圍，正是余泣鳳、林雙雙和那名黑衣人！余負人臉色慘白，韋悲吟加上這三人，唐儷辭萬萬不是對手，如何是好？此時就算跳下茶花牢，也不過是讓這四人有機會將出口封住，將唐儷辭鎖入牢中！想必池雲就是受這幾人圍困，被迫跳下去的……

唐儷辭見四人合圍，卻是唇角上勾，「一起上來吧！」言下頓時就有三支劍對他遞了過來，兩支是林雙雙的雙劍，一支是韋悲吟的長劍，三劍齊出，威力奇大，「啪」的一聲脆響，唐儷辭胸前衣裳碎裂，露出了紅綾的一角。余負人縱身而上，小桃紅流光閃動，架住林雙雙一劍，只聽「嚓」的一聲，小桃紅鋒銳無比，林雙雙的青劍應聲折斷，余負人也是連退兩步，不住喘息。就在這片刻之間，唐儷辭橫笛就口，余泣鳳眼明手快一劍向他手腕刺來，黑衣人身影如魅，立掌來抓。余負人大喝一聲，劍光爆起，馭劍術衝天而起，力擋兩人聯手一擊。就在此時，一縷笛聲破空而起，其音清亮異常，此音一出，韋悲吟快速回退，雙手掩耳，運功力抗唐儷辭音殺，黑衣人抽身便退，眨眼間不見蹤影，余泣鳳一手掩耳，一聲厲笑，仍舊一劍刺來，只有功力受制的林雙雙未受太大影響，「唰唰唰」三劍連環，竟是凌厲如常。余負人力擋兩招，氣空力盡，唐儷辭的音殺難分敵我，只覺天旋地轉，仰天摔倒，很快失去知覺，耳邊仍聽劍嘯之聲不絕，笛音似是起了幾個跳躍……

之後是一片黑暗。

不知過去了多久，真氣忽轉平順，有一股溫暖徐和的真力自胸透入，推動他氣血運行，在體內緩緩迴圈，余負人咳嗽幾聲，只覺口中滿是腥味，卻是不知何時吐了血。睜開眼睛，那股真氣已經消失，眼前仍是一片黑暗，過了好一會兒，他才瞧見身處的是一處天然洞穴，一縷幽暗的光線自頭頂射下，距離甚遠，又過了好一會兒，他突然醒悟這是茶花牢底，猛地坐起身來，只見身側一具屍首，滿身鮮血甚是可怖，卻是林雙雙。

「覺得如何？」身邊有人柔聲問道，余負人驀然回頭，只見唐儷辭坐在一邊，身上白衣破損，飄紅蟲綾披在身上，在黑暗中幾乎只見他一頭銀髮。

「我倒下之後，發生了什麼事？」他失聲問道：「他們呢？」

唐儷辭髮鬢微亂，三五縷銀絲順腮而下，臉頰甚白，唇角微勾，「他們……一個死了，一個重傷，還有兩個跑了。」

余負人心頭狂跳，「誰……誰重傷？」

唐儷辭淺淺地笑，「你爹。」

余負人臉色蒼白，沉默了下來，過了一陣，他問道：「只是你一個人？」

唐儷辭頷首。余負人長長吐出一口氣，只是唐儷辭一個人，就能殺林雙雙、重傷余泣鳳、嚇走韋悲吟和那黑衣人，簡直……簡直就是神話。「你怎做得到？」

「是他們逼我——我若做不到，你我豈非早已死了？」唐儷辭柔聲道：「人到逼不得已，什麼事都做得出來。」

余負人苦笑，「你……嗳……你……」他委實不知該說些什麼好。

唐儷辭站了起來，「既然醒了，外面也無伏兵，不怕被人甕中捉鱉，那就起來往前走吧。」

余負人勉力站起，仍覺頭昏耳鳴，「你那音殺……實在是……」

唐儷辭輕輕地笑，「實在是太可怕？」

余負人道：「連韋悲吟都望風而走，難道不是天下無敵？」

唐儷辭仍是輕輕地笑，「天下無敵……哈哈……走吧。」他走在前面，步履平緩，茶花牢那洞口之下是一處天然生成的洞穴，往前走不到幾步，微光隱沒，全然陷入黑暗之中。

一縷火光緩緩亮起，唐儷辭燃起碧笑火，余負人加快腳步，兩人並肩而行，深入洞穴不過七八丈，地上開始出現白骨，一開始只是零零星星的碎骨，再往前深入十來丈遠便是成堆成群的白骨骷髏，但看這些骷髏的死狀，俱是扭曲痙攣，可見死得非常痛苦，有些骨骼斷裂，顯然是重傷而亡。兩人相視一眼，余負人低聲道：「中毒！」唐儷辭頷首，這些白骨死時姿態怪異，一半是刀劍所傷，一半卻是並無傷痕，沒有傷痕卻扭曲而死的應是中毒。只是在這茶花牢中究竟發生了什麼事，竟然導致了如此多人的死亡？傳說中囚禁的眾多江湖要犯又在何處？難道是都已經化為白骨了？

「這些白骨上都有腐蝕的痕跡，不是自然形成，應當是有人用腐蝕血肉的藥物將屍體化為白骨。」余負人俯身拾起一截白骨，「那說明這些人死後，茶花牢內有倖存者。」

唐儷辭目不轉睛地看著滿地白骨成堆，池雲呢？池雲是在這堆白骨之內，還是……

「能毒殺這麼多人的毒，不是能散布在風中的彌漫之毒，就是會相互傳染。」余負人低聲道：「小心了。」

「沒事，我百毒不侵。」唐儷辭低聲一笑，「讓開，跟我走。」他負袖走在前面，伸足撥開地上的白骨殘屍，為余負人清出一條路，兩人一前一後，慢慢往深處走去。

滿地屍骸，不明原因的死亡，囚禁無數武林要犯的茶花牢中究竟發生了什麼事？余負人越走越是疑惑，越走越是駭然，地上的白骨粗略算來，只怕已在五百具上下，是誰要殺人？是誰要殺這麼多人？茶花牢內的倖存者是誰？毒死眾人的劇毒究竟是怎樣可怖的東西？身前唐儷辭的背影平靜異常，洞內無風，碧笑火的火光穩定，照得左右一切纖毫畢現。

走過白骨屍堆，面前是一片空地，滿地黃土，許多洞穴中常有的蜈蚣、蟑螂、蚯蚓之類卻是半隻都看不見，地上也沒有血跡，只在地上留有一條長長的刀痕，四周很空，像剛才那群白骨爭先恐後的從洞穴深處奔逃出去，不敢在這塊空地上停留片刻，故而紛紛死在入口處。

「前面有人。」余負人低聲道，他初學劍術之時，學的是殺手之道，對聲音氣息有超乎尋常的敏銳。唐儷辭微微一笑，前面不但有人，而且不只一人。

火光照處，黃土地漫漫無盡，兩人似乎走了很長一段時間，眼前突然出現了許多蛛網。這地下並沒有蚊蟲，這許多蜘蛛也不知道吃的什麼，自有蛛網之處開始，洞穴兩側又有許多小洞穴，洞穴口設有鋼鐵柵欄，應該是原本關押江湖要犯之處。但鋼鐵柵欄個個碎裂在地，破爛不堪，顯然已被人毀去，非但是毀去，並且應當已經被毀去很久了。

「看樣子茶花牢被毀應當有相當時間，後來被關進茶花牢的人，只怕未必全是所謂『江湖要犯』。」余負人道：「但是外面那洞口沒有絕頂輕功只怕誰也上不去，牢門破後，這裡面龍蛇混雜，幾百人全都擠在了一起，然後又一起死了。」

唐儷辭柔聲道：「不錯……你聰明得很。」

聽他此言，余負人反而一怔，慚慚的不好意思再說下去，卻聽唐儷辭問：「你的傷勢如何了？」

「走了這一段，真氣已平，雖不是完全好，已不礙事。」余負人想起一事，反問道：「你可有受傷？」獨戰江湖四大絕頂高手，他卻看似安然無恙。

唐儷辭微微一笑，「沒有。」

余負人由衷佩服，至於他重傷余泣鳳一事，已是毫不掛懷。兩人走過那段囚人的洞穴，道路隱隱約約已經到頭，盡頭是一面凹凸不平的黑色石壁，石壁上金光隱隱，似乎有某種礦物的痕跡，洞穴在此轉為向上拔高，不知通向何方，但茶花牢深處到此為止。

「沒有人。」余負人喃喃地道，抬頭看著頭頂那黑黝黝的洞穴，「或者……人就躲在那裡面。」但頭頂的洞穴勉強只容一人進出，要藏身在那裡面想必難受至極。剛才聽聞的人聲在此消失，唐儷辭右膝抬起，踏上一塊岩石，墊起仰望。

幾點流光在頭頂的洞口微微一閃，余負人心中一動，那是蛛絲。轉目看向面前這塊黑色石壁，那石壁上金光閃閃的礦物脈絡之上，到處都纏滿了蛛絲，在火光之下，這蛛絲越發光彩閃爍，似乎有些與眾不同。

「哈……」唐儷辭突然低聲笑了一聲，這一聲的音調讓余負人渾身一跳，抬頭向唐儷辭仰望的方向看去，只見蛛絲閃爍，慢慢垂下，從那黑黝黝的洞穴之中，一張偌大的蜘蛛網慢慢下沉，剛開始只是露出絲絲縷縷的金色蛛絲，而後……慢慢的蛛網上露出了兩隻鞋子。

蛛網上黏著人。

這奇大無比的蛛網緩緩下沉，自洞穴垂下，先是露出了兩隻鞋子，而後露出了腿……而後是腰……腰上佩刀……

黏在蛛網上的人白衣佩刀，年紀很輕。

唐儷辭踏在岩石上的右足緩緩收了回來，那隨網垂下的人，是池雲。

但又不是池雲。

池雲隨蛛網垂下，緩緩落地，一個轉身，面對著唐儷辭。

他面無表情，衣著容貌都沒有什麼變化，似乎入牢之後並沒有遭遇什麼變故，但他那一雙素來開朗豁達的眼睛卻有些變……黑瞳分外的黑、黑而無神，眼白布滿血絲，有些地方因血管爆裂而淤血，導致眼白是一片血紅。

一雙血紅的眼。

眼中沒有絲毫自我，而是一片空茫。

余負人臉色微變，「池——」隨即住口，唐儷辭沒有叫人，這人是池雲，卻又不是池雲。

頭頂的洞穴裡一物蠢蠢而動，卻是一隻人頭大小的蜘蛛，生得形狀古怪，必定也不是什麼好東西。它不住探頭看著池雲，又縮回少許，然後吡吡噴兩口氣，再探出頭來。

池雲右手持刀，左手握著一個金綠色的藥瓶，那瓶口帶著一片黃綠色，散發著一股刺鼻的氣味。

「這洞裡五百八十六條人命，都是你殺的？」唐儷辭面對池雲，眼睫微垂，唇角上勾，說不上是關心或是含笑的表情，其中蘊涵著冷冷的殺氣，「你就是這牢中之王？自相殘殺後留下來的最強者？」

池雲並不說話，只一雙眼睛陰森森的瞪視前方，他瞪得圓，隱約可見平日的瀟灑豁達，但他瞪得無情，卻是說不出的詭異可怖。

「這就是所謂殺唐儷辭最好的人選……」唐儷辭真是笑了，「果然是好毒的計策、好狠的心。」他橫袖攔住余負人，兩人一起緩緩退步，邊退他邊柔聲道：「你看到他面上隱約的紅斑沒有？」

余負人凝目望去，洞內光線昏暗，火光又在唐儷辭手上，委實辨認不清，距離如此之遠，要能辨認池雲臉上有沒有紅斑，需要極好的目力，他看了半晌，點了點頭。

唐儷辭低柔地道：「毒死外面五百八十六人的毒藥，就是九心丸，而化去屍體的藥水，就握在池雲左手。」

余負人大吃一驚，「什麼……難道池雲也中了九心丸之毒？那如何是好？」

唐儷辭秀麗的臉龐在火光下猶顯得姣好，只聽他道：「我猜他被迫跳進茶花牢，不想茶花牢下早就是一片混亂，有人給牢裡眾人下毒，眾人互相傳染，毒入骨髓，池雲跳下之後，面臨的就是九心丸之毒。」

余負人點了點頭，想及當時情景，不免心酸，池雲堂堂好漢，一身武功滿心抱負，竟被困在這茶花牢中，被迫染上不可解的劇毒。

「為求生路——」唐儷辭低聲道，聲音很柔，聽在余負人耳中卻極冷，那柔和的聲音之中不含情感，即使是說出如此殘忍悲哀的話來，也聽不出他有絲毫同情之意，「池雲大開殺戒，一度畫地為牢，逼迫眾人遠遠避開他，團聚在茶花牢口，而他遠避眾人，深入洞內，希望彼此隔絕，能不受其害。然而——」他的語調變得有些奇怪，似乎是很欣賞這設計的陰謀、又似乎是懷著極其悲憫的心情，「然而在這洞穴深處，有著比九心丸更可怕的東西……」

余負人喉中一團苦澀，「就是這種蜘蛛？」

唐儷辭淺淺地笑，「據《往生譜》所載，這是蠱蛛的一種，蠱蛛並不生長在此，所以這麼巨大的蠱蛛必定是有人從外面放進來的。」

「蠱蛛？」余負人低聲問，「五毒之催。」

唐儷辭道：「不錯，古人練蠱，將五毒放在缸內，等自相殘殺之後取其勝者而成。蠱蛛之毒，正是讓五毒相殘的催化物。有人故意把蠱蛛放進茶花牢內，然後把池雲逼落其中，這整個地底充滿了蠱蛛之氣，池雲中了蠱蛛之毒後，從洞裡出來，對聚成一團的眾人狂下殺手，這就是那些碎骨的來歷。牢裡五百多人自相殘殺，劇毒相互傳染，其他人死光之後，最後得勝的一人就是蠱人。」他低聲道：「這就是以人練蠱之法。」

余負人聽得冷汗盈頭，池雲在這裡殺一人，身上的蠱術就強一分，外面的人死一個，他的煞氣就多一分，此時此刻，面對的池雲早已迷失本性，完全成為殺人的機器，並且——是中了九心丸劇毒之後功力倍增、被練成蠱人之後神祕莫測的池雲！

「很殘忍，是不是？」唐儷辭柔聲問，不知是在問余負人、還是在問失去神智的池雲。

余負人看著池雲，想及他平日的風流倜儻、瀟灑豁達，心中痛煞！不管是誰，能想出如此計策將池雲害成如此模樣，便是日後將他千刀萬剮，也難以抵消對池雲造成的傷害！世上怎會有人殘忍惡毒至此？怎會有人陰險可怖至此？那……那還是人麼？

「很殘忍……」唐儷辭的目光緩緩轉向池雲的眼睛，「對很少吃過苦頭的人來說，真的很殘忍……」洞穴中蟲蛛奇異的氣味越來越濃，那隻巨大蜘蛛在頭頂不停的噴氣，池雲的眼神越來越瘋狂，唐儷辭橫臂一振，將余負人震退數步，他踏上數步，直面池雲，淺笑微露，「你想怎樣？」

池雲手中「一環渡月」緩緩舉起，刀尖直對唐儷辭雙目之間，唐儷辭再上一步，微笑道：「你想把我一刀劈成兩半？出刀吧。」

霍的一聲刀刃劈風之聲，池雲出刀快逾閃電，他本來出手就快，中毒之後越發快得令人目眩，這一刀剛剛聽到風聲，已乍然到了眉目之間。唐儷辭仰身測旋，翩然避開，一頭銀髮飄起，身上飄紅蟲綾隨之揚起，長長拂了一地。池雲對飄蕩的紅綾視而不見，一環渡月緊握手中，刀刀緊逼，刀光越閃越亮，破空之聲越來越強，迴盪在深邃的洞穴之中，一聲聲猶如妖啼。

驚人的刀法，池雲長袖引風，手中刀一刀出去，刀勢被袖風所引，飄移不定，極難預測。余負人一邊觀戰，唐儷辭身法飄忽，刀刀避開，但池雲越打越狂，一旦他飛刀出手，這洞穴地方如此狹窄，以池雲那等霸道的飛刀之勢，幾乎不可能全部避開。而洞穴之中，若要施展音殺之術，自己只怕要先死在音殺之下，余負人面帶苦笑，他為何要跟來？唐儷辭叫他回去，果然是對的，他跟在他身後徒然礙手礙腳而已。

正在余負人自怨自艾的同時，只聽耳邊「咿呀」一聲古怪的嘯聲，池雲手中「一環渡月」果然出手了，這一刀刀光不住閃爍，被袖風所托，緩緩向唐儷辭面前飄來。

「渡命——」池雲僵硬的唇齒之間突然生硬的吐出兩個字，飄向唐儷辭的刀光越閃越是燦爛，那說明刀身晃動得非常厲害。唐儷辭負袖而立，依然淺笑，「還記得我說過的話麼？」池雲沉默不答，也不知聽進去沒有，只聽唐儷辭柔聲道：「我是天下第一。」

此言一出，池雲雙目一瞪，刀光陡然爆開，只聽「噹」的一聲震響，就如爆起了一團煙花，在余負人眼中只見刀刀如光似電，在這極黑的洞穴中引亮一團煙嚣也似的絢爛。唐儷辭不持銅笛，欺身向前，竟是空手入白刃的功夫，只聽「啪」的一聲指掌相接，隨之「噹噹噹噹」一連四聲兵刃墜地之聲，洞中忽而化為一片死寂。余負人心頭狂跳，只見幾點鮮血濺上山壁，有人受了輕傷，而池雲雙手都被唐儷辭牢牢制住——方才唐儷辭第一下奪刀擲地，池雲立刻換刀出手，唐儷辭再奪刀、池雲再換刀，如此一連四次，直至池雲無刀可換，唐儷辭立刻制住他雙手。

池雲刀勢霸道，要制他刀勢，最好的辦法就是不要讓他發刀。唐儷辭出手制人，竟是出奇的順利，手到擒來，短短一瞬，余負人卻覺頭昏眼花，背倚石壁，竟有些站立不穩之感。

胸口劍傷未愈，夜奔三十裡，獨戰四大高手，殺一傷一，逼退兩人，救自己之命，而後下茶花牢對身為蠱人的池雲，竟是數招制敵——這——這還算是人麼？

百年江湖，萬千傳說，還從未聽說有人能如此悍勇，何況此人面貌溫雅，絲毫不似亡命之徒。

唐儷辭的極限究竟在哪裡？

世上有人能讓他達到自己的極限麼？

「余負人，幫我用紅綾把他綁起來。」唐儷辭柔聲道，聲音仍是一如既往的溫和平靜，甚至很從容，「小心不要碰到他的皮膚，池雲身上的毒不強，但是仍要小心。」他雙手扣住池雲的手腕，池雲提膝欲踢，卻被他右足扣踝壓膝抵住，剩餘一腿尚要站立，頓時動彈不得。

余負人提起紅綾，小心翼翼將池雲縛住，再用小桃紅的劍鞘點住他數處大穴，「你可以放手了。」

唐儷辭緩緩鬆手，池雲咬牙切齒，怒目圓瞪，他含笑看著，似乎看得很是有趣，伸手撫了撫池雲的頭，「我們回去吧，今夜好雲山多半會有變故。」

「變故？」余負人恍然大悟，「是了，有人將池雲生擒，引你來救，是為調虎離山。」

唐儷辭點了點頭，「這就回去吧，善鋒堂內有成縕袍、邵延屏和普珠在，就算有變故，應當都應付得了。」

余負人心情略鬆，淡淡一笑，「你對成大俠很有信心。」

唐儷辭微微一笑，「他是個謹慎的人，不像某些人毫無心機。」

余負人聞言汗顏，「我……」唐儷辭托住池雲肋下，「走吧。」

兩人折返洞口，仰頭看那只透下一絲微光的洞口，這漏斗狀的洞口扣住了洞下數百人命，不知要如何攀援？唐儷辭卻是看了洞口一眼，自地上拾起一塊石頭，縛在紅綾另一端，將石子擲了上去。余負人一怔，只聽極遠處「嗒」的一聲悶響，石子穿洞而出，打在外邊不知什麼事物上，似乎射入甚深。

「上去吧。」這飄紅蟲綾有二三十丈來長，即使縛住池雲，所剩仍然足有二十來丈，用以做繩索是再好不過。余負人攀援而上，未過多時已到了洞口，登上外面的草地深吸一口夜間清新的空氣，只覺這一夜似乎過了很久很久，恍如隔世。

身後唐儷辭輕飄飄縱上，再把池雲拉了上來，他仍舊將他托住，三人展開輕功，折返好雲山。

好雲山上。

善鋒堂內。

邵延屏面對黑衣黑帽不知名的高手，心中七上八下，絲毫無底。

那人動了一下，似乎在靜聽左右的動靜，邵延屏心知他只要一確定左右無人，就會打算一招斃敵，而他這一招自己接不接得下來顯然是個大問題。

敢在劍會中蒙面殺人，必定對自己的功力很有信心。想到此點，邵延屏心都涼了。

忽的黑衣人有了動靜，渾身的殺氣一閃而逝，突然之間往外飄退，眨眼之間就不見了蹤跡。邵延屏心中大奇，這人明明占盡上風，為何會突然退走？正在驚詫之時，只聽屋頂「奪」的一聲響，他猛然抬頭看去，只見清風明月，成縕袍一人掛劍，坐在唐儷辭屋頂上，右手舉著個酒葫蘆，此時正拔了瓶塞，昂首喝酒。

一人一劍，一月一酒，冷厲霜寒，卻又是豪氣干雲。

邵延屏大喜過望，「成大俠！」

成縕袍冷冷地看著他，「幸好我是明日才走。」言下又喝了口酒。

邵延屏躍上屋頂，眉開眼笑，「若不是你及時出現，只怕老邵已經腦漿迸裂，化為一灘血肉模糊了，你怎知有人要殺我？」

「我只不過正巧路過，老實說他要是不怕驚動別人，衝上來動手，我可沒有半點信心。」成縕袍冷冷地道：「我在堂門口就看見他的背影，結果他到這裡這麼久了，我才摸過來，其中差距可想而知。」

邵延屏乾笑一聲，「你要是跟得太近，被他發現了一掌殺了你，只有更糟。」

成縕袍冷笑一聲，「要一掌殺成縕袍，只怕未必。」

邵延屏唯唯諾諾，心中卻道就憑剛才那人的殺氣，倒似世上不管是誰他都能一掌殺了。

便在此時，三道人影飄然而來。

成縕袍「咦」了一聲，「唐——」

唐儷辭三人已經回來，邵延屏看見池雲被五花大綁，大吃一驚，「怎麼了？發生什麼事？」

唐儷辭托住池雲，很快往池雲住所而去，「沒事，這幾日不管是誰，不得和池雲接觸。」

余負人停下腳步，長長吐出一口氣，「池雲被人生擒，中了九心丸之毒。」

成縕袍和邵延屏面面相覷，都是變色，兩人雙雙躍下，「究竟是怎麼回事？」

當下余負人把有人生擒池雲，設下蠱人之局，連帶調虎離山之計，如此等等一一說明。邵延屏越聽越驚，成縕袍也是臉色漸變，這布局之人陰謀之深之遠，實在令人心驚。邵延屏變色道：「這樣的大事，他怎可一句話不和人商量，孤身前去救人？他明知是個陷阱，要是今夜救不出池雲，反而死在那茶花牢中，他將江湖局勢、天下蒼生至於何地？真是……真是……」

余負人苦笑，「但……但他確實救出了池雲。」邵延屏和成縕袍相視一眼，心中駭然——唐儷辭竟能獨對林雙雙、余泣鳳、韋悲吟和那黑衣人四人聯手，殺一傷一，逼退兩人而能毫髮無傷，這種境界，實在已經像是神話了。

若唐儷辭在，方才那個黑衣人萬萬不敢在劍會遊蕩！邵延屏心下漸安，長長吐出一口氣，苦笑道：「這位公子哥神通廣大，專斷獨行，卻偏偏做的都是對的，我真不知是要服他，還是要怕他。」

成縕袍淡淡地道：「你只需信他就好。」

信任？要信任一個神祕莫測、心思複雜、專斷獨行的人很難啊！邵延屏越發苦笑，望著唐儷辭離去的方向，信任啊……

池雲房中。

唐儷辭點起一盞油燈，將池雲牢牢縛在床上，池雲滿臉怨毒，看他眼神就知他很想掙扎，但卻掙扎不了。唐儷辭在他床邊椅子坐下，支頷看著池雲，池雲越發忿怒，那眼神就如要沸騰一般。

「我要是殺了你，你醒了以後想必會很感激我……」唐儷辭看了池雲許久，忽的緩緩柔聲道：「但我要是殺了你，你又怎會醒過來？落到這一步，你不想活，我知道。」他的紅唇在燈下分外的紅潤，池雲瞪著他，只見他唇齒一張一闔，「堂堂『天上雲』，生平從未做過比打劫罵人更大的壞事，卻要落得這樣的下場……你不想活，我不甘心啊……」他的語氣很奇異，悠悠然的飄，卻有一縷刻骨銘心的怨毒，聽入耳中如針紮般難受，只見唐儷辭伸手又撫了撫池雲的頭，柔聲道：「堅強點，失手沒什麼大不了，殺個百個人也沒什麼大不了，中點毒更不在話下，只有你活著，事情才會改變。就算十惡不赦又怎樣？十惡不赦……也是人，也能活下去，何況你還不是十惡不赦，你只不過……」他的目光變得柔和，如瀲灩著一層深色的波，「你只不過順從了本能罷了，到現在你還活著，你就沒有輸。」

床上的池雲驀地「啊——」一聲慘叫，唐儷辭手按腹部，輕輕拍了拍他的面頰，「熬到我想到蠱蛛和九心丸解藥的時候。」他一夜奔波，和強敵毒物為戰，一直未顯疲態，此時眉間微現痛楚之色，當下站了起來，「你好好休息……呃……」他驀地掩口，彎腰嘔吐起來，片刻之間，已把胃裡的東西吐得乾乾淨淨。床上的池雲眼神一呆，未再慘叫，唐儷辭慢慢直起腰來，扶住桌子，只覺全身痠軟，待要調勻真氣，卻是氣息不順，倚桌過了好半晌，他尋來抹布先把地上的穢物抹去清洗了，才轉身離開。

池雲目不轉睛地看著他的行動，一雙茫然無神的眼睛睜得很大，也不知是看進去了，還是根本沒看進去。

唐儷辭回到自己屋裡，沐浴更衣，熱水氤氳，身上越覺得舒坦，頭上越感眩暈。他的體質特異，幾乎從不生病，就算受傷也能很快痊癒，胸口那道常人一兩個月都未必能痊癒的劍傷，他在短短七八日內就已癒合，也曾經五日五夜不眠不休，絲毫不覺疲憊。但今夜連戰數場，身體本也未在狀態，真氣耗損過巨，被自己用內力護住的方周之心及其相連的血管便有些血流不順了。手按腹部，腹中方周的心臟仍在緩緩跳動，但他隱約感覺和以往有些不同，卻也說不上哪裡不同，在熱水中越泡越暈，一貫思路清晰的頭腦漸漸混沌，究竟是什麼時候失去意識，他真的渾然不覺。

唐儷辭屋裡的燈火亮了一夜。邵延屏擔心那黑衣人再來，派人到處巡邏警戒，過了大半夜，有個弟子猶猶豫豫來報說唐公子讓人送了熱水進房，卻始終沒有讓人送出來。邵延屏本來不在意，隨口吩咐了個婢女前去探視。

天亮時分。

「唐公子？」婢女紫雲敲了敲唐儷辭的房門。

房門上閂，門內毫無聲息。

「唐公子？」紫雲微覺詫異，唐儷辭對待婢女素來溫文有禮，決計不會聽到聲音沒有回答，而她嗅到了房內皂莢的味道，他難道仍在沐浴？怎有人沐浴了一夜還在沐浴？他在洗什麼？「唐公子？唐公子！你還在屋裡麼？」

屋裡依然毫無反應。

紫雲繞到窗前，猶豫許久，輕輕敲了敲窗，「唐公子？」

屋內依然沒有回應，窗戶卻微微開了條縫，紫雲大著膽子湊上去瞧了一眼。屋內燭火搖晃，她看到了浴盆，看到了衣裳，看到了一頭銀髮尚垂在浴盆外，頓時嚇了一跳，「邵先生、邵先生……」她匆匆奔向邵延屏的書房。

邵延屏正對著一屋子的書嘆氣，神祕的黑衣蒙面人在劍會中出沒、夜行竊聽，就算有唐儷辭在此鎮住，讓其不敢輕舉妄動，那也不是治本之法。那人究竟是誰？是誰想要他邵延屏死？

「邵先生，邵先生，唐公子的門我敲不開，他……他好像不太對勁，人好像還在浴盆裡。」紫雲臉色蒼白，「邵先生您快去看看，我覺得可能出事了。」

「嗯？」邵延屏大步向唐儷辭的廂房奔去，房門上閂，被他一掌震斷，「咯啦」一聲，邵延屏推門而入。

而後不知過去了多少時間。

「唐公子？唐公子？」耳邊有輕微的呼喚聲，十分的小心翼翼，唐儷辭心中微微一震，一點靈思突然被引起，而後如流光閃電，剎那之間，他已想到發生了什麼事。睜開眼睛，只見邵延屏、余負人和成縕袍幾人站在自己床沿，只得微微一笑，「失態了。」

床前幾人都是一臉擔憂，怔怔地看著他，從未見有人自昏迷中醒來能醒得如此清醒，居然睜開眼睛，從容的道了一句「失態」，卻令人不知該說什麼好。頓了一頓，邵延屏才道：「唐公子，昨日沐浴之時，究竟發生了什麼？你昏倒浴盆之中，我等和大夫都為你把過脈，除了略有心律不整，並未察覺有傷病，你自己可知問題究竟出在哪裡？」

唐儷辭脈搏穩定，並無異狀，練武之人體格強壯，心律略有不整十分正常，突如其來的昏厥，實在令人憂心如焚。

心律不整那是因為體內有方周之心，雙心齊跳，自然有時候未必全然合拍，至於為何會昏倒……唐儷辭探身坐了起來，余負人開口勸他躺下休息，唐儷辭靜坐了一會兒，柔聲道：「昨日大概是有些疲勞，浴盆中水溫太熱，我一時忘形泡得太久，所以才突然昏倒。」

三人面面相覷，以唐儷辭如此武功，說會因為水溫太熱泡澡泡到昏厥，實在令人難以置信。唐儷辭只坐了那片刻，轉頭一看天色，微微一笑，「便當我在浴盆裡睡了一夜，不礙事的。」言罷起身下床，站了起來。

睡了一夜和昏了一夜差別甚大，但昨夜他剛剛奔波數十里地，連戰四大高手，真力耗損過巨導致體力衰弱也在情理之中。邵延屏長長吁了口氣，「唐公子快些靜坐調息，你一人之身，身系千千萬萬條人命，還請千萬珍重，早晨真是把大家嚇得不輕。」

唐儷辭頷首道謝，「讓各位牽掛，甚是抱歉。」

三人又多關切了幾句，一齊離去，帶上房門讓唐儷辭靜養。

唐儷辭眼見三人離去，眉頭蹙起，為何會昏倒在浴盆裡，其實他自己也不明白，隱隱約約卻能感覺到是因為壓力……方周的死、柳眼的下落、池雲的慘狀、面前錯綜複雜的局面、潛伏背後的西方桃、遠去洛陽的阿誰、甚至他那一封書信送去丞相府後京城的狀態……一個一個難題，一個一個困境，層層疊疊，糾纏往復，加上他非勝不可的執念，給了自己巨大的壓力，心智尚足，心理卻已瀕臨極限，何況……方周的死，他至今不能釋懷。

沒有人逼他事事非全贏不可，沒有人逼他事事都必須占足上風，是他自己逼自己的。

倚門望遠，遠遠的庭院那邊，白霧縹緲之間，有個桃色的影子一閃，似是對他盈盈一笑。他報以一笑，七花雲行客之一桃三色，是他有生以來遇見的最好的對手。

第十八章　兩處閒愁

東山。

書眉居。

幾隻仙鶴在池塘邊漫步，夏盡秋初，草木仍舊繁茂，卻已隱約帶了秋色。林逋傷勢痊癒，心情平靜，一人在池邊踱步。

「岸幘倚微風，柴籬春色中。草長團粉蝶，林暖墜青蟲。載酒為誰子，移花獨乃翁。於陵偕隱事，清尚未相同。」他隨口占了首詩，這是年初之作，自己並不見得滿意，但既然想吟，他便隨性吟一首。

「哎呀，大詩人在吟詩，我馬上就走，對不住，我只是路過，你慢慢吟，吟不夠或者不夠吟的時候，可以叫我幫你吟，或者叫我幫你作詩也可以。」有人慢吞吞從背後踱過，黃衣紅扇，輕輕揮搖，「不過，其實我是來告知你，今晚開飯了，如果你不想吃，我可以幫你吃，如果你吃不下，我可以幫你倒掉……」

「唉……」林逋嘆了口氣，雖然他無意諷刺，但方平齋實在是滿口胡扯，沒完沒了，「今日煉藥可有進步？」

方平齋「嗯」了一聲，「你也很關心煉藥嘛！其實煉藥和你毫無關係，煉成煉不成死的又不是你，有進步沒進步對你而言還不是廢話一句，所以——我就不告訴你了，走吧，吃飯了。」

林逋輕輕嘆了口氣，「玉姑娘……」他欲言又止。

方平齋搖扇一笑，「如何？你對那位醜陋不堪的小姑娘難道存有什麼其他居心？」

林逋道：「怎會？玉姑娘品性良善，我當然關心。」

方平齋往前而行，「世上品性良善的人千千萬萬，你關心得完嗎？人總是要死的，早死晚死而已，難道你為她擔心她就不會死了？難道她死過之後你就不會死了？等你變成萬年不死的老妖怪再來關心別人吧。」

林逋淡然而笑，「方先生言論精闢，實在與眾不同。」方平齋居然能說出這種有兩三分道理的話，實在讓他有些出乎意料。

兩人走不多久，便回到林逋在東山的居處，名為書眉居。

柳眼的藥房散發著一股奇異的氣味，每日他都不知在房中搗騰些什麼，方平齋是非常好奇，但一則柳眼不讓他進房，二則有一次他趁柳眼不在偷偷進去，摸了一下房中瓶瓶罐罐裡那些無色的藥水，結果水乾之後他的手指竟裂了一道如刀割般的傷口，卻不流血，自此他再也不敢去探藥房。柳眼住在藥房中，除了吃飯洗漱，幾乎足不出戶，而玉團兒卻是進進出出，十分忙碌。

「你做的這是草汁還是菜糊？」飯桌之上，柳眼正冷冷地看著玉團兒，方平齋探頭一看，只見桌上四菜一湯，其中那一碗湯顏色翠綠，一團猶如菜泥一般，不知是什麼玩意兒。林逋一看之下，喚道：「如媽，這是……」

「這是玉姑娘自己做的，少爺。」一邊伺候的如媽恭敬的道。

玉團兒本已端起碗筷，聞言放下，「這是茶葉啊，那麼多茶葉被你煮過以後就不要了，多可惜啊。茶葉又沒有毒，聞著香，我把它打成糊放了鹽，很好吃的。」

方平齋一掌拍在自己頭上，搖頭不語，林逋苦笑，柳眼冷冷地道：「倒掉。」

玉團兒皺眉，「你不吃別人也可以吃啊，為什麼你不吃的東西就要倒掉？」

柳眼淡淡地道：「不許吃。」

玉團兒道：「你這人壞得很，我不聽你的話。」她端起飯碗就吃，就著那碗古怪的茶葉糊，吃得津津有味。

「呃……小白，沒有人告訴妳，吃飯的時候要等長輩先坐、等長輩先吃以後，才能吃嗎？」方平齋紅扇點到玉團兒頭上，「雖然妳現在是我未來師父的幫手，但是我年紀比妳大，見識比妳廣，尤其對美味的品味比妳高，所以——」

玉團兒皺眉道：「你明明早就進來了，自己站在旁邊不吃飯，為什麼要我等你？你可以自己坐下來吃啊。」

方平齋搖頭嘆氣，「妳實在讓我很頭痛，想我方平齋一生縱橫江湖，未遇敵手，現在的處境真是好可憐好令人悲嘆感慨啊！」言罷坐下，端起飯就吃，自然他是不會去吃那碗茶葉糊的。

「你如果縱橫江湖，未遇敵手，為什麼要跟在柳大哥後面想學他的音殺？」玉團兒吃飯吃得不比他慢，「又在亂說了。」

方平齋道：「嗯……因為遇到的都是小角色，當然未遇敵手了，像我這般行走江湖好幾年，所見所遇都是一招即殺的小角色，連不平事也沒看到幾件，真是練武人的悲哀啊——想我從東走到西、由南走到北，中原在我腳下，日月隨行千里，自然稱得上縱橫江湖……」

玉團兒不耐煩地道：「你不要再說了，我不愛聽，囉嗦死了。」

柳眼冷眼看著那碗古怪的茶葉糊，慢慢端起碗，吃了一口白飯，玉團兒突地道：「你不是不吃嗎？」

柳眼為之氣結，端著飯碗放也不是不放也不是，過了一陣，哼了一聲放下碗筷，他推著玉團兒給他做的輪椅，回他藥房裡去。

林逋不禁好笑，在自己椅上坐了下來，端碗吃飯。這三人沒有一個是能夠克己能忍的人，三人湊在一處，真是時不時便會鬧翻，看得久了，也就習慣了。方平齋伸筷子將桌上菜肴的精華一一搶盡，吃了一個飽，翹起二郎腿，「其實——剛才妳真的得罪他了。雖然他是我未來師父，不該說他背後壞話，但是他其實真愛面子，妳的腦筋又像外面到處亂跑的仙鶴的脖子那樣又直又長，說出來的話不是一般的難聽，而是非常的難聽，他能忍妳到現在沒有順手把妳害死，我覺得已經是奇跡了，所以妳還是別再刺激他，以後說話小心一點，有好沒壞。」

「他真的生氣了嗎？」玉團兒低聲問。

方平齋哈的一聲笑，「他不會真的和妳生氣，畢竟，妳不是他想要生氣的那個人。」

玉團兒皺起眉頭，「那他想要生氣的那個人是誰？」

方平齋紅扇輕搖，「噫——這種事沒得到我未來師父同意，在背後亂說很沒道德，妳如果想知道，不如自己去問他，最好順便送飯進去給他吃，發誓再也不做這種奇怪的東西，他如果心情變好，說不定就會告訴妳。」

玉團兒看了他一眼，「你怎麼會知道他想要生氣的人是誰？」

方平齋咳嗽了一聲，「當然是因為我是他親親未來好弟子，交情自然非比尋常。」

玉團兒又瞪了他一眼，端起飯碗，夾了些剩菜放在白飯上，端進藥房去了。

「方先生真是奇人。」林逋慢慢吃飯，「其實黑兄對玉姑娘真是不錯。」

方平齋哈哈一笑，「我對我那未來師父更是鞠躬盡瘁，但不知道什麼時候才能打動他的鐵石心腸，讓我得償所願呢？真是好可憐的方平齋啊！」他以紅扇蓋頭，深深搖頭，「不過我的耐心一向非比尋常，哈哈！」林逋莞爾，雖然方平齋要從柳眼身上學什麼他不懂，但這人並不真的很討厭。

煉藥房中。

柳眼推著輪椅面對那一人來高的藥缸，以及房中各種各樣形狀古怪的瓶瓶罐罐，閉目一言不發。玉團兒端著飯進房，「真的生氣了麼？」柳眼不答。玉團兒將飯放在一旁桌上，「都是這麼大的人了，怎麼還會為這樣的事生氣？你又不是小孩子。」

柳眼淡淡地道：「出去！」

玉團兒偏偏不出去，在他輪椅面前坐下，托腮看著他，「你是在生我的氣，還是在生別人的氣？」

柳眼冷冷地道：「出去！」

「如果你一直在生別人的氣，你就不該讓我覺得都是我害你心情不好啊！雖然我是錯了，煮了茶葉糊沒和你說……」玉團兒捶了捶腿，「如果你心情不好，把心事告訴別人，就會覺得輕鬆一點。」

柳眼看她捶腿，眼眸微動，「妳的腿痠嗎？」

玉團兒嘆了口氣，「有一點，我沒告訴你，對不起。」

柳眼道：「裙子拉起來讓我看一下。」

玉團兒猶豫了一會兒，把裙擺拉到膝蓋，只見原本雪白細膩的小腿有些乾枯瘦弱，皮膚上布滿細紋，已有老相。柳眼看過之後，讓她放下裙擺，沉默良久，「妳快要死了。」

「我知道。」玉團兒坦然道：「也許等不到你煉成藥，我就死了。」

柳眼頓了一頓，難得聲音有些溫柔，「妳……怕不怕？」

玉團兒看了他一眼，「怕，有誰不怕死呢？但怕歸怕，該死還是要死的。」

柳眼淡淡地問，「妳不覺得很冤麼？人生只此一遭，妳卻過得如此糟糕，小小年紀就要死了，什麼都還沒有嘗試過。」

玉團兒嘆了口氣，「是啦！我還沒有嫁人，還沒有生過孩子，卻要死了。不過我沒有覺得太糟糕，因為在死之前，還有你為我煉藥，想救我的命。」她的眼睛一向直率，直率的目光一貫讓人難以承受，所以柳眼避開了她的目光，只聽她繼續道：「我認識的人不多，只有你一個真的想救我，不但說了，也做了，我覺得……」她低聲道：「我覺得是很難得的，活得再短，能認識一個真的對自己好的人，已經很值得，雖然你是個大惡人。」

「我只不過拿妳來試藥，又不是真的對妳好。」柳眼冷冷地看著她，「何必說得這麼讓自己感動，那些明明是幻想。」

玉團兒聳了聳肩，「你就是喜歡把自己說得很壞。」

柳眼再度閉上眼睛，「小小年紀，想得很多。」

玉團兒道：「我……」

柳眼突地推動輪椅，從巨大陶罐底下取出一茶杯淡綠色的汁液出來，那其中不只有茶，還有別的許多不知什麼東西，他將茶杯遞給玉團兒，「來不及完全煉成，是死是活就看妳的運氣，敢不敢喝？」

玉團兒吃了一驚，將茶杯接了過來，「這就是藥？」

「這是未完成的藥，」柳眼的手掌蓋住茶杯口，低沉地道：「妳要想清楚，也許妳還能活幾個月，也許妳還能活幾天；但是這杯藥喝下去，說不定妳馬上就死。」他陰森森地問，「妳是要毫無希望的再活幾天、幾個月，還是現在就死？」

玉團兒睜著眼睛看他，似乎覺得很詫異，「也許我喝下去不但不會死，病還會好呢？你煉藥不就是為了治病嗎？你這麼有信心，怎麼會失敗呢？」

柳眼放手，轉過頭去，「那就喝下去。」

玉團兒端著茶杯，「在我喝下去之前，可不可以告訴我，你到底在生誰的氣？」

柳眼微微一震，「什麼……」

玉團兒目不轉睛地看著他，「我很好奇，如果我喝下去就死了，不就永遠也聽不到了？」

柳眼又沉默良久，不耐的道：「我沒有生氣。」

玉團兒「哎呀」一聲，「你騙人！不生氣為什麼不吃飯？」

「我沒有生氣，」柳眼淡淡地道：「我只是……突然想起一個人。」

玉團兒好奇的道：「誰？」

柳眼慢慢地道：「伺候我的奴才。」

玉團兒怔了一怔，突然也沉默了下來，過了好一陣子，她輕輕地問，「是你的婢子麼？」

柳眼點了點頭。玉團兒低聲道：「她……她一定……」

她突然覺得委屈，能讓柳眼想起的婢女，究竟是什麼樣的人？

「一定比我漂亮。」

「她的確比妳美貌得多，」柳眼冷冷地道：「並且溫柔體貼，逆來順受，我要打她耳光便打她耳光，我要她活就活，要她死就死，絕對不像妳這麼惹人討厭。」

玉團兒卻道：「我也想對你好，但我一對你好，你就要生氣。」

柳眼道：「她是聰明的女人，不像妳頭腦空空，奇笨無比，冥頑不靈。」

玉團兒又問，「你有教過她武功嗎？」

柳眼一怔，「沒有！」

她喜滋滋地道：「但你教過我武功！你對我也是很好的。」

柳眼不耐地道：「她又不會武功……」突地發覺已和玉團兒扯到完全不相干的話題上去，頓時喝道：「喝下去！」

玉團兒端起茶杯，卻是猶豫著沒有馬上喝。柳眼冷笑道：「怕了？」玉團兒搖了搖頭，「我在想死了以後能不能見到我娘。」

柳眼道：「死了便是死了，妳什麼也不會見到，不必癡心妄想了。」

玉團兒幽幽嘆了口氣，將那茶杯汁液喝了下去。柳眼目不轉睛地看著她，只見玉團兒的臉色並沒有什麼變化，喝過之後坐在地上，兩人四目相對，過了半晌，卻是什麼事也未發生。

「看來這藥喝下去不會死人。」柳眼冷冷地道：「很好。」

玉團兒伸手在自己臉上身上摸了摸，「我……我什麼都沒有感覺到。」

柳眼從懷裡摸出一塊手帕，再從陶罐下取出一杯汁液，浸透手帕，緩緩彎腰，將浸透汁液的手帕按在她臉上。

「不要動。」他道。

「可是……你還沒有吃飯，要很久嗎？」她一動不動，關心的卻是別的事。

他突然覺得有些好笑，有些氣惱，還有些心煩意亂，「喝下去毒不死妳不表示妳一定能好，關心妳自己吧。」

「哦。」玉團兒安靜坐著，柳眼修長雪白、很少有褶皺的手指捂在她臉上，她從手帕的邊緣看得見他的手腕，他的手腕腕骨秀氣，手臂硬瘦而長挺，是一隻精美絕倫的手，可惜她看不見他容貌被毀前的樣子，不知道他的臉是不是也和他的手一樣漂亮。不過這隻手雖然漂亮，總是帶了一種陰沉抑鬱的白，就像燒壞了的白瓷一般。臉頰漸漸被他的手溫捂熱，她眨了眨眼睛，他把她的眼睛按住，不讓她睜眼，很快連眼瞼都熱了起來。她幻想著明天自己究竟是會死還是會活著，臉上手指的溫熱，讓她覺得其實柳眼是個很溫柔的人……他其實並不是太壞，只是很想變得很壞而已，一定有什麼理由。

過了半柱香時間，柳眼將手帕收了起來，玉團兒那張老太婆的面孔並沒有什麼改變，他冷冷地看著她，她還不睜眼，「做什麼夢？妳還是老樣子。」

玉團兒睜開眼睛，爬起來對著銅鏡照了照，鏡中還是一張老嫗面孔，她卻並沒有顯得很失望，拍了拍臉頰，突然道：「其實我覺得你不壞的，不像沈大哥說的你是一個十惡不赦的大惡人。」

柳眼推動輪椅，面對著牆壁，冷冷地道：「出去吧，明天早上自己帶手帕過來敷臉，如果嫌藥太難喝，就叫方平齋給妳買糖吃。」

玉團兒應了一聲，突然道：「我要你給我買糖吃。」

柳眼微微一怔，並不回答，「出去吧。」

玉團兒關上煉藥房的門，心情大好，臉上不禁笑盈盈的。方平齋站在門口，身影徘徊，紅扇揮舞，「嗯……」她回過頭來，笑盈盈地看著他，「喂，我覺得他現在心情不壞。」

方平齋摸了摸頭，「呃……這個……算了，方平齋啊方平齋，想你橫行天下未遇敵手，拜師又不是什麼見不得人的事，怎麼會在此時此刻退縮呢？真是好奇怪的心理——」言下，他邁進煉藥房，「黑兄，想我方平齋一生瀟灑，現今為你作牛作馬甚久，是無怨無悔又心甘情願，不知黑兄何時教我音殺之術呢？」

柳眼面對牆壁，似乎是笑了一笑，方平齋認識這人也算不短一段時日，卻從來沒有見過他笑，心中大奇，想繞到前面去看一眼，柳眼面前卻是牆壁，何況一個滿臉血肉模糊的人笑不笑估計也分辨不怎麼清楚，於是背手一扇，「黑兄——盼你看在我拜師之心感天動地，求知之欲山高水長的份上，就教了我吧！」

柳眼低沉地道：「哈哈，音殺並非人人可學，你只是為了殺人而學，永遠也學不會。」

方平齋笑道：「哦？那要為了什麼而學，才能達到黑兄的境界？」

柳眼淡淡的道：「不為什麼。」

「不為什麼？」方平齋走到柳眼身邊，「真是好奇妙的境界，咿呀，真的不能讓我一試？說不定——我會是百年難遇的奇才哦！」

柳眼推動輪椅，緩緩轉過身來，「要學音殺……首先至少要會一樣樂器，你可會樂器？」

「樂器？」方平齋眼眸轉動，「我會……哎呀，我什麼也不會。」

柳眼閉目，「那就不必說了。」

方平齋在煉藥房內徘徊幾步，「但是我會唱歌哦！」

柳眼眼簾微挑，「哦？唱來聽下。」

方平齋放聲而歌，「小銅鑼、小木鼓，小雞小鴨小木屋，水上蓮花開日暮，屋後還有一隻豬……」歌聲粗俗，直上雲霄，震得屋外落葉四下，猶在吃飯的林逋吃了一驚，玉團兒「哎呀」一聲，真是嚇了一跳。

不過片刻，方平齋已把那首亂七八糟的兒歌唱完，紅扇一指，「如何？」

柳眼淡淡地道：「不差。」

方平齋「嗯」了一聲，似乎連他自己都吃了一驚，「你不是在說笑？」

柳眼道：「不是。」他第一次正面看著方平齋的眼睛，目光很淡，「也許……你真的是百年難遇的奇才。」

方平齋張口結舌，多日來的希冀突然實現，似乎連他自己都有些難以接受，「難道我剛才的歌真的唱得很好？哎呀！我還以為，世上只有石頭才肯聽我唱歌，因為——它們沒腳，跑不了。」

「唱得很投入，很有自信。」柳眼低沉地道：「雖然有很多缺點，卻不是改不了……哈哈，教你音殺，也許，有一天你能幫我殺得了那個人。」他的眼眸深處突然熱了起來，「半年之後，你要練成一樣樂器，如若不能，不要怪我對你失去耐心。」

方平齋哈哈一笑，「半年之後，你對我的期待真是不低，不過我還不知道你到底要我練哪一種樂器？事先說明，我可是彈琴彈到鬼會哭，吹簫吹得神上吊，一曲琵琶沉魚落雁，害死不少小動物的人哦。」

「樂器不成，音便不準，音不準則不成曲。」柳眼淡淡地道：「以你的條件，可以嘗試擊鼓。」

方平齋踉蹌倒退幾步，手捂心口，「擊……鼓？」

柳眼閉眼，「鼓也是樂器，並且不好練。」

方平齋負扇轉身，「你要教我擊鼓？」

柳眼淡淡地道：「如果你要學，我會教。」

方平齋「嗯」了一聲，「擊鼓，沒試過，也許——真的很好玩，我學。」

柳眼舉袖一揮，「那麼你先去尋一面鼓來，一個月後，我們開始。」

方平齋喜滋滋地邁出藥房，林逋已吩咐如媽將碗筷收拾好，見玉團兒和方平齋都是滿面歡喜，心裡不由想黑兄果然非尋常人也。毀容殘廢之身，武功全失，身上沒有盤纏，既無功名也無家業，孤身一人，卻總能讓他人為他歡喜悲哀，他心情略好，大家便笑顏逐開，不僅是方平齋玉團兒如此，連自己也是如此。

煉藥房內。

柳眼面壁而坐，門外一片歡愉，門內一片寂靜。

他靜靜地看著一片空白的牆壁，雜亂的心事，在此時有一瞬的空白。他其實並不是一個善於思考的人，許多事情越想越亂，但要不想，卻有所不能。當年身為「銅笛」成員之一，他是一個紳士，善於做好每一個精細的小節，溫柔善意的對待每一個人，他是媒體交口承贊的明星，是形象最好的吉他手，但他並不算是一個聰明和有主見的人。他會受身邊的人影響，他容易糾纏於細節，他做事總是憑直覺並且總以為自己不會受傷害，這些缺點，「銅笛」的成員都看得很透，他自己也很清楚。

但是改不了。

就像現在他答應了教方平齋音殺，而方平齋究竟是怎麼樣一個人，他其實並不清楚。就像為何要救玉團兒，他至今回答不出真正的原因。一定要追根究底的話，只能說……他仍然是個濫好人，他無法堅定的拒絕別人，別人對他有所求，而他能做到卻拒絕別人，在心底深處好像有愧一樣。

他就是這樣的人，他和唐儷辭完全相反。

柳眼長長吐出一口氣，煉藥漸漸有成，答應了教方平齋音殺之後，他的心稍微有些平靜了下來，無思無慮地看著一片雪白的牆壁，片刻之後一個念頭湧上心頭：她……她怎麼樣了？

他離開之後，她們一定不會放過她。他很清楚，但好雲山之戰的失利出乎他意料之外，此時此刻徒然有牽掛之心，卻已無救人之力，但是──但是他相信唐儷辭會有所行動，因為阿誰是他的女人，因為他收養了她的兒子，所以一定會救她。他卻不知唐儷辭從不為了這種理由救人，這種救人的理由只是柳眼的，不是唐儷辭的。唐儷辭救了阿誰，在相當大的程度上來說，只是一種偶然。

但依然要說柳眼的直覺很準，雖然他無法分析真正的原因，卻預知了結果。

她被唐儷辭所救之後，一定很感激他，而招惹女人，那是唐儷辭一貫的伎倆。柳眼坐在那裡面對牆壁，突然又忿怒起來，她……她現在還記得他嗎？是不是心裡只剩下唐儷辭的風流倜儻溫柔體貼，是不是只記得自己對她呼喝打罵，操縱控制，從而對他滿心怨恨？說不定她會以為，把她拋棄在總舵，讓那些女人們欺凌，全部都是自己的主意，又是他折磨她的一種手段，然後更加恨他……

柳眼的手掌慢慢握成了拳，阿誰……

我其實……其實……並不是故意折磨妳，折磨妳我並不快樂，當初把妳從冰猨侯府帶走，故意讓妳母子分離，也並不是因為妳天生內媚，秀骨無雙，不是因為妳是百世罕見的美人，而是因為……

是因為妳是我當初努力想做卻做不了的那種人。

他茫然看著那空白的牆，妳溫和從容，能忍讓、不怨恨，對任何人都心存善意，但又能抽身旁觀，縱然受到傷害也能處理得很好，雖然妳的力量微薄，卻讓我非常羨慕——羨慕到妒忌，而是因為我妒忌，我不知道怎麼辦才好，所以折磨妳。

也許我們相處久了，我就能從妳身上多獲得一些平靜的感覺，也許相處久了，妳會感覺到我其實……其實有很多苦衷。

所以不要愛上唐儷辭好麼？

碧落宮。

午後，碧霄閣。

宛郁月旦近來養了一隻兔子，雪白的小兔子，眼睛卻是黑的，耳朵垂了下來，和尋常的小白兔有些不同，但宛郁月旦看不見，他只撫摸得到牠細軟溫暖的毛，和牠不過巴掌大的小小身軀。他一度想餵牠吃肉，但可惜這隻兔子只會吃草，並且怕貓怕得要死，和他想像的兔子相去甚遠。

「啟稟宮主，近日那兩人每況愈下，如果再找不到方法，只怕……」鐵靜緩步走近宛郁月旦的房間，「已經試過種種慣用的方法，都不見效果。」宛郁月旦懷抱兔子，摸了摸牠的頭，提起後頸，把兔子放在地上，「還是不會說話？」

「不會說話，不但不會說話，也不會吃飯，甚至不會睡覺。」鐵靜眉頭緊皺，「我還從未見過被控制得如此澈底的人，這幾天每一口糧食和清水，都要女婢一口一口餵。」

宛郁月旦道：「唐公子說這兩人受引弦攝命之術控制，只有當初設術之人才解得開，必須聽完當初設下控制之時所聽的那首曲子。一旦猜測失誤，曲子有錯，這兩人當場氣血逆流，經脈寸斷而亡。」鐵靜眉頭越發緊鎖，「但是根據聞人師叔檢查，這兩人並不只是中了引弦攝命之術，早在身中引弦攝命之前，他們就身中奇毒，是一種令人失去神智，連睡覺都不會的奇毒。這兩人失去神智之後，再中引弦攝命，樂曲深入意識深處，後果才會如此嚴重。」

「引弦攝命之術，紅姑娘或者可解，就算紅姑娘不能，在尋獲柳眼之後，必然能解。」

宛郁月旦眉頭微揚，「我本來對引弦攝命並不擔心，這兩個人不能清醒，果然另有原因。他們現在還在客房？」

鐵靜點頭，「宮主要去看看？」

宛郁月旦微笑道：「七花雲行客，傳說中的人物，今日有空，為何不看？一旦他們清醒過來，我便看不著了。」

鐵靜輕咳一聲，有些不解，宛郁月旦雙目失明，他要看什麼？宛郁月旦卻是興致勃勃，邁步出門，往客房走去。

鐵靜跟在他身後，這位宮主記性真是好，碧落宮只是初成規模，許多地方剛剛建成，但宛郁月旦只要走過一次便會記住，很少需要人扶持。兩人繞過幾處回廊，步入碧落宮初建的那一列客房中的一間。

梅花易數和狂蘭無行兩人直挺挺的站在房中，臉色蒼白，神色憔悴，那衣著和姿態都和在青山崖上一模一樣。時日已久，如果再無法解開他們兩人所中的毒藥和術法，縱然是武功蓋世，也要疲憊至死了。宛郁月旦踏入房中，右手前伸，緩緩摸到梅花易數臉上，細撫他眉目，只覺手下肌膚冰冷僵硬，若非還有一口氣在，簡直不似活人。鐵靜看宛郁月旦摸得甚是仔細，原來他說要看，就是這般看法，如果不是這兩人神智不清，倒也不能讓他這樣細看。

「原來梅花易數、狂蘭無行是長得這種樣子。」宛郁月旦將兩人的臉細細摸過之後，後退幾步坐在榻上，「鐵靜你先出去，讓我仔細想想。」

鐵靜答應了，關上門出去，心裡不免詫異，但宛郁月旦自任宮主以來，決策之事樣樣精明細緻，從無差錯，他既然要閉門思索，想必是有了什麼對策。

宛郁月旦仰後躺在客房的床榻上，靜聽著梅花易數和狂蘭無行的呼吸聲，這兩人的呼吸一快一慢，一深一淺，顯然兩人所練的內功心法全然不同。究竟是什麼樣的毒藥，能讓人在極度疲乏之時，仍然無法放鬆關節，不能閉上眼睛，甚至不能清醒思索，也不能昏厥？也許……他坐了起來，撩起梅花易數的衣裳，往他全身關節摸去。梅花易數年過三旬，已不算少年，但肌膚骨骼仍然柔軟，宛郁月旦目不能視，手指的感覺比常人更加敏銳，用力揉捏之下，只覺在他手臂關節深處，似乎有一枚不似骨骼的東西刺入其中。

那是什麼？一枚長刺？一支小針？或者是錯覺？宛郁月旦從懷裡取出一塊磁石，按在梅花易數關節之處，片刻之後並無反應，那枚東西並非鐵質。究竟是什麼？他拉起狂蘭無行的衣袖，同樣在他關節之處摸到一枚細刺，心念一動，伸手往他眼角摸去。

眼角……眼窩之側，依稀也有一枚什麼東西插入其間，插的不算太深。宛郁月旦收回手，手指輕彈，右手拇指、食指指尖乍然出現兩枚緊緊套在指上的鋼制指環，指環之上各有纖長的鋼針。左手輕撫狂蘭無行的右眼，宛郁月旦指上兩枚鋼針刺入他眼窩之旁，輕輕一夾，那細刺既短且小，宛郁月旦對這指上鋼針運用自如，一夾一拔之下，一枚淡黃色猶如竹絲一般的小刺自狂蘭無行眼角被取了出來。指下頓覺狂蘭無行眼球轉動，閉上了眼睛，宛郁月旦溫和的微笑，笑意溫暖，令人心安，「聽得到我說話麼？如果聽得到，眨一下眼睛。」狂蘭無行的眼睛卻是緊緊閉著，並不再睜開。

「鐵靜。」宛郁月旦拈著那枚小刺，鐵靜閃身而入，「宮主。」

宛郁月旦遞過那枚小刺，「這是什麼東西？」

鐵靜接過那細小得幾乎看不到的淡黃色小刺，「這似乎是一種樹木、或者是昆蟲的小刺。」

宛郁月旦頷首，「請聞人叔叔看下，這兩人各處關節、甚至眼窩都被人以這種小刺釘住，導致不能活動，這東西想必非比尋常。」

鐵靜皺起眉頭，「不知宮主是如何發現這枚細刺？」

宛郁月旦輕咳一聲，「這個……暫且按下，這若是一種毒刺，只要查明是什麼毒物，這兩個人就有獲救的希望。」

他把梅花易數從頭到腳都摸了一遍，若是讓這位橫行江湖的逸客醒來知曉，未免尷尬，說不定還會記仇，還是不說也罷。

鐵靜奉令離去，宛郁月旦的手搭在狂蘭無行身上，迅速的又將他全身關節摸索了一遍，心下微覺詫異，狂蘭無行身上的細刺要比梅花易數多得多，有時同一個關節卻下了兩枚甚至三枚細刺，這是故意折磨他、還是另有原因？人的關節長期遭受如此摧殘破壞，要恢復如初只怕不易。這小小的細刺，能釘住人的關節甚至眼球，但為何在特定的時候，這兩人卻能渾若無事一樣和人動手？難道動手之前會將他們身上細刺一一取出，任務完成之後再一一釘回？不大可能……

除非——引弦攝命之術發動的時候，能令這兩個人渾然忘記桎梏，令他們對痛苦失去感覺，從而就能若無其事的出手。而這種方法只會讓他們的關節受損更加嚴重，要醫治更難，就算救了回來，說不定會讓他們失去行動的能力，終身殘廢。

好毒辣的手段！

宛郁月旦整理好狂蘭無行的衣裳，坐回床榻，以手支頜，靜靜的思索。過了一會兒，他對門外微微一笑，「紅姑娘，請進。」

門外雪白的影子微微一晃，一人走了進來，正是紅姑娘。眼見站得筆直的梅花易數和狂蘭無行兩人，紅姑娘的眼睛微微一亮，眼見兩人氣色憔悴，奄奄一息，眼睛隨即黯淡，「他們如何了？」

「他們還好，也許會好，也許會死。」宛郁月旦微笑道：「紅姑娘不知能不能解開他們身上所中的引弦攝命之術？」

紅姑娘目不轉睛地看著梅花易數和狂蘭無行，「他們身上的引弦攝命術不是我所下，但我的確知道是哪一首曲子。不過……」她幽幽嘆了口氣，「他們未中引弦攝命之前就已經是神智失常，而且不知道誰在他們身上下了什麼東西，這兩人終日哀嚎，滿地打滾，就像瘋子一樣。是主人看他們在地牢裡實在生不如死，所以才以引弦攝命讓他們澈底失去理智。現在解開引弦攝命之術，只會讓他們痛苦至死。」她目不轉睛地看著宛郁月旦，「你當真要我解開引弦攝命之術？」

「嗯。」宛郁月旦坐在床上，背靠嶄新的被褥，姿態顯得他靠得很舒服，「紅姑娘請坐。」

紅姑娘嫣然一笑，「你是要我像你一樣坐在床上，還是坐在椅子上？」

宛郁月旦眼角溫柔的褶皺輕輕舒開，「妳想坐在哪裡就坐在哪裡，我有時候，並不怎麼喜歡太有禮貌的女人。」

紅姑娘輕輕一嘆，在椅上坐下，「這句話耐人尋味，惹人深思啊。」

宛郁月旦一雙黑白分明，清澈好看的眼睛向她望來，「妳真的不知誰在他們身上下了什麼東西麼？妳若說知道，也許……我能告訴妳最近關於柳眼的消息。」

紅姑娘驀然站起，「你已得到主人的消息？」

宛郁月旦雙足踏上床榻，雙手環膝，坐得越發舒適，「嗯。」

紅姑娘看他穿著鞋子踏上被褥，不禁微微一怔，雖然他的鞋子並不髒，但身為一宮之主，名聲傳遍江湖，做出這種舉動，簡直匪夷所思，呆了一呆之後，她微微咬唇，「我……我雖然不知道如何解毒，但是我聽說，梅花易數和狂蘭無行身上中了一種毒刺，是一種竹子的小刺，那種古怪的竹子，叫做明黃竹。」

「明黃竹？」宛郁月旦沉吟，「它生長在什麼地方？」

紅姑娘搖了搖頭，「我不知道。」她睜大眼睛看著宛郁月旦，「主人的下落呢？」

宛郁月旦道：「最近關於柳眼的消息……嗯……就是……」

紅姑娘問道：「就是什麼？」

宛郁月旦一揮袖，「就是……沒有。」

紅姑娘一怔，「什麼沒有？」

宛郁月旦柔聲道：「最近關於柳眼，就是沒有消息。」

紅姑娘白皙的臉上泛起一片紅暈，「你——」

宛郁月旦閉目靠著被子，全身散發著愜意和自在。她再度幽幽嘆了口氣，「明黃竹早已絕種，誰也不知它究竟在哪裡生長，但是在皇宮大內，聽說皇帝所戴的金冠之上，許多明珠之中，有一顆名為『綠魅』，在月明之夜擲於水井之中會發出幽幽綠光，綠魅的粉末能解明黃竹之毒。」

「這段話如果是真，紅姑娘的出身來歷，我已猜到五分。」宛郁月旦柔聲道：「最近關於柳眼確實沒有消息，但在不久之前，有人傳出消息，只要有人能令少林寺新任掌門方丈對他磕三個響頭，並為他作詩一首，他就告訴那人柳眼的下落。」

「依照這段話算來，這傳話的人應當很清楚主人現在的狀況，說不定主人就落在他手中，說不定正在遭受折磨……」紅姑娘咬住下唇，臉色微現蒼白，「傳話的人是誰？」

宛郁月旦搖了搖頭，「這只是一種流言，未必能盡信，究竟起源於何處，誰也不知道。但是……」他柔聲道：「柳眼的狀況必定很不好。」

紅姑娘點了點頭，若非不好，柳眼不會銷聲匿跡，更不會任這種流言四處流傳，「你有什麼打算？」

宛郁月旦慢慢地道：「要找柳眼，自然要從沈郎魂下手，沈郎魂不會輕易放棄復仇的機會，除非柳眼已死，否則他必定不會放手。沈郎魂面上帶有紅蛇印記，被找到只是遲早的事。」

紅姑娘長長舒了口氣，「傳出話來的人難道不可能是沈郎魂？」

宛郁月旦抬頭望著床榻頂上的垂縵，雖然他什麼都看不見，卻如能看見一般神態安然，「想要受少林方丈三個響頭的人，不會是沈郎魂，妳以為呢？」

紅姑娘眼眸微動，「一個妄自尊大、狂傲、喜好名利的男人。」

宛郁月旦微笑，「為何不能是一個異想天開，好戰又自我傾慕的女人呢？」

紅姑娘嫣然一笑，「那就看未來出現的人，是中我之言、還是你之言了。」

宛郁月旦從床榻上下來，紅姑娘站起身來，伸手相扶，纖纖素手伸出去的時候，五指指甲紅光微閃，那是「胭脂醉」，自從踏入碧落宮，她每日都在指甲上塗上這種劇毒，此毒一經接觸便傳入體內，一天之內便會發作，死得毫無痛苦。宛郁月旦衣袖略揮，自己站好，並不須她扶持，微笑道：「多謝紅姑娘好意，我自己能走。」

衣袖一揮之間，紅姑娘鼻尖隱約嗅到一股極淡極淡的樹木氣味，心中一凜，五指極快的收了回來。他身上帶著「參向杉」，也許是擦有「參向杉」的粉末，這種粉末能和多種毒物結合，化為新的毒物，一旦「胭脂醉」和「參向杉」接觸，後果不堪設想。

好一個宛郁月旦。她望著宛郁月旦含笑走出門去，淡藍的衣裳，稚弱溫柔的面容，隨性自在的舉止，卻在身上帶著兩敗俱傷的毒物。好心機好定力好雅興好勇氣，她不禁淡淡一笑，好像她自己……參向杉，她探手入懷握住懷中一個瓷瓶，她自己身上也有，但就算是她也不敢把這東西塗在身上。

如果不曾遇到柳眼，也許……她所追隨的人，會不一樣。紅姑娘靜靜看著宛郁月旦的背影，他把梅花易數和狂蘭無行留在屋裡，是篤定她不敢在這兩人身上做手腳麼？那麼——她到底是做、還是不做？轉過身來眼望兩人，她沉吟片刻，決心已下。

聞人壑房中。

宛郁月旦緩緩踏進這間房屋，這裡並不是從前聞人壑住的那一間，但他的腳步仍然頓了一頓，過了一會兒，露出微笑，「聞人叔叔，對那枚小刺，看法如何？」

聞人壑正在日光下細看那枚小刺，「這刺中中空，裡面似乎曾經蘊涵汁液，我生平見過無數奇毒，卻還沒有見過這種毒刺。」

宛郁月旦站在他身後，「聽說這是明黃竹的刺，以『綠魅』珠可解。」

聞人壑訝然道：「綠魅？綠魅是傳說中物，只有深海之後特異品種的蚌，受一種水藻侵入，經數十年後形成的一種珍珠，能解極熱之毒。」

宛郁月旦眨了眨眼睛，「那就是說世上真有此物了？聽說當朝皇帝的金冠之上，就有一顆綠魅。」

聞人壑皺眉，轉過身來，「這種事你是從何處聽說？就算皇宮大內中有，難道你要派人闖宮取珠不成？」

言下，他將宛郁月旦按在椅上坐下，翻開他的眼瞼，細看他的眼睛，「眼前還是一片血紅？」

「嗯……」宛郁月旦微微仰身後閃，「我早已習慣了，聞人叔叔不必再為我費心。」

聞人壑放手，頗現老邁的一張臉上起了一陣輕微的抽搐，「其實你的眼睛並非無藥可救，只是你——」

宛郁月旦道：「我這樣很好。」

聞人壑沉聲道：「雖然你當了宮主，我也很是服你，但在我心裡你和當年一樣，始終是個孩子。你不願治好眼睛，是因為你覺得阿暖和小重的死——」

「是我的錯。」宛郁月旦低聲接了下去，隨後微微一笑，「也許她們本都不應該死，是我當年太不懂事，將事情做得一團糟，所以……」

聞人壑重重一拍他的肩，「你已經做得很好，誰也不會以為是你的錯，更加不必用眼睛懲罰自己，你的眼睛能治好，雖然很困難，但是並非沒有希望。孩子，你若真的能夠擔起一宮之主的重擔，就應該有勇氣把自己治好，不要給自己留下難以彌補的弱點。」

「我……」宛郁月旦的聲音很溫和，甚至很平靜，「我卻覺得，看不見，會讓我的心更平靜。」

聞人壑眉頭聳動，厲聲道：「那要是有賊人闖進宮來，設下陷阱要殺你呢？你看不見——你總不能要人日日夜夜不眠不休的保護你！萬一要是喝下一杯有毒的茶水，或者踏上一枚有毒的鋼針，你要滿宮上下如何是好？身為一宮之主，豈能如此任性？」
宛郁月旦抬起手來，在空中摸索，握住了聞人壑的手，柔聲道：「不會的。」
聞人壑餘怒未消，「你要怎麼保證不會？你不會武功，你雙目失明，你要如何保證不會？」
宛郁月旦慢慢地道：「我說不會、就是不會……聞人叔叔，你信不信我？」
聞人壑瞪著他那雙清澈好看的眼睛，過了良久，長長嘆了口氣，頹然道：「信你，當然信你。」
宛郁月旦臉上仍保持著溫柔的微笑，「這就是了。」短短四字，宛郁月旦神色未變，聞人壑已從他身上感受到了威勢，這四個字是以宮主的身分在說話，是脾性溫和的王者在縱容不聽號令的下屬。
他沮喪良久，改了話題，「關於綠魅珠，難道你真的要派人闖宮？」
「不，」宛郁月旦柔聲道：「既然它是珠寶，萬竅齋或許會有，如果用錢買不到，入宮之事自然也輪不到我們平民百姓，梅花易數和狂蘭無行的性命，也不只有碧落宮關心，不是麼？」
聞人壑鬆了口氣，「你是說——這件事該換人處理？」
宛郁月旦微笑，「綠魅之事，暫且放在一邊，要操心的另有其人，聞人叔叔不必擔心。」
聞人壑點了點頭，回身倒了兩杯茶，「宮主喝茶。」

宛郁月旦舉杯淺呷了一口，「等碧落宮建好之後，我會派人將阿暖和小重姐的墓遷回宮中，到時候要勞煩聞人叔叔了。」

聞人壑聞言，心神大震，手握茶杯不住發抖，悲喜交集，「當……當真？」

宛郁月旦點了點頭，兩人相對而立，雖然不能相視，心境卻是相同，聞人壑老淚奪眶而出，宛郁月旦眼眸微閉，眼角的褶皺緊緊皺起，嘴邊卻仍是微笑，「我……我走了。」他轉身出門，慢慢走遠。聞人壑望著他的背影，這其中的辛酸痛苦，其中的風霜淒涼，旁人焉能明瞭？苦……苦了這孩子……

門外，雲淡風清，景致清朗，和門內人的心情截然不同。

「雲行風應動，因雲而動，天藍碧落影空。行何蹤，欲行何蹤，問君何去從？山河間，罪衍萬千，一從步，隨眼所見。須問天，心可在從前，莫問，塵世煙。人無念，身為劍，血海中，殺人無間……」幽幽的歌聲自客房傳來，宛郁月旦從聞人壑房中出來，聽聞歌聲，嗯了一聲。

鐵靜和何簷兒已雙雙站在客房前，兩雙眼睛俱是有些緊張，房內紅姑娘低聲而歌，手掌輕拍桌面，以「咚、咚」之聲為伴，正在唱一首歌。這首歌的曲調清脆跳躍，音準甚高，句子很短，眾人都從未聽過，而歌曲之下，自到碧落宮從未說話梅花易數、狂蘭無行卻開始顫抖，「啊——啊——」的低聲呻吟起來。

她竟是選擇解開引弦攝命之術，好一個聰明的女子。宛郁月旦面露微笑，側耳靜聽，只聽歌曲幽幽唱盡，梅花易數和狂蘭無行開始著地翻滾，嘶聲慘叫，那兩人四肢仍然不能動彈，如此僵直的翻滾慘叫，讓人觸目驚心。鐵靜和何簷兒臉色一變，搶入房中，點住兩人穴道，只是穴道受制，兩人慘叫不出，臉色青鐵冷汗淋淋而下，有苦說不出只是更加難當。宛郁月旦快步走入房中，伸手在梅花易數臉上摸了幾下，「解開他的穴道。」

「宮主，若是太過痛苦，只怕他咬舌自盡。」鐵靜低聲道，臉上滿是不忍。

宛郁月旦拍了拍他的肩，「我只要問他幾句話，片刻就好。」

鐵靜只得拍開梅花易數的穴道，穴道一解，撕心裂肺的悲號立刻響起，讓人實在不能想像，人要遭受到怎樣的痛苦，才會發出這樣的聲音？

「梅先生，我只問一次，你身上所中的明黃竹刺，究竟是三十六枚，還是三十七枚？」宛郁月旦用力抓住他的手。

梅花易數的聲音嘶啞難聽，「三十……七……」

宛郁月旦頷首，鐵靜立刻點了他的穴道，宛郁月旦抓住梅花易數的手臂，「鐵靜，我告訴你他身上竹刺的位置，你用內力把刺逼出來，有些地方釘得太深，外力無法拔除。」他又對梅花易數道：「如果先生神智清醒，尚有餘力，請盡力配合。」梅花易數穴道被點無法點頭，宛郁月旦語氣平靜，「手臂關節正中，一寸兩分下。」鐵靜雙手緊緊握住梅花易數的手臂，大喝一聲，奮力運功，只見梅花易數手臂頓時轉為血紅之色，肌膚上熱氣蒸蒸而出，片刻之後，一點血珠自肌膚深處透出，隨血而出的是一枚極小的淡黃色小刺，正是明黃竹刺。

紅姑娘站在一邊，目不轉睛地看著，心裡一時間有些恍惚，又有些空白。梅花易數醒來之後，所吐露的祕密想必極大，而這兩個人的存在必定為碧落宮帶來災禍，宛郁月旦何等人物，豈能不知？就算他知道救人之法——其實最好的做法，是把人送去好雲山善鋒堂，請唐儷辭出手救人，那樣既成就碧落宮之名，又避免了後患之災，他為何沒有那樣做？

沒有移禍他人，是因為他真心想要救人嗎？她從不知道，這些心機深沉一步百計的男人們……這些逐鹿天下的王者、霸者、梟雄、英雄……居然還會有……真心這種東西。

兩個時辰之後，梅花易數身上三十七枚毒刺被一一逼出。鐵靜已是全身大汗，到半途由何簷兒接手，兩人一起累得癱倒在地，方才功成圓滿。狂蘭無行身上卻釘有一百零七枚毒刺，如此龐大的數目，非鐵靜和何簷兒所能及，必須有內力遠勝他們的高手出手救人。紅姑娘一直站著看著，他們忙得忘了進食，她也全然忘記，一直到掌燈時分，梅花易數身上的毒刺被逼出，婢女為她奉上一碗桂花蓮子粥，她才突然驚醒。

端著那碗粥，她走向宛郁月旦，宛郁月旦忙得額角見汗，秀雅的臉頰泛上紅暈，宛如醉酒一般，她觸目所見，心中突然微微一軟，「宛郁宮主，事情告一段落，喝碗粥吧。」

宛郁月旦轉過頭來，接過粥碗，喝了一口，微笑道：「真是一碗好粥。」

紅姑娘秀眉微蹙，她實在應該在這碗粥裡下上三五種劇毒，見他喝得如此愉快，心裡又不免有些後悔，退開幾步，默默轉身離去。

梅花易數早已痛昏，狂蘭無行被何簷兒一掌拍昏，兩人橫倒在地，絲毫看不出當年倜儻江湖的氣度風采。鐵靜把兩人搬到床上放好，「我和簷兒今夜在此留守，宮主先回去休息吧。」

宛郁月旦頷首，「梅花易數如果醒來，鐵靜隨時上報。」

鐵靜領命，宛郁月旦正要離去，門外碧影一閃，碧漣漪人在門外，「宮主。」

「今日你到哪裡去了？」宛郁月旦邁出房門，碧漣漪微一鞠身，跟在他身後。

「我在紅姑娘客房之中。」

宛郁月旦笑了起來，「發現什麼了？」

碧漣漪道：「毒針、毒粉、袖刀、匕首、小型機關等等，無所不有。」

宛郁月旦眉眼彎起，笑得越發稚弱可愛，「她真是有備而來。」

碧漣漪點了點頭，跟在宛郁月旦往碧霄閣走去，「她還收了一瓶『萬年紅』。」

宛郁月旦眉頭揚起，「碧大哥，這位姑娘身上尚有不少隱祕，她身分特殊，不能讓她死在宮裡，拜託妳暫時看住。」碧漣漪抱拳領命。

「萬年紅」是一種氣味強烈、顏色鮮紅的劇毒，入口封喉，死得毫無痛苦，能保屍身不壞。這種毒藥很少用來殺人，卻是自殺的聖藥，紅姑娘隨身帶著「萬年紅」，也就是說在踏入碧落宮之後，無論她所圖謀之事成與不成，都有自盡之心。

碧漣漪將宛郁月旦送回臥房，吩咐安排好了夜間護衛之事，折返紅姑娘的客房，繼續監視她的一舉一動。

但見她早早熄滅了燈火，一個人默默坐在窗前，望著窗外一片新載的竹林，手指磨蹭著那「萬年紅」的瓶子，過了許久，幽幽一嘆。恍若這一嘆之間，房中竹海都泛起了一層憂鬱之色，風吹竹葉之聲，只聞聲聲淒涼。碧漣漪人在屋頂，透過瓦片的縫隙仔細地看著她，她在窗前坐了一會兒，解開外衣上了床榻，卻是翻來覆去，睡不著。

她究竟是什麼人？宮主說她身分特殊，不能讓她死在宮中，那必定是很特殊的身分了。碧漣漪看著她一夜翻身，突地想起那日在碧霄閣外所見的一眼驚豔，這女子生得很美、身分特殊，並且才智出眾，像這樣的人究竟要傻到什麼程度，才會為了柳眼做出這許多大事來？甚至也許——是要殺宛郁月旦？他並沒有覺得憤怒或者怨恨，只是覺得詫異，甚至有些惋惜。

如此美麗癡情的女子，一身才華滿心玲瓏，應當有如詩如畫的人生，為何要涉入江湖血腥，學做那操縱白骨血肉的魔頭？

碧漣漪的心中，沒有恨意，反而有一絲淡淡的憐惜、和憐憫。

「柳……柳……你為什麼總是看著那死丫頭，為什麼從來都——」屋下那好不容易入睡的女子驀然坐起，雙手緊緊握住被褥，呆了好一陣子，眼中的淚水滑落面頰。

「為什麼從來都——」

那下面的話，顯然是「不看我」。

你為什麼總是看著那死丫頭，為什麼從來都不看我？紅姑娘的淚水滴落到被褥上，無聲的流淚，倔強而蒼白的面頰，在月色下猶如冰玉一般。過了良久，她擁被摟緊自己的身體，低下頭來，淒然望著滿地月色。

「柳眼，我至少能為你死，她……她呢？」她抓起枕邊一樣東西摔了出去，「就算你死了，她也不會為你哭！你和她好什麼？世上只有我，才是真心真意對你——你知道麼？你知道什麼？你什麼也不知道！什麼也不懂！你……你是個……我出生至今見過的……最大的傻瓜！」

「啪」的一聲，她枕邊那樣東西碎裂在地，她目不轉睛地看著，一動不動。

碧漣漪伏在屋頂，自瓦縫中一眼瞥見，頓時吃了一驚，那是一塊玉佩，玉佩上浮雕鳳凰之形，上面雕刻「琅邪郡」三字，那是皇室之物。看紅姑娘的年紀，她究竟是——

第十九章　琅邪公主

隔日。

碧霄閣內。

宛郁月旦的指尖輕輕磨蹭著那破碎的玉佩，玉佩上「琅邪郡」三字清晰可辨。

碧漣漪靜立一旁，過了片刻，宛郁月旦托腮而笑，「你可知這是什麼東西？」

碧漣漪輕咳一聲，「鳳凰玉佩。」

宛郁月旦搖了搖頭，「這不是鳳凰，這是雉鳥，這塊玉可是青色？」

碧漣漪點頭，「是十分通透的青翠之色，非常難得。」

宛郁月旦拾起一塊碎玉，輕輕敲擊桌面，「青色雉紋，你可知是什麼的標誌？」

碧漣漪微露訝異之色，「雉紋？為什麼是雉紋？」

他本以為是鳳凰，民間女子不許佩戴鳳凰圖樣的配飾，衣裳也不許繡有鳳紋，那是因為鳳紋是宮廷專用。但這塊玉佩刻的卻是雉紋，雉紋麼，倒是很少見。

「鳳凰圖樣，雖然不傳於民間，但是宮廷貴婦之中，鳳鳥圖樣的配飾釵環並不罕見。」

宛郁月旦微笑道：「但是雉紋……青色雉紋，自秦漢以來，唯有皇后與嬪妃在行禮儀大典之時，方會身著青色雉紋的褘衣。而當朝李皇后，兩年前方立，這塊玉佩邊緣有所磨損，不是新近所造，所以——」碧漣漪心中微微一震，「所以？她是……」

「所以這枚玉佩不是李皇后的、也不是妘妃的，」宛郁月旦道：「玉佩上刻有『琅邪郡』三個字，周顯德五年，太祖娶彰德軍節度饒第三女為繼室，周世宗賜冠帔，封其為琅邪郡夫人。這位琅邪郡夫人，於建隆元年八月，被太祖冊封皇后，在乾德元年十二月去世，享年二十二歲。」

碧漣漪皺眉，「既然這位皇后已經去世，這塊玉佩……」

宛郁月旦柔聲道：「雖然王皇后已經去世，她卻為太祖生下子女三人。」

碧漣漪雙眉一軒，「難道紅姑娘就是王皇后的……」

宛郁月旦輕輕嘆了口氣，「根據年齡看來，多半是了，何況她自稱小紅。小紅……總不是本名，她如此容貌氣度，如此才學智謀，能知道皇帝冠上有『綠魅珠』，身懷青色雉紋玉，若非王皇后所生的公主，也是見得到皇帝，與公主有密切關係之人。」

碧漣漪沉默半晌，「當朝公主，怎會隱姓埋名，涉入江湖？」

宛郁月旦手握碎玉，指尖按在那碎玉鋒利之處，按得很用力，「這個……若不問她自己，誰也不會知道……也許她有很多苦衷，也許……只是為了柳眼。」

他說這話的時候並沒有笑，過了片刻，他道：「或許她並不想當個公主。」

「或許——是高傲的女人，一旦愛了，就很癡情。」碧漣漪淡淡地道。

宛郁月旦微微一怔，眉眼彎彎，「很有道理呢，碧大哥，說不定……你也是個癡情人。」

碧漣漪自眉而眼都未顫動一下，淡淡地道：「碧漣漪此生只為碧落宮鞠躬盡瘁，絕無他念。」

宛郁月旦轉過身來，伸出手欲拍他的肩，卻是觸及了他的臉，輕輕一嘆，「碧大哥，碧落宮並未要你鞠躬盡瘁，我只想要你自己願意過什麼樣的日子、就過什麼樣的日子。就算你……就算你對紅姑娘心有好感，那也不妨事的，不必勉強自己克制，想對她好、想要憐惜她，那便動手去做，她並非十惡不赦，只是錯愛了人而已。」他拍了拍他的肩，「不要自己騙自己，心裡想做什麼，就去做什麼。」

碧漣漪不防他說出這番話來，竟是呆了，怔忡了一會兒，「我——」

宛郁月旦笑了起來，「她是個公主，你就怕了麼？」

碧漣漪道：「我不是怕她是個公主，我只是……」

宛郁月旦彎眉微笑，「我從不怕愛人，我只怕無人可愛。」

碧漣漪又是一怔，「她是潛伏宮中，想要殺你的殺手。」

宛郁月旦輕輕一笑，負袖轉身，「是啊，那又如何呢？她當真殺得了我麼？」

碧漣漪望著他的背影，唇齒微動，「其實……宮主你不說，我根本沒有這樣的心思。」

宛郁月旦微笑，「哦？我說了，你便發現有了？」

碧漣漪不答，過了好一陣子，微微一笑，「宮主，我一向服你，如今更是服得五體投地。」

便在此時，鐵靜快步走進，「啟稟宮主，梅花易數醒了。」

宛郁月旦迎了上去，「神智清醒麼？我去看看。」鐵靜和碧漣漪二人跟在他身後，匆匆往梅花易數和狂蘭無行所住的客房而去。

客房裡。

梅花易數換了一身衣裳，已不是那滿身紅梅的紅衣，穿了一身碧落宮青袍的人面色蒼白，只雙手手腕上所刺的紅梅依然鮮豔刺眼。他端著一杯茶，坐在桌旁，桌上落著三兩片梅花花瓣，雙目微閉，不知在想些什麼。

宛郁月旦踏入房中，梅花易數右手微抬，沙啞地道：「三梅、五葉，取三火、五木之相，今日利見山林秀士，身有疾雙目失明。」

宛郁月旦微微一笑，「梅花易數果然能通天地造化，不知梅先生還能測知什麼？」

梅花易數收起桌上的梅瓣，「今日，你可是要以烤肉招待我？」

宛郁月旦道：「離卦三火，為飲食主熱肉，煎燒炙考之物，看來今日非吃烤肉不可了。」

他揮了揮衣袖，對鐵靜道：「今日大夥一道吃烤肉，喝女兒紅。」

「宛郁宮主，果然是妙人。」梅花易數看了他一眼，「今日你可是要和我喝酒？」

宛郁月旦在他桌旁坐下，「不知梅先生酒量如何？」

梅花易數冷眼看他，「至少比你好上三倍。」

宛郁月旦欣然道：「那便好了，你我邊喝邊聊如何？」

梅花易數手持茶杯，仰頭將茶水一飲而盡，「想聊什麼？」

「聊——先生身上的毒。」宛郁月旦的眼神很真摯，言語很溫柔，「三年多前，是誰在二位身上施展如此狠辣的毒術？你可知道明黃竹之毒除了綠魅珠，還有什麼方法可以解？」

梅花易數淡淡的道：「哈！很可惜，我不能回答你。」

宛郁月旦眼角的褶皺一張，「為什麼？」

梅花易數給自己倒了一杯茶，再次仰頭一飲而盡，「因為世情變化得太快，我還沒有弄清楚當年究竟發生了什麼事，貿然告訴你，也只是我片面之辭，不足採信。」

宛郁月旦眼線彎起，「就算是片面之辭，也可以說來聽一聽，我不會外傳、也不會採信，如何？」

梅花易數搖頭，「不行，我要親自找到她本人，問一問，究竟發生什麼事、究竟為什麼她要這樣做……沒得到答案之前，恕我不能告訴你任何事。也許……所有的事並不如我想像的那樣糟糕，也許……一切只是誤會，只是意外。」

「原來如此，世情如夢，如橫月盤沙。」宛郁月旦並不追問，微微嘆息，「那就喝酒吧。」

鐵靜到廚房吩咐烤肉，提了一罈上好女兒紅，送入房中，梅花易數雙目一睜，「碗呢？」

宛郁月旦一橫袖，只聽「叮叮噹噹」之聲，一桌茶杯茶壺被他橫掃在地，碎成千千萬萬，「鐵靜，拿碗來。」

鐵靜臉上突地微露笑意，自廚房取了兩只大碗過來，一碗酒只怕有大半斤之多，一邊一個，放在梅花易數和宛郁月旦面前。梅花易數拍破壇口，先給自己倒滿一碗，一口喝下，「到你了。」

宛郁月旦並不示弱，取過酒罈，也是一碗下肚。梅花易數再倒一碗，沙啞地道：「看來你酒量不錯。」

宛郁月旦微笑道：「馬馬虎虎。」

梅花易數一碗再乾，「喂，喝酒。」

宛郁月旦依言喝酒，就此你一碗、我一碗，喝得痛快淋漓。

大半個時辰過後，梅花易數滿臉通紅，雙眼茫然，「你竟真的不醉……」他指著宛郁月旦，「你是個怪人……」

宛郁月旦和他一樣已喝下十七八碗女兒紅，女兒紅雖不算烈酒，後勁也大，但他一張臉依然秀雅纖弱，不見絲毫酒意，「我也很疑惑，我為何始終不醉？」

梅花易數沙啞地笑了起來，「哈哈哈……我平生第一次……見到不會醉的人，不會醉……不會醉的人是個大傻瓜……哈哈哈哈……」他拍桌大笑，「你不會醉……你不會醉……」

宛郁月旦端起酒碗，仍淺呷了一口，「當年……你可也是醉了？」

此言一出，梅花易數的眼睛立刻直了，驀地「碰」的一聲重重拍了下桌子，「我沒醉！我只是多喝了兩杯酒，就兩杯……那酒裡……酒裡一定有問題！」

宛郁月旦一雙清晰好看的眼睛對著酒漬遍布的桌面，耳中聽著梅花易數熾熱的呼吸聲，「是誰讓你喝的酒？」

「是我的好兄弟。」梅花易數喃喃地道：「是重華。」

宛郁月旦眉心微蹙，「重華？他可是一桃三色？」

梅花易數猛然搖頭，「不是不是，當然不是，他是疊瓣重華，是我們的老四，小桃是老七。」

他突地絮絮叨叨起來，「重華最不會喝酒，一喝就醉，那天我故意和他多喝了兩杯，誰知道突然天旋地轉，就躺下了。」

宛郁月旦「嗒」的一聲放下酒碗，「然後呢？」

「然後王母娘娘就出來打玉皇大帝，吳廣變成了一個女人……」梅花易數極認真的道，雙眼發直，舉起一根手指不住看著，也不知在看什麼，「太上老君和閻羅王打了起來，哈哈哈……到處都是血，滿地都是血，我看到閻羅王死了……然後天變成黃色的，雲是綠的，有人拿針刺我，還有人在唱歌……咿呀咿呀呀……」他突然手舞足蹈，又唱又跳起來。

鐵靜一揮手，點住他的穴道：「宮主。」

「看來他受到的刺激遠在他自己想像之外，」宛郁月旦嘆了口氣，「引弦攝命必定傷了他頭腦中的某些部分。」

鐵靜點了點頭，「聽他的說法，應當是當年受人暗算，喝了毒酒，七花雲行客之間起了衝突，自相殘殺。」

宛郁月旦道：「梅花易數、狂蘭無行淪為殺人傀儡，一桃三色卻能身居高位，這其中的原因耐人尋味。」自椅子上站起來，悠悠轉過身，「就不知道身在好雲山的人，究竟是如何想的了？」

「宮主不打算等他醒來再仔細問他？」鐵靜，「七花雲行客，破城怪客、魚躍龍飛、一桃三色、梅花易數、狂蘭無行，再加上今日他所說的疊瓣重華，已有六人，不知剩下的那人是誰？」宛郁月旦道：「再問出一個名字來，也不知道那人究竟是誰。梅花易數腦中有傷，放過他吧，再說事實上他也不清楚究竟發生了什麼事。也許等到狂蘭無行清醒之後，會瞭解更多的細節。」言下他輕輕擺了擺衣袖，信步而去。

「雲行風應動，因雲而動，天藍碧落影空。行何蹤，欲行何蹤，問君何去從？山河間，罪衍萬千，一從步，隨眼所見。須問天，心可在從前，莫問，塵世煙。人無念，身為劍，血海中，殺人無間……」紅姑娘的客房裡，弦聲幽幽，客房中有琴，她撫琴而歌，音調平靜，「意不亂心也難全，山海淺，不知雲巔。千里仗劍千丈沉淵，持杯酒醉倒尊前，三問紅顏，九問蒼天。」

「好曲子，卻不是好詞。」房門打開，碧漣漪站在門前，手中握著一物。

「我卻覺得，是好詞，卻不是好曲子。」紅姑娘幽幽地道：「你是誰？」

「碧落宮碧漣漪。」碧漣漪淡淡地道：「來還姑娘一樣東西。」

紅姑娘推開瑤琴，「什麼東西？」

碧漣漪攤開手掌，手中握的，是一個錦囊。她微微一怔，「裡面難道是穿腸毒藥？」

碧漣漪搖頭，打開錦囊，錦囊中是那枚已經摔碎的玉佩，被不知什麼事物黏起，雖然遍布裂痕，卻是一塊不缺。紅姑娘「啊」的一聲低呼，「原來是你將它拿走了。」

她摔了這玉，心中便已後悔，白天下床去找，卻怎麼也找不到了。

碧漣漪一縮手，「紅姑娘，要取回妳的玉佩，在下有一個條件。」

紅姑娘眼波流動，「什麼條件？你可知那是什麼東西？」

碧漣漪淡淡地道：「知道，這雖然是王皇后之物，但『琅邪郡』三字是大周所封，姑娘留著這塊玉佩，難道不是大罪一條？」

紅姑娘哼了一聲，「你是什麼人？滿口胡說八道。把東西還給我！」

碧漣漪搖頭，左手一伸，「姑娘先把『萬年紅』交給在下，在下便把玉佩還妳。」

紅姑娘退後兩步，臉色微變，「你……你搜過我的房間！」

碧漣漪點了點頭。紅姑娘冷冷地道：「既然你搜過房間，想要『萬年紅』當時拿走就好，何必問我！」

碧漣漪平靜地道：「『萬年紅』是姑娘所有，不告而取，非君子所為。」

紅姑娘冷笑道：「那你趁我不在，查看我的東西就是君子所為了？此時拿著玉佩要脅我交出『萬年紅』就是君子所為了？」

碧漣漪並不生氣，「那是形勢所迫。」

紅姑娘長長吐出一口氣，「你既然知道我身帶王皇后遺物，身分非比尋常，怎麼還敢要脅我？你不怕犯上作亂麼？」

碧漣漪淡淡一笑，「我向姑娘要『萬年紅』，是為了姑娘好，若紅姑娘貴為公主，在下更不能讓公主將『萬年紅』帶在身邊。」

紅姑娘一雙明眸眨也不眨地看著他，「你既然搜過我的東西，想必知道我到碧落宮是為殺人而來，那麼——」她轉身負手，「我就是碧落宮的敵人，既然是敵人，我要死要活，與你何干？」

「我便是不想看見姑娘死。」碧漣漪道。

紅姑娘一怔，秀眉微揚，心裡頓時有十來條計策閃過，「我對你來說，可是與眾不同？」

她打開櫥子，握住裝有「萬年紅」的瓷瓶，回身看他。

碧漣漪望著她，「我覺得姑娘並不該死。」

「我對你來說，可是與眾不同？」紅姑娘拔開「萬年紅」的瓶塞，將瓶口湊近嘴唇，明眸若電，冷冷地看著他。

「不錯。」碧漣漪頓了一頓，坦然承認。

紅姑娘看了他一陣，緩緩將瓶塞塞回瓶口，將瓶子遞給了碧漣漪，「玉佩還我。」

碧漣漪將錦囊遞給她，「別再摔了。」

這個男人的眼神很乾淨，清澈堅定，很單純。紅姑娘看著碧漣漪交還玉佩，取走「萬年紅」之後轉身就要離開的背影，突地道：「是宛郁月旦讓你來的？」

碧漣漪並沒有回身，卻頷首。

「他知道我要殺他？」紅姑娘撫琴而立，「卻讓你來？」

碧漣漪頷首。

「如果我說，其實我欣賞宛郁月旦多於你十倍，你會怎樣？」她淡淡地道：「你會妒忌麼？」

碧漣漪回過身來，紅姑娘白衣如雪，撫琴而立的影子縹緲如仙，他淡淡的答，「不會。」

她面罩寒霜，冷冷的道：「既然不會，你何必來？」

「妳愛慕柳眼多於宮主千萬倍，」碧漣漪道：「我何必嫉妒宮主？」他緩緩地道：「我嫉妒柳眼。」

紅姑娘咬住嘴唇，薄含怒意地看著碧漣漪，碧漣漪轉身離開，竟連一步也未停留。她摔袖一拍琴弦，琴聲一陣紊亂，一如她的心境，過了一會兒，琴聲止息，她的頭腦也漸漸清醒，一拂弦，掠出琴弦十三響，幽幽嘆了口氣。

碧漣漪是個好男人，可惜她從來愛不上好男人。

不過，遇見一個乾乾淨淨愛她的好男人，顯然不是一件壞事。

東山。

書眉居。

方平齋搖頭晃腦的走在書眉居外的樹林裡，這裡並不偏僻，時常有人路過，他黃衣紅扇，非常顯眼，又是左趨右突，在樹林裡徘徊，不免引得有些人好奇竊看。他自然是不在乎，「嗳」的一聲紅扇飄搖，「師父要我去找一面鼓，如今世情不好，征戰未休，百姓哪裡有閒情敲鑼打鼓？我又不想和官府作對搶那衙門前的鳴冤鼓，又不想搶劫別人迎親的花隊，有錢也買不到一面鼓，唉……我真是越來越有良心，有良心到快要被狗咬了。」

樹林中陡然有兩匹馬奔過，蹄聲如雷，馬匹很強壯，也許是看見了方平齋搖頭晃腦的影子，那兩匹馬調轉馬頭奔了回來，一男一女兩人翻身下馬，「看閣下衣著，想必也是江湖中人，千里相逢就是有緣，敢問閣下靈源寺是要往哪個方向走？」

方平齋回過身來，面前兩人緊裝佩劍，是典型的江湖中人打扮，「靈源寺麼，好像是向東去。」

那兩人躍身上馬，抱拳道：「謝過了。」便要打馬而去。

方平齋見這兩人一躍的身法，心中一動，紅扇一揮，攔住馬頭，「且慢，我幫了你們一個忙，你們也幫我一個忙好麼？公平合理，互惠互利。」

那兩人勒住馬頭，「不知兄臺有何難題？」

「呃……我只是想知道，到何處可以買到一面鼓。」方平齋道：「不論大鼓小鼓、花鼓腰鼓、扁鼓胖鼓、高鼓瘦鼓，只要是鼓，統統都可以。」

那兩人面面相覷，似是有些好笑，彷彿看到一個怪人，「閣下原來是需要一面鼓，片刻之後，我等讓人給閣下送一面鼓來，如此可好？」

方平齋「哎呀」一聲，「難道二位出門在外，隨身攜帶一面大鼓麼？」

那兩人微微一笑，「這個，閣下便不用多管了，總之半個時辰之後，有人會送上一面鼓來。」

「哦……」方平齋紅扇蓋頭，輕輕敲了敲自己的額頭，「世事真是奇怪，半路也會掉下一面鼓，我本以為青山綠水、仙鶴棲息之處不是見仙就是見鬼，誰知道——人運氣來了，連鼓也會半路撿到。」那兩人提韁，一笑而去。

這兩人不簡單，武功不凡倒也罷了，能夠在半個時辰之內弄出一面鼓來的人，非常不簡單哦！方平齋眼看兩人去得有段距離，紅扇一背，沿著蹄印尾隨而去，開始還見他徐步而行，卻是越走越快，不過片刻，已如一道黃影掠過，快逾奔馬。

那一男一女兩人駕馬東去，在靈源寺外下馬，進入方丈禪房。

方平齋躍上屋頂，翹著二郎腿坐在天窗旁，只聽底下那男子道：「萬方大師，別來無恙？」

靈源寺萬方主持恭敬的道：「小僧安好，不知大人前來靈源寺，是為禮佛還是品茶？」

方平齋聽那和尚口稱「小僧」，露齒一笑，紅扇揮了兩下，有兩個和尚自廂房出來，一抬頭瞧見他黃衣紅扇坐在屋頂，一張嘴就要叫出來，突然氣息一滯，只覺胸口一痛，全身僵硬，就此如木頭人一般定在當場。

方平齋仍舊坐在屋頂，秋高氣爽，黃葉瀟瀟，坐在屋頂但觀靈源寺裡外景色，令人心曠神怡，只聽屋下人閒聊了幾句，萬方主持口氣越發恭謙客氣，這兩人身分非常。他聽了一陣，原來這兩人聽說前幾日靈源寺後山發生血案，一群盜賊死在後山，前來關心，並且向萬方主持打聽是否有一名單身女子，容貌美麗，神色鬱鬱寡歡，前來禮佛。方平齋紅扇一停，聽這形容，莫非這兩人是找人而來，找的是那位恩將仇報，刺了林逋一劍的紫衣少女？萬方主持連連搖頭，一再強調絕無如此女子前來禮佛，那兩人看來失望得很，站起便要告辭。

「小僧不才，雖然不曾有女施主前來上香，但是前幾日聽弟子閒談，卻似乎有如此一名紫衣女施主往後山而去，大人如要尋人，或者可在周近山林中尋人打聽，也許有所收穫。」

萬方主持合十道。那兩人神色一喜，當下告辭。方平齋聽到此處，紅扇一拂，那兩名靈源寺弟子仰面倒下。剛剛倒下，那一男一女已走出禪房，那女子眉頭微蹙，「你可有聽見什麼聲響？」

那男子道：「嗯？沒有。唉，我心煩得很，每次快要有了小妹的消息，卻總是失之交臂。」

那女子安慰道：「莫急，既然已有人見到她的蹤跡，總是會找到的。」

原來這兩個人在尋親。方平齋飄身而退，沿途折返書眉居外那片樹林，未過多時，二十來匹駿馬賓士而來，馬上騎士個個身強力壯，形貌威武，其中一人躍下馬來，「敢問先生可是在此等候送鼓之人？」

方平齋耶了一聲，「不錯。」

那人自馬上取下一面金漆描繪的大鼓，「鄙主人請先生笑納。」

方平齋道：「呃……你把它放在地上，過會兒我慢慢拖回家去，真是要多謝你家主人，我想世上有困難之人千千萬萬，如果都能如我一般巧遇你家主人，如此有求必應，則世上再無饑荒貧病，人人各取所需，也就萬萬不會有戰爭了。」他說得舌燦蓮花，那馬上下來的漢子只是一笑，將金鼓放在地上，吆喝一聲，領隊縱馬而去。

嗯——是官兵哦！這件事真是越來越有趣了。方平齋站在當地，看著馬隊遠去，紅扇一揮，並且——不是一般的官兵，更像是什麼達官貴人的護衛。

「千里夕陽照大川，滿江秋色，滿山黃葉，滿城風雨。」方平齋托起那面金漆大鼓，「哎呀，我真是越來越會作詩了。」

折返書眉居，一個紫色衣裙的女子打開房門，見他托著一面大鼓回來，先是一怔，「你去哪裡弄了一面大鼓回來？」

方平齋紅扇輕拂背後，「佛曰：不可說。」

那女子烏髮白面，眼角眉梢之處頗有細紋，嘴角的皮膚稍有鬆弛，然而明眸流轉，五官端正，已儼然是一個年輕女子，雖然看起來比她實際年齡大了不少，卻已不是滿臉皺紋和斑點的怪臉。她自是玉團兒，這幾日柳眼那藥水的效果逐漸顯現，她變化得很快，再也不是頂著一張老太婆面孔的醜女了。

「每次看到妳，我就覺得我師父實在有奪天地造化之功，竟然能將妳弄成如此模樣，再變下去，說不定會變成美女，再說不定，就會有豔遇哦。」方平齋將大鼓放下，撥開玉團兒的一拳，「咦——不許對晚輩動手動腳，很沒禮貌。」

玉團兒「哼」了一聲，「你是越來越討厭了。」

「我那陰沉可怕、神祕莫測、功參造化、心情永遠差得差不多要去跳海的師父呢？」方平齋問。

玉團兒指指煉藥房，「還在裡面。」

方平齋道：「嗯，我有一件事要和我親親師父談，妳守在門口，可以偷聽但最好不要進來。」

言下，他邁進煉藥房，身影消失在煉藥房陰暗的光線之中。

方平齋這人一點不正經，他說要談的事，究竟是很重要，還是根本只是胡說八道？玉團兒走到煉藥房門口，放下了門口的垂簾。

柳眼仍然面對牆壁，靜靜坐在煉藥房陰影之中，一動不動。

「喂，可惜海離這裡很遠，你又走不了路，再怎麼想也跳不進去的，放寬心吧。」方平齋走到他背後，「心情還是很差嗎？其實人生就如一場戲，那出唱壞了就換這出，沒有什麼是看不開的，短短幾十年的時光，你要永遠這樣陰沉下去嗎？很沒意思呢！」

柳眼一言不發，閉著眼睛。

「喂！你是睡到昏去是不是？」方平齋拍了拍柳眼的背，「我找到了鼓，你幾時開始教我擊鼓？」

柳眼淡淡地道：「等我想教的時候。」

方平齋嘆了口氣，「那就是說不是現在了，也罷。我剛才出去，遇見了一群人，兩個身分奇特的男女，帶著二三十個身強體壯、武功不弱的隨從，在方圓五六十裡範圍內走動。聽他們的言語，是為找人而來，雖然——」他的紅扇拍到柳眼身上，「他們找的是一個相貌美麗、氣質憂鬱的年輕女子，但很難說會不會搜到書眉居來，並且他們在調查靈源寺後山血案的真凶——也就是對你鞠躬盡瘁的好徒弟我——我覺得是非常的不妙。」

柳眼臉上微微一震，「他們是什麼人？」

方平齋道：「看樣子，很像是官兵，帶頭的一男一女，身分顯赫，說不定就是王公貴族。」

柳眼沉吟了一陣，「你的意思呢？」

方平齋道：「最好你我離開書眉居，避其風頭，你的相貌特殊，一旦引起注意，那就非常麻煩了。」

柳眼睜開眼睛，「不行，藥還沒有練成，現在就走，前功盡棄。」

方平齋道：「唉——我早就知道你會這麼說，你一向偏心，如果這缸藥治的是我，你的決定必定大不相同。」

柳眼「嘿」的一聲，「說出你其他計畫。」

方平齋「嗯」了一聲，「師父真是瞭解我。如果不能離開此地，那麼首先師父你要先尋個地方躲藏起來，以免被外人發現；然後弟子我出去將這群官兵引走。」

柳眼一揮衣袖，閉目道：「很好。」

「真正是很沒良心，都不擔心弟子我的安危，唉……我就是這麼苦命，遇見一個沒良心的人還將他當作寶。」方平齋紅扇蓋頭，搖了搖頭，「我走了，你躲好。千萬別在我將人引走之前被人發現了。」

柳眼道：「不會。」

玉團兒聽在耳中，看方平齋走了出來，突地道：「喂！」

「怎麼？」方平齋將那面金鼓放到一邊去，「突然發現我很偉大、很善良、很捨己為人？」玉團兒臉上微微一紅，「以前我以為你是個壞人。」

方平齋哈哈一笑，「是嗎？這句話還是平生第一次聽到，也許是我生得太像壞人，面孔長得太不懷好意，從來沒有人把我當成好人。」

拍了拍玉團兒的肩，「這句話聽起來很新鮮。」言下，他施施然走了出去。

書眉居外，鶴鳴聲聲，夕陽西下，映得一切丹紅如畫。方平齋黃衣微飄，玉團兒只見他穿過樹林，隨即失去蹤影。

靈源寺外，那二三十個大漢分成十組，兩三個人一組，沿著鄉間小路搜索而來，一路詢問是否見過一位身著紫衣，美貌憂鬱的單身女子。方平齋展開輕功繞過這些官兵，果然落後搜索的官兵沒多遠，那一男一女將馬匹系在樹上，正坐在一棵大樹下休息。方平齋自後掩上，那棵大樹枝葉繁茂，他悄無生息的掠上樹梢，藏身枝葉之間，靜聽樹下的談話。

「小妹失蹤多年，也許至今不知道自己的身世。」那女子道：「聽說當年母后生產之時，小妹體弱，被太醫當作死胎。下葬第三日，有盜墓高手入陵盜墓，發現小妹未死，把她抱走撫養，導致小妹流落民間。我追查多年，只知道當年盜墓的賊人已經病死，小妹曾被他送給左近有名的書香世家撫養，但究竟是哪家名門，至今不明。」

那男子道：「左近名門我已命本地知縣暗中查過，並沒有和小妹形貌相似的女子，你的調查只怕有錯。」

那女子道：「大哥，我已反覆查過幾次，也許，是小妹雖然被送到此地撫養，卻沒有在此地待太久，早早離去了呢？」

那男子嘆息，「如果真是這樣，要找人就更加困難了。她……她怎知自己的身世？」

那女子道：「尋回小妹，是母后畢生心願……」

那男子道：「小妹尚未出生，先皇曾經戲言，說母后嫁給先皇之時，受封『琅邪郡夫人』，小妹可稱『琅邪公主』。只可惜先皇和母后都已故去，小妹行蹤成迷，琅邪公主之說，終究渺茫。」

方平齋瞇著眼睛在樹上聽著，滋事體大，這兩人竟是皇親國戚，他們正在找尋的紫衣女子，竟然是先皇太祖的公主，琅邪公主！

——《千劫眉【第二部】神武衣冠》完——

——敬請期待《千劫眉【第三部】故山舊侶》完——

高寶書版集團
gobooks.com.tw

DN 307
千劫眉（卷二）神武衣冠

作　　者　藤　萍
責任編輯　吳培禎
封面設計　張新御
內頁排版　賴姵均
企　　劃　何嘉雯

發 行 人　朱凱蕾
出　　版　英屬維京群島商高寶國際有限公司台灣分公司
　　　　　Global Group Holdings, Ltd.
地　　址　台北市內湖區洲子街88號3樓
網　　址　gobooks.com.tw
電　　話　(02) 27992788
電　　郵　readers@gobooks.com.tw（讀者服務部）
傳　　真　出版部 (02) 27990909　行銷部 (02) 27993088
郵政劃撥　19394552
戶　　名　英屬維京群島商高寶國際有限公司台灣分公司
發　　行　英屬維京群島商高寶國際有限公司台灣分公司
法律顧問　永然聯合法律事務所
初　　版　2024年6月

國家圖書館出版品預行編目(CIP)資料

千劫眉. 卷二, 神武衣冠/藤萍著. -- 初版. -- 臺北市：英屬維京群島商高寶國際有限公司臺灣分公司, 2024.06
冊；　公分. --

ISBN 978-626-402-009-1(平裝)

857.7　　113008059